W0471631

Tracy Wolff enseigne l'écriture à l'université, et passe le plus clair de son temps plongée dans les univers de son invention. Mariée depuis douze ans au héros de ses rêves, elle est l'heureuse maman de trois garçons qui s'appliquent à lui faire s'arracher les cheveux. Tracy a signé de nombreux romans, relevant aussi bien de la fiction contemporaine que du paranormal ou du suspense érotique.

De la même autrice :

Ethan Frost :
1. *Dévastée*
2. *Enchaînée*
3. *Terrassée*

Backstage :
1. *Déchaîne-moi*
2. *Enlève-moi*
3. *Emporte-moi*

Hotwired :
1. *Dérapage contrôlé*

Extreme Risk :
1. *Enfiévré*
2. *Enflammé*
3. *Embrasé*

Tracy Wolff

Dévastée

Ethan Frost – 1

Traduit de l'anglais (États-Unis) par Claire Allouch

Milady

Milady est un label des éditions Bragelonne

Titre original : *Ruined*

Publié avec l'accord de Ballantine Books,
une maison du groupe Random House Publishing
un département de Random House LLC.

ISBN : 978-2-8112-3997-8

Bragelonne – Milady
60-62, rue d'Hauteville – 75010 Paris

E-mail : info@milady.fr
Site Internet : www.milady.fr

Pour Sue et Gina, parce que vous êtes géniales.

Chapitre premier

Personne ne m'avait prévenue que si on qualifie les Louboutin de « mortelles », c'est parce qu'elles vont réellement causer ma mort avant ce soir.

Oh, je sais ce que vous pensez. À quoi est-ce que j'aurais pu m'attendre avec des escarpins rouge vif aux talons de douze centimètres ? Certes, elles ont la réputation d'être confortables. Mais les femmes savent bien qu'après quelques heures et quelques kilomètres, les plus confortables des chaussures à talons se transforment en instruments de torture.

Même moi, je le sais. Et ce n'est pas rien, sachant que j'ai passé l'essentiel de ma vie en jean et tee-shirt. Avec des ballerines – mes chaussures préférées. En cet instant, je vendrais mon âme au diable pour une paire de ballerines.

C'est d'ailleurs pour ça que j'avais prévu de porter des chaussures raisonnables aujourd'hui. Des mocassins ouverts au bout, avec des talons de cinq centimètres. Bleu marine, pour aller avec mon tailleur à 500 dollars. Ça m'a pris un semestre d'économiser sou après sou pour l'acheter, et c'est grâce à lui que j'ai décroché le poste dans lequel je commence ce matin. Mon job de rêve. En réalité, je ne devrais pas le qualifier de « job », puisque je ne suis pas payée – le salaire, c'est l'essence même du boulot, après tout – ; c'est un stage. Au département « propriété intellectuelle » de la plus performante des sociétés biomédicales du pays. Du monde, même. Si ça, ce n'est pas un boulot de rêve, je ne sais pas ce qui peut l'être.

Mais hier soir, quand j'ai étalé le tailleur sur mon lit pour vérifier qu'il ne montrait ni taches ni faux plis – toutes choses qui m'auraient fait apparaître comme l'étudiante pauvre que je suis, et non l'ambitieuse juriste que je veux devenir –, ma colocataire et meilleure amie a été horrifiée par mon choix de chaussures. Elle prétendait qu'un tailleur aussi sublime que celui-ci exigeait des chaussures à la hauteur. C'est là qu'elle a dégainé les Louboutin avec un roulement de tambour. Pour fêter le début de ma nouvelle vie.

Je ne pouvais pas dire non, alors que Tori s'était mise en quatre pour moi. Elle me loge gratuitement dans sa chambre d'amis cet été, pour que je puisse faire mon stage et emprunter le chemin qui transformera mes rêves en réalité.

Du coup, me voici, titubant sur mes échasses, priant pour que personne ne devine que mes pieds ne sont plus que des ampoules géantes. Et la pause-déjeuner arrive à peine. J'ai encore cinq heures de souffrance devant moi.

Ça aurait sans doute été plus facile si j'avais pu rester à mon bureau, ou même dans les deux étages du département. Mais comme c'était mon premier jour, ma tutrice – une autre stagiaire, adorable, qui est là depuis un certain temps – a cru utile de me faire visiter tout le siège social de Frost Industries. Qui comporte cinq bâtiments principaux, ainsi que des laboratoires, disséminés le long de la magnifique plage californienne de La Jolla. C'était une super visite, dans les locaux d'une super compagnie. Le genre de trucs où on voudrait se pincer, sauf que mes chaussures me faisaient déjà suffisamment mal pour que je sois certaine de ne pas rêver.

Mais la visite est enfin terminée, me dis-je pour me donner du courage en entrant dans l'immense cafétéria qui surplombe l'une des plus belles plages de San Diego.

Après le déjeuner, je n'ai plus qu'une réunion de quatre heures avec les autres stagiaires, tous arrivés dans la boîte longtemps avant moi. Ils doivent me présenter les licences et les contrats sur lesquels on va travailler cet été. Je me doute que pour la plupart des gens, ça paraît franchement barbant, mais je frétille d'impatience. C'est ce que je veux faire depuis que j'ai compris que devenir le Power Ranger rose n'était pas un choix de carrière viable.

Je fais de mon mieux pour ne pas boitiller et surtout, ne pas rester bouche bée devant la pièce gigantesque, qui peut accueillir huit cent quarante-deux convives. Chiffre communiqué par ma tutrice, qui est aussi fière de cet endroit qu'Ethan Frost doit l'être – sans doute même plus…

Comme le géant Google, Frost Industries est connu pour sa magnifique cafétéria. Dotée de deux grands chefs et de douze comptoirs distincts qui servent un type de nourriture différent chaque jour de la semaine – sans parler des buffets de salades, de boissons et de desserts –, elle se vante d'offrir à chacun ce qu'il désire. Et « chacun » n'est pas un vain mot. Qu'on soit agent d'entretien ou cadre sup, du moment qu'on a son badge, on mange à l'œil. Petit-déj, déjeuner, collation, dîner : tout est gratuit pour les employés de Frost Industries. C'est aussi pour ça que j'ai pu accepter ce stage. Pas de loyer et aucune dépense de nourriture ; ça me permet de tenir avec mes économies jusqu'à ce que ma bourse et mon job étudiant reprennent, au début de ma dernière année de fac.

Bien qu'il soit 13 heures, je n'ai toujours pas faim – je suis tellement stressée que j'ai l'estomac noué, même si ça va déjà mieux que ce matin. Je me dirige donc vers le bar à smoothies. C'est exactement ce qu'il me faut ce midi : quelque chose de pas trop lourd, mais suffisamment nourrissant pour tenir jusqu'au dîner. En plus, le bar est tout près, et vu l'état de mes pieds, chaque pas compte.

Il n'y a pas de queue : on dirait bien qu'aujourd'hui, tout le monde a envie de pizza ou d'indien. Mais il y a deux types derrière le comptoir, et aucun des deux ne semble très pressé de prendre ma commande. Ça ne me dérange pas, puisque je n'ai pas encore choisi.

La carte n'est pas démesurée : huit smoothies et six jus, dont herbe de blé et betterave, qui ne sont pas franchement en haut de ma liste de choses à tester. Il ne me faut pas très longtemps pour me décider. Mais les deux gars ne s'intéressent toujours pas à moi. Cela suscite davantage ma curiosité que mon agacement, cela dit, surtout qu'il semblerait que je ne sois pas la seule à faire mes premiers pas aujourd'hui. L'un des mecs forme l'autre à l'art subtil de la confection de smoothies. Il est très pointilleux : il disserte sur la meilleure proportion liquide / solide et la température exacte du yaourt glacé. Il va jusqu'à lui indiquer le nombre précis de myrtilles que requiert le smoothie qu'il est en train de préparer. Il s'avère qu'il en faut trente-huit. Pas une de plus. Pas une de moins. Trente-huit, on vous dit.

Venant de quelqu'un d'autre, son discours ferait pauvre type. Mais ce gars est tellement passionné par l'art du smoothie, tellement décidé à atteindre la perfection, qu'il ne fait pas du tout pitié. Au contraire, il a l'air d'une sorte de dalaï-lama du cocktail de fruits. Patient, sage, tout-puissant.

Et le garçon à qui il s'adresse est suspendu à ses lèvres, comme s'il était en train de lui délivrer la clé vers le nirvana. Malgré moi, je m'amuse bien à les regarder, et je suis presque déçue quand la leçon s'achève, une fois le smoothie prêt et versé dans deux verres. Ou plutôt, je serais déçue, si ma pause-déjeuner n'était pas en train de tendre vers sa fin.

— Excusez-moi, finis-je par dire lorsqu'il devient manifeste qu'ils vont se contenter de contempler la mixture violacée pendant des lunes.

Ils semblent totalement fascinés par le breuvage, et j'en viens à me demander si Frost Industries est assez sévère dans la répression de l'usage des stupéfiants. Ils sont forcément shootés, on est bien d'accord ? Un simple smoothie ne peut pas être aussi captivant.

— Navrée de vous interrompre, mais j'aimerais commander.

Le formateur se tourne vers moi, ses yeux bleu foncé rivés sur les miens. Je comprends aussitôt qu'il était parfaitement conscient de ma présence. Il m'a testée, exactement comme il a testé l'autre employé, avide de savoir comment on allait gérer la situation.

Ça me met en colère. Certes, ce n'est qu'une boisson, et qu'un petit jeu de pouvoir, mais je déteste qu'on me manipule. Même pour quelque chose d'aussi insignifiant qu'un verre de jus.

— Pas besoin de commander, assure-t-il en ajustant un couvercle sur l'un des gobelets avant de le faire glisser vers moi. Vous pouvez prendre celui-ci. C'est un Ethan Special.

— Non merci, dis-je sans accorder un regard à la boisson. Je préfère un Hawaiian Sunrise.

— Comment pouvez-vous savoir ce que vous préférez ? Vous ne connaissez pas les ingrédients du Ethan Special.

Vu son comportement, je pense qu'il contient une herbe qui n'est pas du blé. Et je n'ai pas envie de prendre ce risque le premier jour, malgré son sex-appeal.

— Je n'ai pas besoin de connaître les ingrédients pour savoir que j'ai envie d'un…

Je me tourne vers la carte avant d'ajouter :

— … rafraîchissant mélange de fraises, bananes, jus d'ananas et sorbet d'orange. Rien de tout ceci ne figure dans la boisson que vous venez de concocter.

— Il y a des fraises dans cette recette. Sept, pour être exact.

Trente-huit myrtilles et sept fraises. Ce type est cinglé. À mon corps défendant, je suis intriguée. Mais je ne vais pas le lui montrer. Je me contente donc de le regarder froidement avant de répondre :

— Un ingrédient sur les quatre de ceux que je souhaite, on ne peut pas dire que ça corresponde vraiment à mes attentes.

— C'est important, pour vous ? Que les choses se correspondent parfaitement ? me demande-t-il en haussant l'un de ses sourcils bruns.

Absolument. C'est même obsessionnel. Je tiens à ce que chaque chose rentre dans sa case. Que tous les *i* aient leur point, que chaque *t* ait sa barre, et que les règles soient respectées à la lettre. Tori prétend que j'ai des TOC, mais c'est faux. Je ne suis pas attirée par les rituels. Ce que j'aime, c'est que le résultat final soit parfait, que les choses soient exactement comme elles doivent être.

Et même si je sais que ça peut sembler un peu pathologique, c'est au contraire ce qui m'a permis de ne pas devenir folle, ces cinq dernières années. Depuis que Brandon…

Je me hâte de refermer la porte sur ces souvenirs, que je garde enterrés au plus profond de moi. Il n'est pas question que je repense à lui une seule seconde dans ma vie, encore moins aujourd'hui, le plus beau jour que j'aie eu depuis longtemps. Non, je vais faire en sorte que les choses soient simples. Ordonnées, faciles. Je ne suis pas du genre à faire tanguer la barque juste pour voir ce qui va se passer.

Je m'abstiens de lui communiquer ces réflexions, bien sûr. Je préfère hausser à mon tour un sourcil et rétorquer :

— C'est vous qui comptez les myrtilles dans ce smoothie. Tout ce que je veux, pour ma part, c'est avoir ma commande avant le rush du dîner. Qui, d'ailleurs, va commencer dans…

Je regarde ma montre avec un grand geste.

— … environ quatre heures.

— Dans ce cas, nous avons tout le temps. Pourquoi est-ce que vous ne vous installez pas sur un tabouret, histoire qu'on fasse connaissance ? Je n'ai rien de prévu.

Le garçon à ses côtés – l'apprenti – émet un petit son étranglé. Mais il ne dit rien, préférant avaler une gorgée de l'autre gobelet de Ethan Special. Je ne prends pas la peine de le regarder. Surtout que mon instinct m'enjoint de ne pas quitter l'autre des yeux. Si je détourne le regard, il pensera qu'il a gagné, et je ne veux pas lui faire ce plaisir.

— Eh bien, je ne peux pas en dire autant. Pour ma part, j'ai une réunion dans un quart d'heure, et je ne peux pas me permettre d'arriver en retard.

— Ah, voilà qui vous met en position d'infériorité, on dirait bien.

— Pourquoi ça ? Parce que je suis censée faire ce pour quoi on m'a embauchée ?

Cette fois, les sons qu'émet l'apprenti barman sont à mi-chemin entre un chat qui régurgite une boule de poils et une hyène dans les affres de l'agonie.

— Tout va bien ? dis-je sans quitter son mentor des yeux. Je commence à m'inquiéter.

Il produit encore quelques bruits alarmants, puis se tape la poitrine et reprend une longue gorgée.

— Ça va, merci.

— Tant mieux. J'en étais venue à me demander s'il vous avait empoisonné.

— Je n'empoisonne jamais les gens le premier jour. Le deuxième, en revanche, c'est une autre histoire.

— Vous ne devriez pas le crier sur les toits. Ça vous rendrait suspect – ainsi que Frost Industries – si quelqu'un déclarait la moindre intoxication alimentaire.

Il recule et me toise de la tête aux pieds.

— Parfait. Vous êtes du pôle juridique, pas vrai ?

Je pourrais me sentir flattée que ça saute aux yeux, mais ça ne sonne pas comme un compliment. Ce qui a le don de m'énerver encore plus.

— Ça vous pose un problème ?

Avant qu'il ait pu répondre, quelqu'un arrive derrière moi et commande un Hawaiian Sunrise. Le formateur se met à bavarder avec lui tout en versant les ingrédients dans le blender. Moins d'une minute et demie plus tard, il dépose sur le comptoir un magnifique smoothie d'un rose orangé. Le type passe son badge dans le lecteur, attrape son gobelet, et s'éloigne avec un geste de la main.

Je contemple la scène avant de me tourner vers lui, incrédule.

— Vous vous payez ma tête ? C'est ça ?

Il joue la perplexité à la perfection.

— J'ai fait quelque chose de mal ?

— Vous venez de lui donner ma boisson !

— Non. Je lui ai donné la sienne. La vôtre est devant vous, réplique-t-il en tapotant le gobelet.

Arrivée à ce point, je ne sais même plus ce que j'éprouve. De l'agacement, c'est certain. De la surprise, sans doute. Et curieusement, une pointe d'amusement. Ce type ne doute tellement de rien que je ne peux m'empêcher d'être impressionnée. Même si je suis bien décidée à le remettre à sa place.

— Vous êtes toujours aussi insupportable ?

— Seulement quand j'ai raison.

— Je croyais que le client était roi ?

Il fait semblant de réfléchir, la tête penchée sur le côté.

— Non, pas toujours, conclut-il. Mais on va passer un marché, d'accord ? Je vous prépare votre smoothie tout de suite, si vous acceptez de goûter le Ethan Special.

Il pousse le gobelet vers moi.

— Allez. Juste une gorgée.

— Je ne pensais pas devoir négocier.

— Tout se négocie, dans la vie.

— Seulement à la télé. Et si votre truc aux myrtilles ne me plaît pas ?

— Et si au contraire, il vous plaisait ?

— C'est un risque que je ne veux pas prendre.

— La vie n'est qu'une suite de prises de risque. Parfois, l'enjeu en vaut largement la chandelle.

Il me sourit, mais le regard qu'il pose sur moi est chargé d'intensité. Il semble intéressé. Et intéressant. Ça remue quelque chose en moi. Il me pousse à me poser des questions, alors que par principe, je ne m'en pose jamais. À désirer, alors que je ne désire jamais.

Je recule donc d'un pas pour l'examiner attentivement. Mis à part la couleur sombre de ses cheveux, c'est le parfait surfeur californien. Il porte un Hurley bleu vif. Un short de plage Quicksilver avec de larges rayures rouges, orange, jaunes et bleues. Des tongs en cuir fauve. Et il a un visage magnifique. Un soupçon de barbe brune, des cheveux qui lui tombent dans les yeux, et je devine un tatouage sur le haut de son bras, à peine visible sous la manche roulée du tee-shirt. Tout le contraire du genre d'homme qui me plaît.

Pourtant, son visage me parle. Et titille ma curiosité. Il y a quelque chose en lui qui me donne envie de me soumettre à sa volonté, alors que je ne cède jamais à personne. Pendant un bref instant, j'envisage de prendre son jus violet et de le boire. Je n'ai plus beaucoup de temps, et l'après-midi sera long si je n'avale rien.

Je pourrais m'en aller et attraper un sandwich et des fruits dans l'un des frigos. Je mangerais sur le chemin du bâtiment 3. Mais ça me donnerait l'impression de battre en retraite, et je me rends compte que nous serions tous deux déçus.

Et donc, nous nous trouvons à un point de blocage. Il veut que je goûte un truc nouveau. Je préfère jouer la sécurité. C'est vraiment une dispute futile, surtout avec un inconnu, mais son regard ne me permet pas de reculer. Nous savons tous deux qu'il y a plus en jeu que ce smoothie idiot.

Je n'arrive pas à croire que je vais obéir, qu'après lui avoir fait une scène, je vais goûter son smoothie à la con, mais c'est le cas. Poussée par son regard et son corps tendu à se rompre, j'avance la main vers le gobelet. Mais au moment où mes doigts se referment sur le plastique, mon estomac gronde. À grand bruit.

L'enchantement est rompu. Je rougis. Dire que je croyais que le stress me coupait l'appétit… Une petite prise de bec avec le barman, et j'ai plus faim que jamais.

— Vous êtes affamée, constate-t-il.

Je perçois dans sa voix une nuance de regret inexplicable.

— C'est l'heure du déjeuner. Et ceci est mon repas.

Il ne lui faut qu'un instant pour retourner s'affairer avec le blender, qu'il remplit de bananes en rondelles et de fraises – bien plus que sept. Il ajoute une grosse cuillère de protéines en poudre, du sorbet et du jus.

Quelques secondes plus tard, un énorme Hawaiian Sunrise apparaît devant moi.

Je suis perplexe. Incertaine. Et je ne comprends pas pourquoi. J'aime gagner. C'est même une obsession, donc je devrais être contente qu'il se soit écrasé tout d'un coup. Mais cette victoire a un étrange goût de défaite.

Sous son regard observateur, je tends la main vers mon smoothie. Mais au dernier moment – et ne me demandez pas pourquoi, je n'en sais rien ! –, j'attrape le sien. Je prends une longue gorgée. Puis repose le gobelet sur le comptoir.

Ensuite, je saisis l'autre gobelet et m'éloigne sans le regarder. J'en serais incapable. Je suis trop perturbée par ce qui vient de se passer. Je ne comprends pas ce qui m'a pris.

Mais je n'ai fait que quelques pas lorsqu'il me hèle.

Je me retourne contre ma volonté.

— Oui ?

— Vous en avez pensé quoi ? Du Ethan Special ?

— C'était exactement comme je m'y attendais : dégoûtant.

— Dégoûtant ? répète-t-il, abasourdi. Vraiment ?

— Vraiment. Je déteste les myrtilles.

Il n'ajoute rien, et moi non plus. La question reste en suspens entre nous. Si je déteste les myrtilles à ce point, pourquoi ai-je goûté son cocktail alors qu'il m'avait déjà préparé ma commande ?

Je n'ai pas la réponse. Alors que je m'éloigne, je sens ses yeux posés sur moi. J'ai le pressentiment que tant que je n'aurai pas compris, ma vie ne sera plus comme avant.

Chapitre 2

— Salut Chloe ! s'écrie ma colocataire sans lever les yeux vers moi.

Elle est occupée à se vernir les ongles de pied avec la teinte verte la plus criarde que j'aie jamais vue.

— On a reçu un colis pour toi, il y a une heure environ. Je l'ai mis sur ton lit, ajoute-t-elle.

— Un colis ?

Mon premier geste après avoir refermé la porte de l'appartement est de me débarrasser des instruments de torture rouge vif que j'ai portés toute la journée, et de les balancer à travers le salon du bout du pied. Je les regarde avec satisfaction se cogner contre le mur du coin-repas. Ce n'est pas comme ça qu'on traite des Louboutin à 1 000 dollars, mais au point où j'en suis, je m'en fous. Je ne les mettrai plus jamais pour aller travailler. Plus jamais.

— Je n'ai rien commandé…

— Ça vient de Frost Industries, c'est écrit sur la boîte. C'est très lourd. C'est peut-être les RH qui t'envoient des documents à signer. Tu sais, une charte ou des trucs dans le genre.

— Ça se pourrait, mais j'ai déjà reçu tout ça par mail la semaine dernière. Et j'ai signé tout un tas de papiers, engagement de confidentialité et tout le bazar, avant qu'ils me laissent quitter leurs bureaux.

Je dépose mon sac sur la console dans l'entrée, puis enlève ma veste avec plaisir. J'aime ce tailleur, vraiment. Mais tout ce dont j'ai envie maintenant, c'est de le retirer. Je me vois bien passer la soirée en survêtement.

— Ça m'étonnerait qu'ils m'envoient une copie papier des documents. Surtout pas par UPS ou FedEx. Ils auraient très bien pu me les donner quand j'étais sur place.

— Au fait, comment ça s'est passé ? Est-ce que tu as mis tout le monde à tes pieds dès la première minute ?

— Pas tout à fait. Mais j'ai réussi à ne pas me couvrir de ridicule, c'est déjà ça.

— On peut considérer ça comme une grande victoire. Et tu sais ce que ça implique : dîner de champagne !

— Tu veux dire dîner *au* champagne, non ?

— Ne fais pas ta mémé.

Si ces cinq mots ne suffisent pas à vous donner une idée exacte de ma relation avec Tori, rien ne pourra vous éclairer. Elle a six mois de plus que moi, et depuis que l'on nous a attribué la même chambre pour notre première année de fac, son but dans la vie est de me pervertir. Depuis la soirée de ses vingt et un ans, il y a quelques mois, elle prend cette mission encore plus à cœur.

Pour préserver notre amitié, je la laisse parfois croire que ça marche.

Curieuse de savoir ce que contient ce mystérieux paquet, je me dirige vers ma chambre. Ayant enfin décoré le dernier de ses ongles de pied, Tori se lève et m'emboîte le pas. Mais comme elle craint d'abîmer son vernis, elle marche sur les talons, orteils en l'air. Avec ses cheveux courts et hérissés, qu'elle a teints en jaune poussin, elle ressemble à un caneton maladroit. Qui aurait mis son aile dans une prise électrique.

En réalité, elle est très jolie, avec ses traits délicats et ses yeux verts magnifiques. Mais elle a beaucoup de complexes et passe son temps à essayer de se transformer en changeant de couleur de cheveux, de maquillage ou de look. Elle est piercée de partout, s'est fait tatouer ici et là, et a même tâté de la scarification et du marquage au fer. Elle prétend qu'il faut bien que jeunesse se passe, et qu'elle essaie juste de se trouver. Moi, je crois au contraire qu'elle cherche à oublier qui elle est. À cacher la pauvre petite fille riche qu'elle voit tous les matins dans le miroir.

J'ai essayé de lui en parler deux ou trois fois – c'est à ça que servent les meilleures amies, après tout –, mais elle m'envoie toujours balader. Peut-être que je devrais insister, mais elle est fragile – bien plus qu'elle ne veut l'admettre – et j'ai peur de la perturber par un mot mal choisi ou une remarque un peu musclée. Du coup, je préfère la boucler, mais ça ne veut pas dire que je ne m'inquiète pas pour elle.

—Allez, ouvre! m'exhorte-t-elle depuis le pas de la porte alors que je reste plantée devant l'énorme carton.

Il occupe environ un quart de mon lit double, et lorsque je le soulève, je m'aperçois que Tori n'a pas exagéré. Il est vraiment très lourd. Et il porte les mentions « FRAGILE » et « HAUT », avec des flèches.

À présent, je me sens aussi curieuse que Tori. J'attrape des ciseaux à ongles dans ma table de nuit et m'attaque au scotch. C'est plus long que si j'étais allée chercher un couteau dans la cuisine, mais je finis par réussir à ouvrir. Cependant, je suis toujours aussi perplexe que lorsque le carton était fermé. Il ne contient aucun dossier des ressources humaines. Pas de documentation à l'usage des nouveaux employés. Seulement un blender à 400 dollars et plusieurs barquettes de fraises.

Aussitôt, je pense à lui. Smoothie Boy. Je sais que c'est lui qui me l'a envoyé – c'est la seule explication. Mais comment s'est-il procuré mon adresse ? Et comment un barman peut-il se permettre de telles dépenses ? Et même s'il avait l'argent, pourquoi le dépenser pour moi ?

Mon cœur s'affole un peu. J'ai beau tenter de me convaincre que c'est de la peur – cette histoire pue le harcèlement à plein nez –, je sais que ce n'est pas seulement ça.

Toute la journée, j'ai repensé à lui et à ma réaction bizarre. Quelle que soit la façon dont il s'est procuré mon adresse, je suis touchée qu'il ait pensé à moi. J'espère juste que ce n'est pas un serial killer qui a l'intention de mettre ma tête dans un carton. Parce que ça ne me plairait pas du tout. Des fraises et un blender de compétition, curieusement, ça me va, malgré le prix. La décapitation, ça me plaît tout de suite moins.

Voyant que je me contente de rester plantée devant le colis ouvert, à contempler ces cadeaux en m'interrogeant sur leur sens, Tori s'approche à pas de loup. Elle regarde par-dessus mon épaule.

— Des fraises ? Mais qui a pu t'envoyer ça ?

Ne sachant par où commencer, je ne réponds pas. Je continue à regarder les fruits, magnifiques. Les barquettes viennent d'une ferme bio située à trente kilomètres d'ici. Il a dû se donner du mal pour que je les reçoive aussi vite.

La question, c'est pourquoi.

Tori déduit de mon silence que je n'ai pas la moindre idée de l'identité de mon bienfaiteur, et se met à examiner le carton.

— Il y a une carte ? demande-t-elle.

— Je n'en ai pas vu.

Mais en soulevant l'une des barquettes de fraises, je découvre une carte de visite couleur crème. Elle est gravée, avec le logo de Frost Industries. Seulement, le nom qui figure dessus ne peut pas être le bon. Certes, je ne sais pas comment s'appelle Smoothie Boy, mais je suis sûre et certaine que le surfeur que j'ai rencontré aujourd'hui n'est pas Ethan Frost. Sauf qu'en retournant la carte, je découvre un numéro de téléphone noté d'une main assurée.

— Ethan Frost te fait livrer des fraises ?! s'étrangle Tori. Comment c'est possible ? C'est une légende vivante ! Sans compter que c'est le célibataire le plus en vue de toute la côte Ouest.

— Ce n'est pas lui. Bien sûr que non. C'est…

— Qui ça ? insiste Tori, l'œil suspicieux.

— Un mec que j'ai rencontré aujourd'hui. Et qui n'est pas Ethan Frost.

— Tu en es bien certaine ? demande-t-elle en m'arrachant la barquette des mains. Parce que le contraire semble évident !

— Eh ! Où tu vas avec mes fraises ? dis-je en la suivant.

— Tu n'as jamais regardé *Pretty Woman* ? Les fraises, ça va super bien avec le champagne.

— Mais on ne peut pas les manger !

Elle me regarde comme si j'étais devenue folle.

— Et pourquoi pas ?

— Parce qu'on ne sait pas d'où elles viennent.

Tori m'arrache la carte des mains pour me l'agiter sous le nez.

— C'est Ethan Frost qui les a envoyées. Moi, ça me suffit !

— Eh bien, je ne partage pas ton point de vue. D'abord, ce n'est peut-être pas lui…

— Bien sûr que si ! Tu as vu le filigrane sur la carte de visite ? Et la gravure ? Ça ferait vraiment cher la fausse carte !

— Mais pourquoi ? Ça n'a aucun sens.

Je n'aime pas la note pleurnicharde que je perçois dans ma voix, d'habitude si calme.

C'est au contraire riche de sens, me susurre une petite voix dans ma tête.

Si je rassemble les pièces du puzzle… si je dépasse ma peur, tout s'éclaire.

— Écoute, cet homme n'a pas la réputation d'être cinglé. Brillant, certes. Peut-être un peu différent. Mais ce n'est pas un taré, loin de là. Je ne vois donc que deux explications, raisonne Tori en levant un doigt pour compter. Soit c'est un cadeau de bienvenue que reçoivent tous les nouveaux arrivants…

Pendant un instant, j'ai l'impression de reprendre pied dans la réalité alors que j'examine cette hypothèse. Ethan Frost est connu pour sa générosité, alors peut-être que…

Mais avant que j'aie pu aller plus loin dans ma réflexion, Tori enchaîne :

— Mais je pense que nous savons toutes les deux que c'est des foutaises. L'autre explication, qui me paraît nettement plus probable, est que tu as omis pas mal de détails lorsque tu m'as raconté ta journée. Si c'est vrai, tu es une vraie salope. Et la seule façon pour toi d'obtenir mon pardon serait de t'asseoir avec moi pour tout me déballer. En mangeant ces fraises délicieuses.

Elle me lance un regard accusateur qui ne me laisse pas trop le choix. Je m'exécute, repartant du moment où j'ai rencontré Smoothie Boy, jusqu'à celui où il m'a enfin préparé ma boisson. Mais je m'abstiens de lui parler du reste – du fait que j'aie bu cet infâme truc aux myrtilles – parce que je ne me l'explique toujours pas à moi-même. Et que je ne sais pas trop quoi en penser.

Tori est suspendue à mes lèvres. Il faut dire qu'elle a grandi parmi la crème de l'élite de la côte Ouest : elle connaît tous les ragots que j'ignore. Mes parents n'ont rejoint le monde des puissants que très récemment, qui plus est à Boston. Et comme le seul membre de ma famille auquel j'adresse encore la parole est mon frère, je ne sais rien des potins de la côte Est non plus. Et ça me va très bien comme ça.

— Au fond de toi, tu sais que c'était lui, n'est-ce pas ? insiste Tori en se servant une troisième flûte de champagne. Forcément.

J'ai toujours ma première flûte dans les mains, mais elle me ressert quand même, avec un regard désapprobateur.

J'espère qu'elle se trompe. Oh Seigneur, pourvu qu'elle se trompe ! Parce que si Smoothie Boy n'est autre qu'Ethan Frost… Si c'est le cas, je me suis pris le bec avec le patron du patron du patron de ma patronne. Et pas trop poliment, en plus. J'ai du mal à le croire… pourtant, ça tient la route. Je savais bien que son visage me disait quelque chose, mais j'ai cru que c'était parce qu'il ressemblait à la moitié des surfeurs de Californie. L'idée que j'aie pu voir sa tête en faisant une recherche sur Google lorsque j'ai postulé pour le stage, il y a quelques mois, ne m'a pas traversé l'esprit.

Pourtant, Smoothie Boy ne ressemble en rien à Ethan Frost tel que je me le rappelle sur ces clichés. D'accord, il a les cheveux bruns et les yeux bleus, mais… Oh, merde. Ça pourrait vraiment être lui.

— C'est une question qui peut se résoudre très facilement, déclare Tori, bien décidée à me pousser dans mes retranchements.

Elle attrape sa tablette sur la table basse où elle l'a laissée traîner. Deux minutes plus tard, je suis devant une collection de photos, la plupart volées, d'Ethan Frost. Qui n'est autre que Smoothie Boy. Sauf qu'il paraît très différent du surfeur que j'ai rencontré ce midi. Sur la plupart des clichés, il est vêtu d'un costume ou d'un smoking, bien peigné, son tatouage caché. Dans d'autres, il porte des tenues plus décontractées : pantalon de toile et chemise ouverte, ou jean de marque, pull et chaussures de cuir usées.

Pourtant, c'est bien lui. Je reconnais ses yeux indigo et profonds. Ses pommettes saillantes, sa mâchoire ciselée. Ses épaules larges et ses hanches minces. Et jusqu'à ses cils incroyablement longs.

Je refuse toujours de le croire. Parce que si c'est lui, on peut dire que je suis complètement baisée.

Je passe l'heure suivante à explorer des dizaines de pages, des milliers de photos – sur certaines, il est en compagnie de stars d'Hollywood ou de mannequins, sur d'autres il prononce un discours ou reçoit un prix – avant de trouver ce que je cherche. Une image de lui en short de plage, une planche de surf sous le bras. Il est torse nu, ses abdos en tablette de chocolat dégoulinants d'eau de mer, son tatouage bien visible. Maintenant que je peux le regarder en entier, je découvre un motif tribal magnifique, bleu et noir, qui représente des vagues. Il a les cheveux emmêlés, sa frange trop longue lui couvrant le front et une partie du visage, et il sourit. Ce n'est pas le petit rictus crispé qu'il arbore sur de nombreuses photos de paparazzis, mais un vrai sourire, éclatant de bonheur, avec des rides au coin des yeux. Le même qu'il arborait en me taquinant. Cette fois, le doute n'est plus permis.

Smoothie Boy le surfeur et le P.-D.G. visionnaire de Frost Industries sont une seule et même personne. Le patron du patron du patron de ma patronne. Super. Pas étonnant que l'autre barman ait failli avaler sa langue.

Pour un peu, je m'en voudrais de lui avoir fait frôler la crise cardiaque. Sauf qu'il aurait pu me prévenir. Il suffisait de pas grand-chose… Il aurait pu l'appeler par son nom : j'aurais tout de suite compris, et j'aurais cessé de m'enfoncer.

Tori se détourne de l'écran.

— Qu'est-ce qui ne va pas ? s'étonne-t-elle en voyant ma tête.

— Comment ça, qu'est-ce qui ne va pas ? Tu plaisantes ? C'est un miracle qu'il ne m'ait pas virée !

— Virée ? Sous quel prétexte ?

— Je ne sais pas. Insubordination, peut-être.

La crise de panique me guette. Je pose la tête sur l'accoudoir du canapé et tente de prendre une décision. Faut-il que je demande un rendez-vous pour m'excuser de ma conduite ? Ou vaut-il mieux faire comme s'il ne s'était rien passé ? Je pourrais lui envoyer une lettre d'excuses…

Ou bien…

Ma coloc interrompt mes pensées par un ricanement.

— Arrête tes conneries. Ce n'est pas de l'insubordination, puisque tu ne savais pas qui c'était. En plus, il ne t'en veut pas. Sinon, tu aurais eu un courrier pour annuler ton stage, au lieu de recevoir ce magnifique blender. Et ces fraises.

Elle en reprend une et la dévore avec enthousiasme.

La seule pensée que mon stage soit annulé me fait flipper encore plus. J'ai besoin de ce stage. Il faut absolument que je le fasse. Ça m'aidera à entrer en master de droit, à obtenir une bourse, à avoir les références dont j'ai besoin pour passer à la phase suivante de mon plan de carrière.

Et surtout, ça m'évitera de devoir demander quoi que ce soit à mes parents. Ils me proposent constamment de l'argent – par le biais de mon frère, par mail, par messages sur mon téléphone, mais je ne réponds jamais –, mais je ne les laisserai pas se racheter de la sorte. Je ne veux rien avoir à faire avec eux. Et ce stage est l'un des tremplins, l'une des clés qui m'assureront de ne plus jamais avoir besoin d'eux.

Seigneur, je vais vraiment faire de l'hyperventilation. Je me penche en avant, le front sur les genoux. Au bord de l'évanouissement, je me concentre sur ma respiration.

— Putain, Chloe… ne te mets pas dans cet état. Ce n'est pas ta faute, assure Tori en me donnant une petite tape sur l'arrière du crâne.

Pourtant, j'ai l'impression que si. Pourquoi n'ai-je pas accordé davantage d'intérêt aux photos d'Ethan au lieu de me concentrer sur ses méthodes, ses réalisations, son cerveau ? Si je l'avais fait, je l'aurais reconnu, et rien de tout ça ne se serait produit. Je n'aurais quand même pas avalé plus d'une gorgée de son foutu smoothie, mais j'aurais pu décliner avec plus de grâce que je ne l'ai fait.

— Sérieux, Chloe, arrête ! me répète Tori en me prenant par les épaules pour me secouer doucement. Il n'est pas fâché contre toi. Tu l'intrigues !

Je voudrais protester, mais pendant un instant – un bref instant –, je revois le regard qu'il a eu en prenant conscience que j'avais faim. Son expression lorsqu'il a posé le Hawaiian Sunrise devant moi. Sa façon de se raidir alors que je prenais une gorgée de son stupide Ethan Special, dont je comprends désormais mieux le nom. Et je me demande si Tori n'aurait pas raison.

— Il te donne son numéro de portable. Il a envie de sortir avec toi, pas de te virer. C'est génial ! s'écrie-t-elle en se tenant les mains. Tu te fais draguer par Ethan Frost !

Elle est tellement folle de joie qu'elle ne remarque pas mon manque d'enthousiasme. Je ne veux pas lui gâcher le plaisir, mais si c'est vrai, c'est encore pire que s'il était en colère. Parce que je ne veux pas sortir avec Ethan Frost. Ce que je veux, c'est travailler dans sa boîte.

Je n'ai rien contre lui, personnellement. C'est juste que je ne veux sortir avec personne.

Oh, bien sûr, ça fait des années que Tori me pousse à mettre le nez dehors. À rencontrer un gentil garçon avec qui passer du temps et m'amuser. Elle m'a même organisé plusieurs rendez-vous à l'aveugle – sans ma permission. Chaque fois, elle ne me l'a avoué que lorsqu'il était trop tard pour que je me décommande. Mais elle ne comprend pas. Elle ne sait pas que je ne veux pas sortir avec un mec. Je ne veux pas aller à des rendez-vous. Et encore moins construire une relation.

Cette idée suffit à me donner des frissons. Le couple que forment mes parents est l'illustration vivante de ce qu'il ne faut pas faire, et mon passé – dont Tori ne connaît presque rien – rend toute relation avec un homme impossible.

La dernière chose que je voudrais, c'est être poursuivie par un homme comme Ethan. Tout cet argent, ce pouvoir, ces privilèges… j'en ai l'estomac noué.

Elle tend la main vers la carte de visite, que j'ai abandonnée sur la table une heure plus tôt.

— Il faut absolument que tu l'appelles.

Je la dévisage comme si elle était folle. Ce qui est sans doute le cas.

— Jamais de la vie.

— Mais tu n'as pas le choix. Tu dois au moins le remercier pour ce très beau cadeau.

Je devrais, mais je ne veux pas. En vérité, je ne veux rien d'autre de lui que le stage que son entreprise m'a offert. Je ne veux pas de son blender. Ni de ses fraises, même si j'admets que c'est une charmante attention. Ni de son intérêt. Et encore moins des sensations vertigineuses qui m'ont assaillie lorsque j'étais en sa compagnie. Les frissons dans le ventre, qui étaient à la fois tellement plus et tellement moins que de la simple nervosité. La conscience de sa présence, et de moi-même, si proche de lui, qui continue à me mettre les nerfs en pelote.

— Je vais lui envoyer un mail.

— Mais il n'y a pas d'adresse sur la carte.

— Alors, je vais lui écrire une lettre. Ce n'est pas comme si j'ignorais où il travaille...

— Une lettre ?!

— Oui, une lettre, dis-je, de plus en plus convaincue. Et je vais lui rendre le blender par la même occasion. Chacun chez soi, et les vaches seront bien gardées.

— Les vaches seront bien gardées ? Tu parles comme ma grand-mère ! s'énerve Tori. Sans vouloir être désagréable, je ne pense pas que « chacun chez soi » soit la meilleure façon d'intéresser un mec comme Ethan Frost. Et lui renvoyer ses cadeaux, ce n'est pas une très bonne idée non plus.

Exactement. Mon plan me plaît de plus en plus.

— Je ne veux pas de l'attention d'Ethan Frost. Je ne suis pas intéressée.

Tori pousse un énorme soupir et s'affale sur le canapé.

— Tu es bien consciente d'être la seule femme du monde à prononcer cette phrase ? De toute l'histoire de l'humanité ?

— Je n'en crois pas un mot. Pense à toutes les lesbiennes.

— D'accord, admet-elle en levant les yeux au ciel. La seule femme hétéro, alors.

— Figure-toi que ça ne me dérange pas plus que ça.

— Très bien, très bien.

Elle attrape sa flûte de champagne et me l'agite sous le nez.

— Si tu veux que je te regarde rater une telle opportunité, ajoute-t-elle, le moins que tu puisses faire est de me laisser noyer mon chagrin dans l'alcool. Ressers-moi.

Je ris, pour lui faire plaisir. Et je la ressers, bien qu'à mon avis elle ait déjà trop bu. Mais je suis déjà occupée à rédiger mentalement cette lettre à Smoothie Boy. Ethan. M. Frost.

Oui. « M. Frost », c'est parfait.

Chapitre 3

Cher M. Frost,
Bien que très touchée par la délicate attention dont témoigne votre cadeau, je ne peux pas l'accepter. Un aussi beau blender que celui-là…

Cher M. Frost,
Bien que j'apprécie la délicate attention dont témoigne ce charmant cadeau de bienvenue, il ne me semble pas approprié de l'accepter. En tant que stagiaire, je ne peux percevoir aucune rémunération…

Cher M. Frost,
Merci pour votre délicate attention. Cependant, je crois qu'il serait inapproprié que je l'accepte. Je vous présente mes excuses pour les désagréments occasionnés, et vous sais gré de votre compréhension. J'ai apprécié notre rencontre d'hier. Merci de vous être donné tant de mal pour m'accueillir.
Bien sincèrement,

Chloe Girard.

Aussi incroyable que ça puisse paraître, ça m'a pris la moitié de la nuit, de rédiger cette lettre pour Smoothie Boy. Ethan. M. Frost. Quel que soit son nom. Après avoir dormi seulement deux heures et demie, peu m'importe la façon dont il veut qu'on l'appelle. J'ai l'impression de jouer dans *The Walking Dead.*

Vingt-sept. C'est le nombre de brouillons qu'il m'a fallu écrire avant d'arriver à terminer ce foutu courrier.

Vers la seizième tentative, j'ai failli laisser tomber, tout envoyer balader. Tori a renoncé et préféré se coucher, et je suis passée à deux doigts de l'imiter. Mais je ne me voyais pas déposer le blender dans son bureau sans le moindre petit mot, et je me suis accrochée. Cinq phrases en six heures. Ça doit être un record du monde – dans la catégorie ridicule.

Inutile de le préciser, aujourd'hui, je zappe ma séance de sport du matin. Je suis tellement fatiguée que je risquerais de m'endormir sur le tapis de course, et de me tuer.

J'ai prévu d'arriver au travail avec une demi-heure d'avance. Ça me laisse le temps de me rendre au bâtiment 1, où se situe le bureau du P.-D.G., de déposer le paquet, et d'arriver à mon poste, au deuxième étage du bâtiment 3, avec encore du temps devant moi. Malheureusement, partir une demi-heure plus tôt a pour effet de me coincer dans les bouchons. En arrivant au travail, je n'ai plus que dix minutes pour déposer le colis.

Ça pourrait attendre l'heure du déjeuner, mais je suis décidée à sortir ce truc de ma voiture et de mon esprit. Comme ça, je pourrai avancer dans ma journée, sans penser à Smoothie Boy – M. Frost. Son bureau est au dernier étage, ce qui m'impose d'attendre l'ascenseur pendant une éternité, puisque je ne prends jamais les escaliers toute seule. Jamais. En principe, les ascenseurs ne me dérangent pas, mais avec seulement huit minutes devant moi, je sais que je prends un risque en attendant.

Du coup, je tente l'escalier. Je parviens à ouvrir la porte et à m'en approcher. Mais ça suffit à me flanquer une suée, tous les mauvais souvenirs de mon année en pension remontant à la surface. Non, je ne peux pas le faire. Ce sera l'ascenseur.

Quand enfin je ressors au quatrième étage, je me dirige tout droit vers une riche – oserai-je dire opulente ? – salle d'attente. Pas besoin de lire le panneau pour savoir que j'ai trouvé le bureau du P.-D.G. Canapés moelleux, moquette épaisse, œuvres d'art hors de prix – le tout dans des tons d'automne, bruns, rouges et or. Même les tables basses sont en bois sombre, au lieu du verre et du chrome qu'on voit dans la plupart des bureaux. Je dois reconnaître que je trouve intéressant que l'un des plus grands génies mondiaux de la technologie ait meublé son antichambre avec des antiquités.

Ça n'a aucune importance, d'ailleurs. C'est juste une contradiction de plus. Surfeur et génie de la technologie. Smoothie Boy et P.-D.G. Amateur d'antiquités et visionnaire. Je ne peux m'empêcher d'être fascinée. Une part de moi aimerait pouvoir étaler toutes les pièces du puzzle afin de les assembler et voir – pour de vrai – quelle image elles forment. Comment elles s'emboîtent entre elles.

Mais je n'en aurai pas l'occasion. Après tout, je suis ici pour rendre un blender. Rien d'autre.

La réception est tenue par une élégante femme d'âge mûr, dont l'allure sévère laisse à penser qu'elle ne craint rien ni personne. Alors que je m'approche, elle me regarde de haut, ce qui n'est pas rien, sachant qu'elle est assise et que je mesure pas loin d'un mètre quatre-vingts. Ça m'impressionne : je compte bien m'entraîner pour réussir à faire pareil. Je suis certaine qu'en tant qu'avocate, j'en aurai l'utilité.

— Avez-vous rendez-vous ? me demande-t-elle tandis que je m'arrête devant son bureau.

Elle n'accorde pas un regard à mon énorme paquet, ce qui dénote une sacrée force de caractère, car ça ne doit pas être tous les jours que des gens débarquent dans le bureau du P.-D.G. avec un gigantesque blender. Enfin, je n'en sais rien. Peut-être qu'Ethan Frost envoie vraiment des Vitamix à tous ses employés – auquel cas, j'aurais l'air encore plus bête à essayer de le lui rendre.

— Non, mais…

— M. Frost reçoit seulement sur rendez-vous.

— Je comprends. Mais je veux juste…

— Vous pouvez laisser un message en indiquant vos coordonnées et les raisons pour lesquelles vous souhaitez le rencontrer. Je le lui transmettrai. S'il décide de vous accorder un entretien, je vous appellerai dans les prochaines quarante-huit heures pour arranger un créneau.

Elle me délivre ce discours d'un ton parfaitement courtois, mais ça m'énerve quand même. Peut-être à cause de la façon dont elle me regarde, comme si j'étais un moucheron qui voletait autour du vénéré M. Frost – ou peut-être parce qu'elle prétend savoir ce que je veux dire avant que j'aie ouvert la bouche. Je comprends bien qu'elle est aux premières lignes pour défendre l'un des P.-D.G. les plus adulés de la planète, mais franchement, il n'est pas si extraordinaire que ça.

Menteuse.

La petite voix est de retour, mais je refuse tout net de l'écouter. Surtout que la dernière fois, elle n'a fait que me mettre dans l'embarras. Aussi, j'attends que la réceptionniste ait attrapé son stylo et son bloc avant de dire :

— Je ne souhaite pas de rendez-vous avec M. Frost.

Elle pousse un profond soupir.

— C'est obligatoire. Il faut un rendez-vous pour rencontrer…

Arrivée à ce point de la conversation, j'en ai par-dessus la tête, et je suis consciente que les minutes s'écoulent. Sans la laisser finir sa phrase, je pose le blender sur son bureau avec un gros bruit.

— Je veux juste lui rendre ceci. J'ai mis un petit mot, mais je suis certaine qu'il saura de qui ça vient. Merci.

Je m'éloigne avant qu'elle ait eu le temps d'ouvrir la bouche. Je sens son regard sur moi pendant que j'attends l'ascenseur, et j'essaie de ne pas m'agiter alors que les minutes s'écoulent inexorablement.

Quand huit heures arrivent, je n'en peux plus d'attendre l'ascenseur. Bien que prendre l'escalier me retourne l'estomac, je me sens encore plus mal à l'idée de me mettre plus en retard. Ce n'est vraiment pas ce que j'avais prévu pour faire bonne impression à ma nouvelle patronne...

J'ai tellement peur de me couvrir de ridicule et de perdre mon stage que je finis par me diriger vers l'escalier. Il fait jour, et je suis dans l'une des meilleures entreprises du pays. Rien n'est plus sûr que cet escalier : il faut que j'arrête de me comporter comme un bébé, et que je le prenne.

J'ai descendu la première volée de marches – ce qui est bien plus facile avec les mocassins que je porte aujourd'hui qu'avec les Louboutin absurdes d'hier, Dieu merci – lorsque j'entends la porte s'ouvrir brusquement derrière moi. Je sais que c'est ridicule, que je ne risque rien, mais je sens des frissons glacés me parcourir l'échine. Je reste pétrifiée pendant ce qui me semble une éternité.

La panique monte ; j'ai le souffle coupé, le cœur qui bat la chamade. C'est exactement ce dont j'ai besoin : je me remets en mouvement, dévalant l'escalier aussi vite que je peux sans avoir l'air d'une cinglée.

Mais la personne derrière moi avance encore plus vite. J'entends ses semelles claquer sur le ciment, et je sais qu'il gagne du terrain. Il se rapproche toujours davantage, et l'instinct de survie prend le dessus. Envahie d'images du passé, je décide d'oublier toute dignité et de courir.

J'écoute, puis prends mes jambes à mon cou, mon sac à main ballottant au bout de mes doigts engourdis par la terreur alors que je tente d'atteindre le rez-de-chaussée. Peut-être que je ferais mieux de sortir au premier étage, mais il est encore tôt et les couloirs sont sans doute déserts. Le hall d'entrée m'offrira un meilleur asile, si seulement j'arrive à l'atteindre…

Soudain, mon talon accroche sur le rebord d'une marche. Je trébuche et pars en vol plané. Je suis à six ou sept marches du palier, et je sais que si je dégringole, je vais me faire très mal. Sans compter que mon poursuivant me tiendra à sa merci.

Je tente de me retenir à la rambarde pour arrêter ma chute, mais elle m'échappe des mains. Je me cogne et aussitôt, une douleur aiguë me traverse la hanche. L'espoir de me rattraper définitivement enterré, je me prépare à me recevoir : tête rentrée, corps en boule, comme mes profs de self-défense me l'ont appris.

Mais avant que j'atterrisse par terre, une main puissante saisit mon bras, arrêtant ma chute. C'est le gars qui me courait après. Je le sais. Et bien que ma logique me dise que je n'ai rien à craindre de quelqu'un qui vient de m'empêcher de tomber, le spectre de mon passé m'environne de toute part, me déchire et m'étouffe, détruisant la sérénité que j'ai eu tant de mal à conquérir.

À présent, je suis totalement paniquée, tellement terrorisée que seul mon instinct fonctionne encore. Je me débats, tentant de le frapper alors même que je n'ai plus les pieds par terre.

Il arrête mes coups, puis me tire vers lui avec son autre main. Il me hisse jusqu'à ce que mes pieds reprennent contact avec le sol. Il me tient, dos à lui, serrée dans ses bras.

Il m'entoure de toute part : je sens son torse ferme, son ventre et ses cuisses collés à moi, tandis que sa senteur parvient lentement à ma conscience. Il sent l'océan, un jour de tempête… la lune reflétée sur l'eau… la pluie tombant entre les feuilles… Et en plus de tout ça, à peine discernable, il dégage une odeur de myrtilles.

Soudain, je sais qui est cet homme qui me retient, avant même qu'il n'ait murmuré d'une voix rauque :

— Bordel, Chloe, arrêtez de vous débattre. Je vous tiens.

Smoothie Boy. M. Frost. Ethan…

Brusquement, je suis envahie par une telle colère que la peur et le malaise de me sentir tenue de façon si intime s'estompent. Évidemment que c'est lui. Pourquoi pas ? Le destin semble avoir décidé que si je dois me ridiculiser, ce sera devant lui. Et d'abord, sans lui, je ne me serais trouvée dans aucune de ces situations à la con. Je ne serais pas dans ce maudit escalier, après avoir manqué de me blesser en tombant. Et je ne serais pas là, collée-serrée avec un inconnu, les nerfs en vrac et le cœur battant à se rompre.

— Vous pouvez me lâcher, s'il vous plaît ?

Je tente de dégager mon bras de son étreinte. Ce n'est sans doute pas très malin, mais je ne supporte pas qu'il me tienne. Son contact déclenche un tourbillon d'émotions que je ne sais pas gérer.

Mais Ethan ne se laisse pas attendrir. Il me tient fermement, sans me faire mal, et me guide jusqu'en bas des marches, à quelques mètres du hall d'entrée. Alors seulement, il me lâche et s'écarte.

Pendant de longues secondes, il ne prononce pas un mot, et moi non plus. Je sais qu'il attend que je le regarde, et que ça peut durer toute la journée. Mais je n'ai pas ce luxe, et finalement – à regret – je me tourne vers lui.

— Merci de m'avoir rattrapée, dis-je.

Je voudrais aussi lui rappeler que c'est sa faute si je suis tombée, mais je pense que j'en ai fait assez pour me le mettre à dos, ces dernières vingt-quatre heures. Pas la peine de le supplier de me mettre à la porte non plus. Et puis, maintenant que je sais qui me poursuivait dans l'escalier, j'ai vraiment l'impression qu'il doit me prendre pour une folle… même sans lui expliquer d'où vient ma phobie.

Mais il fait ce constat de lui-même :

— C'était le moins que je puisse faire, sachant que c'est à cause de moi que vous êtes tombée. Tout va bien ? demande-t-il en m'observant attentivement.

— Oui, ça va.

— Vous en êtes sûre ? Il m'a semblé que vous vous étiez cogné la hanche contre la rampe.

— Non, je ne crois pas.

Mais à présent qu'il en parle, je ressens en effet une douleur dans la hanche droite. Super.

Je pose les doigts sur la contusion, et dois me mordre les lèvres pour réprimer un gémissement. Ça valait bien la peine de claquer tant de temps et d'argent dans ces cours de self-défense depuis deux ans. À la première situation tendue, je panique et oublie presque 100 % de ce qu'on m'a appris.

Ethan m'observe de près, si bien que ma grimace ne peut lui échapper. Son regard s'assombrit.

— Allons vous chercher de la glace, murmure-t-il d'une voix sourde.

Pour la première fois, je vois le P.-D.G. et non le surfeur, et ça n'a rien à voir avec son costume italien hors de prix.

Il pose à nouveau la main sur moi, mais pas sur le bras cette fois-ci : dans le creux de mon dos, pour me pousser doucement vers l'avant. Ça me gêne qu'il soit si près. Je sens la chaleur irradier de son corps vers le mien à ce contact si possessif. Par principe, je ne permets pas aux hommes de me toucher ainsi. C'est trop personnel, trop intime. Je ne devrais pas faire d'exception pour Ethan.

Pourtant, c'est le cas. Je ne m'écarte pas. Je ne le repousse pas. Au contraire, je me laisse guider vers la porte et attends sans protester qu'il l'ouvre devant moi.

Je boite un peu. Ethan le remarque et s'arrête, posant sur moi un regard intense.

— Vous pouvez marcher, ou vous voulez que je vous porte ?

— Vous plaisantez ? C'est juste un bleu ! Je peux me débrouiller, merci.

Sans un mot, il attend que j'aie franchi la porte. Une fois dans le hall, je me dirige vers la sortie : un coup d'œil à ma montre m'apprend que j'ai déjà cinq minutes de retard, mais il m'arrête.

— Il vous faut de la glace.

— Il faut surtout que j'aille à mon bureau.

— Je suis certain que le département juridique peut se passer de vous dix minutes.

Il me conduit à l'accueil, où deux gardes supervisent l'entrée des employés, qui passent leur badge dans la machine avant de débuter leur journée de travail.

— Jose, Mlle Girard s'est blessée dans l'escalier. Pourriez-vous lui procurer une poche de glace, s'il vous plaît ?

L'agent de sécurité, un homme chauve, bondit aussitôt sur ses pieds.

— Tout de suite, M. Frost. Vous allez bien, mademoiselle Girard ?

— Oui, ça…

— Elle a trébuché et s'est cognée contre la rampe. Elle a bien failli dévaler tout l'escalier, explique Ethan à ma place.

Ça me met en colère. Toute ma vie, ma famille a fait comme si je n'existais pas. Je ne vais pas supporter ça de sa part, à présent. Il a beau être mon grand patron, les signaux qu'il m'envoie aujourd'hui ne sont pas plus professionnels que ceux d'hier.

Jose ressent probablement les choses comme moi : alors qu'il me taquinait en m'appelant « la petite nouvelle » il y a encore vingt minutes, j'ai maintenant droit à des « Mlle Girard » aussi déférents que s'il s'adressait à Ethan lui-même.

Ça me met encore plus sur les nerfs, si bien que lorsqu'il me demande s'il doit appeler un médecin, j'ai du mal à me retenir de lui hurler dessus.

— Non, je n'ai pas besoin d'un médecin. J'ai un bleu ! Ce n'est rien.

Je consulte ma montre avec un geste appuyé.

— Et j'ai aussi une réunion dans dix minutes, et je ne veux pas arriver en retard.

Ma tutrice m'a expliqué que le planning était mis en place le mardi matin : chaque stagiaire reçoit ses nouveaux projets. Pour obtenir un dossier intéressant, il vaut mieux être là tôt et prêt à se défendre. Malheureusement, au rythme où ces deux-là avancent, je vais sans doute me retrouver à travailler sur le contrat le moins palpitant et le plus difficile du lot. Exactement le contraire de ce que je souhaitais pour la première semaine de mon job de rêve.

— Jose.

Ethan ne dit rien de plus, mais cela suffit pour que le garde s'élance au petit trop vers la cafétéria.

Exaspérée, je me tourne vers Ethan :

— Vraiment ! Vous êtes sérieux ?

— Très. Je suis très attaché à la santé de mes employés.

Une fois encore, il pose la main dans le creux de mon dos. Il me conduit vers la petite pièce à côté du comptoir de la sécurité. À l'intérieur se trouve un gardien. Une foule d'écrans montrent différentes parties des locaux.

— Danny, vous voulez bien nous excuser une minute ?

— Oui, monsieur Frost.

Il se lève aussitôt pour gagner la porte, non sans me regarder avec curiosité au passage.

Au train où ça va, il ne faudra pas plus d'une matinée pour que les pires potins circulent sur mon compte. Ça me rend folle. Il y a trois ans, j'ai traversé le pays pour faire mes études en Californie, dans le seul but d'échapper aux rumeurs sur mes relations avec un autre homme riche. La dernière chose que je souhaite, c'est revivre le même cauchemar.

Je ferme les yeux, secoue la tête… je ne peux pas le croire. C'est trop. J'avais tellement envie de m'intégrer, de trouver ma place. J'espérais même revenir travailler ici après mon diplôme, afin d'effectuer d'autres stages tout en préparant mon master de droit. À cause de ma famille – de mon frère –, la question de la propriété intellectuelle dans la haute technologie est très importante pour moi. Et je sais que si je continue à décrocher des bonnes notes, je pourrai trouver un boulot n'importe où. Mais Frost Industries est vraiment la boîte idéale. Bosser ici, c'est un rêve devenu réalité, et je ne peux pas croire qu'Ethan Frost en personne soit en train de me le gâcher.

Décidée à lui faire arrêter cette histoire – quelle qu'elle soit – avant qu'elle prenne des proportions trop affolantes, je me racle la gorge. Et prépare mes arguments. Quand enfin, je me sens prête à parler, tout ce que je parviens à dire est :

— M. Frost.

Il me regarde, puis me caresse le dos de la main. Je frissonne contre mon gré. C'est un contact léger, délicat même – comme s'il avait peur de me briser. Mais en même temps, sa main est brûlante. J'en perds le fil de mes idées.

— Appelez-moi Ethan.

— M. Frost, je…

— Ethan.

Je ne comprends pas pourquoi il y tient tellement. Mais c'est le cas, de toute évidence. Cependant, je sais que si je cède et l'appelle par son prénom, les choses vont changer entre nous. Ça lui donnera un certain pouvoir sur moi, le droit de me dicter mes paroles et mes actes, et je ne suis pas d'accord. Je repense à la scène d'hier à la cafétéria, à ce fichu smoothie aux myrtilles, et je me jure que cette fois-ci, je ne vais pas faire ce qu'il me demande.

— M. Frost, il faut vraiment que j'aille au bureau. Votre inquiétude me touche, mais elle n'est pas fondée. Et franchement, elle me met mal à l'aise.

Il semble sur le point de protester parce que je l'appelle toujours « M. Frost », mais ensuite, il prête attention au sens de mes paroles.

— Mes attentions vous mettent mal à l'aise ?

— Ben, oui. De toute évidence. Sauf si vous enfermer dans le bureau de la sécurité avec des employées de sexe féminin est une habitude…

— Ce n'est pas le cas.

— Alors, c'est en effet très gênant. Dans le hall, tout le monde me regardait, parce que vous étiez avec moi. Et que vous me touchiez.

— Poser la main dans votre dos n'est qu'une marque de politesse, rétorque-t-il, les sourcils levés.

— Non, le contredis-je, bien décidée à lui montrer que je ne suis pas folle. Me donner le bras, c'est de la politesse. Poser votre main dans le creux du dos, c'est tout à fait différent.

— Vraiment ? Et c'est quoi, en réalité ?

Il me sourit. C'est à peine un frémissement de ses commissures, mais mon cœur s'affole et j'ai des frissons. Je ne sais pas pourquoi.

— C'est quoi, quoi ?

Je bredouille en essayant de remettre mes pensées en ordre.

— Ma main, dans votre dos. Si ce n'est pas de la politesse, qu'est-ce que c'est ?

Un geste intime.

J'ai les mots sur le bout des lèvres, et je dois me retenir de les dire. Je manque de les laisser échapper. Mais ce n'est pas possible, car cette pensée est totalement folle. Encore plus fou est le désir qu'elle soit vraie. Désir que je n'éprouve pas. Pas du tout, me dis-je pour me rassurer.

Sauf que je me sens étrangement perdue maintenant qu'il m'a lâché la main. C'est une drôle de sensation, et elle ne me plaît pas. Je recule d'un pas, puis de deux, et je vois à ses yeux que ça le contrarie. Mais avant qu'il ait pu dire quoi que ce soit, la porte s'ouvre à la volée. Jose est de retour, une poche de glace à la main et un grand sourire aux lèvres.

Ethan s'avance vers lui pour prendre les glaçons, et je frissonne de soulagement. Je me sens comme un prisonnier à qui on vient d'accorder une remise de peine : soulagée, mais encore tremblante, parce que je sais que le sursis peut prendre fin n'importe quand.

Je ne me trompe pas : Ethan attend que Jose quitte la pièce pour refermer la porte. Cette fois, je le vois mettre le verrou. Mon soulagement a été de courte durée. Car Ethan s'approche de moi comme une panthère fond sur sa proie. Et manifestement, ses intentions sont loin d'être honorables.

— Où est-ce que ça fait mal ? demande-t-il en s'arrêtant devant moi.

— … mal ?

J'ai la bouche tellement sèche que j'ai du mal à parler.

— Votre hanche. Où est le bleu ?

— Ah, oui. Ici, dis-je en détournant les yeux de son visage magnifique.

J'essaie de lui prendre la poche de glace, mais il repousse ma main. Puis, avec une infinie douceur, il appuie le sachet contre ma hanche.

Je sens ses doigts, puissants et chauds, sur ma taille, et le contraste avec la glace est saisissant. Pendant de longues secondes, je reste immobile. Je suis incapable de respirer : il est si proche que ses cheveux effleurent ma joue alors qu'il penche la tête pour voir ce qu'il fait.

— Ici ? s'enquiert-il.

— Oui.

En entendant ma voix haletante, il relève aussitôt la tête. Je n'ai jamais vu d'yeux aussi bleus – ni aussi troublés, comme le Pacifique un jour de tempête.

Je suis totalement subjuguée par son regard. C'est à la fois hypnotique et terrifiant. Comme s'il voulait en même temps me protéger… et me dévorer. Je reste pétrifiée comme une proie devant son prédateur. J'attends de voir lequel de mes instincts va prendre le dessus.

Du bout des doigts, il me caresse la joue, le long de la mâchoire. Son toucher est doux, follement doux, et je ne peux résister. Je m'appuie contre lui, pressant ma joue sur sa paume.

Il crispe son autre main sur ma hanche, puis ferme les yeux et se force à respirer calmement. Il se détend, et lorsqu'il rouvre les paupières, son regard est empreint d'une infinie tendresse.

— Chloe, dit-il avec déférence.

— Oui ?

— Acceptez de dîner avec moi.

— De dîner... ?

— Ce soir. Je vous invite, répond-il en me caressant les lèvres avec son pouce.

Je suis tellement perdue dans mes sensations, dans la conscience de sa peau contre la mienne, que je peine à comprendre ses mots. Ou à répondre. Une partie de moi sait que c'est une mauvaise idée. Les choses ne se passeront pas comme il espère. Avec moi, c'est impossible. C'est pour ça que je décline toujours quand un homme m'invite ou que Tori essaie de me caser.

Mais cette fois, enveloppée par la présence d'Ethan – noyée dans son contact –, j'ai envie de dire oui. J'ai envie de sortir avec lui, de voir s'il me touche à nouveau avec cette douceur et cette tendresse. Je veux découvrir si mon intuition, qui me souffle que je peux lui faire confiance, est juste.

Pendant un instant, j'enfouis mon visage dans sa main. J'effleure des lèvres sa paume étonnamment calleuse. Il se raidit – est-ce de surprise, d'excitation, ou d'autre chose ? Mais avant qu'il ait pu réagir, je m'écarte. Et lui donne la seule réponse dont je sois capable.

— Non.

Car si mon instinct me pousse vers lui, le reste de ma personne n'est pas si facile à charmer… ou à tromper.

Chapitre 4

Ethan sursaute de surprise devant ma réponse.

— Non ?!

On croirait qu'il n'a jamais encore entendu ce mot, mais je sais de source sûre que c'est faux. Je le lui ai dit moi-même, hier. Juste avant de faire exactement ce qu'il voulait.

Mes joues s'empourprent à cette pensée, même si je sais que cette fois, ça va se passer autrement. Je ne vais pas céder. Je ne peux pas. Même si j'en meurs d'envie.

— Non. Je suis désolée, mais c'est une mauvaise idée.

Je m'attends à ce qu'il proteste. Il penche la tête de côté et me dévisage longuement, comme s'il préparait ses arguments. Mais pour finir, il se contente d'une question.

— Pourquoi ?

— Parce que ! Ce stage est très important pour moi. Je me suis vraiment cassé le cul pour le décrocher, j'ai refusé d'autres propositions pour avoir une chance de bosser ici. Il est hors de question que je foute tout par terre, juste pour sortir avec vous.

— *Juste* pour sortir avec moi ?

Il semble plus amusé que vexé, mais j'éprouve tout de même le besoin de clarifier.

— Vous voyez très bien ce que je veux dire ! Je…

— C'est bon, Chloe. Mais je veux que vous sachiez que quoi qu'il se passe – ou pas – entre nous, votre stage n'en souffrira pas. Vous avez mérité ce contrat, et personne ne vous le retirera sous prétexte que nous sortons, ou ne sortons pas, ensemble. Ce sont deux choses entièrement distinctes.

Et mes amies pensent que je suis naïve ? Je ne comprends pas comment Ethan peut prétendre de façon aussi convaincante que nos relations n'auront pas d'impact sur mon stage. Peut-être qu'il le croit vraiment, ou peut-être qu'il essaie de me faire changer d'avis, mais dans tous les cas, c'est une affirmation vraiment absurde. Les gens me regardent déjà d'un drôle d'air, et je suis certaine que depuis quinze minutes que nous sommes ici, les rumeurs ont commencé à circuler. Après tout, Ethan m'a avoué lui-même qu'il n'avait pas l'habitude de s'enfermer dans le local de la sécurité avec ses employées…

— Peut-être, mais je ne peux pas prendre le risque. Je suis désolée, Ethan.

Il m'observe un moment, comme pour évaluer la force de ma conviction. Mais cet air calculateur ne tarde pas à disparaître.

— Bon, au moins, j'ai réussi à vous persuader de m'appeler Ethan, et pas « M. Frost », comme dans cette lettre ridicule, constate-t-il avec un sourire. C'est mieux que rien.

Je pâlis en m'apercevant qu'il a raison. Et moi qui voulais que ça reste professionnel… Quand ai-je commencé à l'appeler Ethan dans ma tête ? Et comment ai-je pu être assez stupide pour le faire devant lui ? L'encourager est la dernière chose à faire. Et je n'ai pas intérêt à utiliser son prénom devant un membre de la boîte.

Ma contrariété doit se lire sur mon visage, car il recule d'un pas.

— Je vous taquine, Chloe. Je suis capable d'accepter un refus. Comment va votre bleu ? demande-t-il en enlevant la poche de glace.

Je suis désorientée par le changement de sujet, autant que par son brusque retour à un ton impersonnel. Son sourire s'est effacé, de même que les petites rides chaleureuses au coin de ses yeux, remplacés par un air froid de dirigeant d'entreprise habitué à cacher ses émotions.

J'éprouve aussitôt un sentiment de perte. Ce qui est stupide ; il fait exactement ce que je lui ai demandé : il me traite comme tous les autres employés. Pourtant, alors qu'il s'éloigne de quelques pas, sa chaleur me manque. Sa proximité, son inquiétude pour moi…

— Ça va. Comme je vous le disais, ce n'est qu'une petite contusion.

— On n'est jamais trop prudent, réplique-t-il en me tendant le sachet de glaçons. Appliquez-le à nouveau dans un quart d'heure, ça vous évitera une belle bosse.

— Je n'ai pas besoin…

— Chloe.

Sa voix est bien plus tranchante que je ne l'ai entendue jusqu'ici, et je me concentre aussitôt sur ce qu'il dit, comme s'il s'adressait à une partie enfouie de moi-même, que je ne comprends pas.

— Est-ce que vous pourriez obéir sans discuter ? Juste une fois. S'il vous plaît.

Je prends la poche avec un hochement de tête. Je ne sais pas pourquoi il y tient tellement, mais ça ne me coûte rien d'accepter. Et ça me soulagera certainement.

— Je dois y aller.

Il jette un coup d'œil à sa montre coûteuse.

— À quelle heure était votre réunion ?

— Huit heures et quart.

— Vous êtes en retard.

— Vous croyez que je n'ai pas remarqué ? C'est vous qui avez insisté pour mettre de la glace sur ce bleu ridicule !

Me voilà à nouveau agacée : à l'entendre, on croirait que c'est ma faute et non la sienne si je suis tellement à la bourre.

— Il n'a rien de ridicule. Vous devriez prendre soin de vous.

— Je prends soin de moi. La preuve, j'ai réussi à atteindre mes vingt ans en un seul morceau.

— Vingt ans… Vous en parlez comme si c'était un exploit, commente-t-il avec une pointe de gourmandise.

L'image de Brandon, et de mes parents, surgit dans mon esprit.

— Plus que vous ne l'imaginez.

Les mots sont sortis de ma bouche avant que j'aie eu le temps de réfléchir. C'est une erreur. Regrettant cet aveu, je lève les yeux vers Ethan, cherchant une remarque humoristique pour faire retomber la tension.

Mais c'est trop tard : Ethan pince les lèvres, tendu, les yeux à nouveau sombres et orageux. Pendant une seconde, je crains qu'il me demande des détails, et je me mets à chercher désespérément quelque chose à lui raconter, autre que la vérité.

Heureusement, ce n'est pas nécessaire : il renonce, à regret semble-t-il. Au moins pour le moment.

— Venez. Je vous accompagne au bâtiment 3.

— Ce n'est pas la peine.

— Mais si : vous avez vingt minutes de retard. Ce n'est pas la meilleure façon de commencer sa deuxième journée.

— Je sais.

J'ai l'estomac noué à l'idée de voir ma chef. Que vais-je lui dire ? Je doute qu'elle avale la vérité. En plus, je n'ai vraiment pas envie de lui raconter que j'ai paniqué et que j'ai manqué de dégringoler une volée de marches. Je préférerais ne pas être étiquetée « cinglée » ou « maladroite pathologique » dès la première semaine.

— Je vais expliquer à Maryanne que je vous ai retenue.

Il ouvre la porte et me fait sortir, sans me toucher cette fois. Ça me manque, même si je suis soulagée qu'il ait pris ma décision au sérieux. Pfff, cet homme me rend folle : je change d'avis à chaque seconde qui passe.

— Ce n'est pas la peine.

— Ça ne me dérange pas.

— Je ne suis pas une enfant. Je peux me débrouiller.

— Je sais que vous n'êtes pas une enfant, Chloe, rétorque-t-il en se tournant vers moi. Vous êtes une jeune femme brillante, à l'avenir prometteur. Je ne veux pas que vous commenciez votre contrat ici avec des casseroles. Pas parce que vous m'intéressez, ni parce que je vous trouve jolie, mais parce qu'après avoir consulté votre dossier hier, j'ai l'impression que vous serez un véritable atout pour Frost Industries à l'avenir.

» Expliquer que je suis la cause de votre retard est quelque chose que je ferais pour n'importe lequel de mes employés. Pas juste pour vous. D'accord ?

Je suis tellement heureuse d'entendre la sincérité dans sa voix – et de savoir qu'il a une bonne opinion de moi – que j'ai du mal à parler.

— D'accord.

— Parfait. Merci, Jose. Merci, Danny, salue-t-il alors que nous passons devant les gardes.

— Est-ce que Mlle Girard est parfaitement remise ? demande Jose avec sollicitude.

— Je vais bien, dis-je, froissée qu'on parle de moi comme si je n'étais pas là.

J'ai fait partie des meubles trop longtemps, et je me suis trop battue contre ça, pour retomber dans ce rôle. Encore une raison de fuir Ethan Frost comme la peste. C'est perturbant de constater avec quelle facilité il me pousse à faire ce qu'il veut, au lieu de ce que j'ai décidé.

Jose rougit un peu et m'adresse un signe de tête.

— Tant mieux. Prenez soin de vous, Mlle Girard.

Maintenant, j'ai l'impression d'avoir été impolie. Mais Ethan semble plutôt amusé tandis qu'il s'arrête pour me laisser passer par la porte du bâtiment.

— Jose vous mange déjà dans la main, alors que vous n'êtes là que depuis vingt-quatre heures.

— Je crois plutôt qu'il *vous* mange dans la main. Il se comportait encore normalement quand je suis arrivée ce matin. Et comme la seule donnée qui ait changé, c'est vous…

Nous marchons sur le trottoir d'un pas vif – mais pas trop, comme si Ethan devinait à quel rythme je peux aller avec ma hanche douloureuse. Nous ne pouvons faire plus de quelques pas sans que quelqu'un le salue, et il répond chaque fois, appelant la plupart des gens par leur nom. Je ne sais pas comment il fait : il dirige une très grande entreprise, qui s'accroît chaque jour. Et pourtant, il connaît le nom de chacun de ses employés. Plus encore, il traîne à la cafétéria et leur sert des smoothies.

Je repense au gars d'hier. Pas le stagiaire, mais celui qui est venu commander une boisson pendant que j'attendais. Il s'est montré amical avec Ethan. De toute évidence, il savait qui c'était. Pourtant, il n'a pas trouvé curieux que ce soit le P.-D.G. de Frost Industries en personne qui lui prépare sa boisson.

Je ne comprends pas. Il est comme une énigme, un puzzle dont les pièces s'emboîtent mal… et ça va me rendre folle. Il faut que je tourne la page, que je chasse de mon esprit les comportements étranges d'Ethan, et que je vive ma vie, mais j'ai bien peur que ce soit plus difficile que prévu. Surtout que j'ai vraiment envie de le déchiffrer.

— Que faisiez-vous derrière le bar, hier, à préparer des smoothies ? Et pourquoi étiez-vous habillé comme un surfeur ?

Une fois encore, les mots sont sortis sans que je le veuille.

— Je suis un surfeur.

— Je sais. Mais vous êtes aussi P.-D.G., et ici, c'est votre lieu de travail. Un short de plage n'est pas la tenue la plus appropriée.

— On voit que vous n'avez jamais croisé les gars du département de recherche et développement ! C'est déjà bien beau quand ils pensent à s'habiller avant de venir au boulot.

S'ils ont le genre de physique que j'imagine, je n'ai pas tellement hâte de voir ce spectacle.

— Vous n'avez pas répondu à ma question.

— C'est vrai.

Pendant une bonne minute, j'ai l'impression qu'il ne le fera pas. Mais il finit par secouer la tête d'un air de regret.

— Pour être franc, c'est assez gênant. La Frost Foundation verse beaucoup d'argent à des associations de protection de l'océan, et les gars des relations publiques ont pensé que ce serait bien d'avoir quelques images de moi sur ma planche. Ils jurent leurs grands dieux que ça va attirer l'attention de l'opinion, et permettre de récolter plus de fonds. Le shooting a eu lieu hier.

Bien sûr. Ethan Frost est aussi connu en tant que philanthrope que visionnaire. Mais comme il semble vraiment embarrassé, je m'abstiens de tout commentaire, et je change de conversation.

— Et les smoothies ?

— Je suis très tatillon sur la qualité des smoothies que je bois.

Il est tellement sérieux que je ne peux m'empêcher de trouver ça comique.

— Rodrigo faisait tout de travers, ajoute-t-il.

Je dois me mordre la joue pour ne pas rire.

— Ça existe, de rater un smoothie ?

— Chloe, ma puce, il n'y a rien qu'on ne puisse rater, répond-il avec une lueur diabolique dans le regard.

Je regrette presque d'avoir posé la question. Presque.

Il ne faut que six ou sept minutes pour aller du bâtiment 1 au bâtiment 3. Mais quand nous sortons de l'ascenseur à mon étage, je suis une boule de nerfs. En partie parce que je n'ai pas envie de devoir affronter ma chef, et en partie à cause des regards qui nous suivent. Certes, les gens saluent Ethan, mais ils ne se privent pas de me lorgner. Il semble évident que ce n'est pas tous les jours qu'Ethan accompagne de jeunes recrues à travers les locaux, et surtout pas des stagiaires, repérables à leur badge vert pomme.

Je comprends trop tard qu'il aurait très bien pu se contenter d'envoyer un mail à ma chef, ou encore de demander à sa secrétaire de l'appeler. Le fait qu'il vienne me déposer comme un bouquet de fleurs dans la salle de réunion donne beaucoup trop d'importance à la chose. Plus que je ne veux qu'elle en prenne.

Arrivé devant la salle, il m'ouvre une fois de plus la porte. Il est tellement galant... alors que j'aimerais qu'il ne le soit pas. Moi qui suis fière de toujours affronter mes peurs, j'aurais tout de même préféré qu'il entre avant moi dans la pièce. Je me trouve face à face avec ma responsable, assise en tête de table. Les sept autres stagiaires, que j'ai rencontrés hier, semblent au garde-à-vous, suspendus à ses lèvres. Je suis certaine qu'ils étaient tous parfaitement à l'heure.

En entendant la porte s'ouvrir, Maryanne se tourne aussitôt vers moi. Elle ne distingue pas Ethan, qui est encore de l'autre côté du battant. Ça me convient – je ne veux pas qu'il me défende – mais mon premier pas dans la pièce est aussi plaisant que celui d'un condamné qui s'avance dans le couloir de la mort. J'ai l'impression d'être une femme morte, marchant tout droit vers une guillotine made in Frost Industries. Ou la chaise électrique.

— Mlle Girard, comme c'est aimable de vous joindre à nous, persifle Maryanne avec agacement. Mais la réunion est commencée depuis une demi-heure...

— C'est moi qui l'ai retenue, Maryanne, explique Ethan de sa voix la plus charmante.

Avec un regard enjôleur, il se dirige vers ma responsable afin de lui parler à voix basse. Nous n'entendons pas un mot de ce qu'il lui dit.

Les autres stagiaires me dévisagent, certains avec curiosité, d'autres franchement hostiles. Je me glisse sur l'un des sièges libres. Ma hanche proteste un peu, mais je n'en tiens pas compte. La dernière chose que je souhaite, c'est manifester une quelconque faiblesse en cet instant. Je sais bien qu'Ethan croit me faire une faveur – et c'est peut-être le cas, vis-à-vis de ma chef. En revanche, avec les autres stagiaires, il est en train de m'attirer des ennuis. Dans le regard des garçons, je vois qu'ils ont deviné la nature de ma conversation avec Ethan. Les filles sont plus discrètes – surtout Chrissy, ma tutrice d'hier, qui s'est montrée particulièrement accueillante –, mais elles aussi sont en train de se forger une image de moi qui ne me plaît pas.

À l'autre bout de la pièce, Maryanne hoche la tête, souriante. Ethan s'éloigne pour adresser quelques mots à l'ensemble du groupe. Il va jusqu'à s'arrêter à côté des stagiaires qui sont le plus près de la porte. Ils se rengorgent, tout heureux, et je devine qu'Ethan tente de me protéger. Si sa présence à mes côtés leur permet de briller à leur tour, peut-être qu'ils seront moins hostiles à mon égard.

Ça me fait chaud au cœur, bien que je doute de l'efficacité du procédé. J'ai déjà été mise à l'écart, et je sais comment ça fonctionne. Il est bien rare qu'il suffise de quelques mots du grand patron pour calmer le jeu.

Ça ne loupe pas : une fois Ethan parti, tous les yeux se tournent à nouveau vers moi. Je sors ma tablette de ma sacoche et me prépare à prendre des notes sur la tâche ingrate que mon retard va forcément me valoir.

Mais Maryanne ne fait pas mine de me confier un projet. Elle se contente de reprendre où elle en était, discutant les points importants des cas qu'elle a distribués pour la semaine. Chacun est chargé des recherches préliminaires d'un dossier bien précis, mais Chrissy m'a expliqué que Maryanne aimait discuter de l'ensemble des questions avec nous tous, afin d'élargir le champ de nos apprentissages. Ainsi, en cas de problème, n'importe lequel d'entre nous peut remplacer son collègue sans perturber les avocats dont nous préparons les dossiers.

C'est un très bon outil d'apprentissage, et je suis contente d'en bénéficier, même si je ne sais pas encore sur quoi je vais travailler. À 10 h 15, lorsque la réunion prend fin, j'ai accumulé des pages de notes, et je commence à avoir une idée assez claire des règles de la propriété intellectuelle dans le monde de la technologie de pointe.

Alors que les autres quittent la salle en file indienne, j'attends l'occasion de parler à Maryanne. Je n'ai toujours pas de projet, mais je ne voulais pas soulever la question pendant la réunion. J'ai eu ma dose d'attention pour l'été…

Chrissy traîne un peu devant la porte, jusqu'à ce que je me tourne vers elle. Elle me fait signe de la rejoindre quand j'aurai fini.

Ça me rassure un peu. Peut-être que j'ai tort de m'en faire. Peut-être que tout va bien se passer…

Mais ensuite, Maryanne termine sa conversation avec Rick, le plus ancien des stagiaires. Il n'a pas l'air content en se détournant, mais il garde une attitude professionnelle – du moins jusqu'à ce qu'il tourne le dos à Maryanne et croise mon regard. Il me dévisage avec haine en articulant silencieusement le mot « traînée ».

Puis il quitte la salle de réunion avec un calme qui dissimule sa fureur.

C'en est fait de mes espoirs.

— Merci de m'avoir attendue, Mlle Girard, dit Maryanne en s'approchant. Je voulais vous entretenir de votre travail des prochaines semaines.

— Je suis vraiment désolée d'être arrivée si tard. Ça ne se reproduira pas.

Je sais qu'Ethan a déjà justifié mon retard, mais je tiens tout de même à m'excuser.

— Ne soyez pas idiote ! Je comprends parfaitement. Si Ethan avait voulu me parler ce matin, j'aurais sans doute zappé la réunion, moi aussi.

Merde. C'est pire que ce que je pensais. Elle ne veut pas le reconnaître, mais elle est en colère. Très en colère. D'où le caractère fielleux de sa remarque.

— Je suis tombée dans l'escalier, je me suis fait très mal à la hanche, dis-je en lui montrant les glaçons fondus. M. Frost a eu la gentillesse de m'aider et de me procurer une poche de glace.

— C'est ce qu'il m'a expliqué. Ça va mieux, maintenant ?

— Oui. Tout va bien.

— Tant mieux, parce que vous allez avoir beaucoup de travail sur le projet qui vous est confié.

— Le projet… ?

— Oui. Je ne sais pas de quoi vous avez discuté avec Ethan, mais il semblerait que vous lui ayez fait une forte impression. Il m'a demandé de vous attribuer les recherches en vue de la fusion avec Trifecta. Vous en avez entendu parler ?

Le cœur battant, j'acquiesce. Je ne connais pas les détails – ils sont tenus secrets – mais je sais que c'est une grosse affaire. Qui pourrait faire gagner beaucoup d'argent à Frost Industries, et leur ouvrir les portes d'un nouveau champ de la biotechnologie.

Je fais part à Maryanne de ce que je sais de la fusion, bien que ça se résume à peu de choses. Elle semble un peu radoucie.

— Je viens de vous envoyer les grandes lignes par mail, ainsi qu'un calendrier que Rick a préparé, avec les dates auxquelles chaque point doit être prêt pour nos avocats. Tout changement de programme doit être validé par mes soins.

— Entendu.

— Avez-vous des questions ?

J'en aurai certainement, mais pas avant d'avoir consulté les informations qu'elle m'a communiquées.

— Pas encore.

Elle doit lire dans mon esprit. Ou alors, elle sait à quel point ce projet me dépasse.

— Vous ne tarderez pas à en avoir. Dans un premier temps, consultez Rick. S'il ne peut vous aider, n'hésitez pas à venir me trouver.

— D'accord.

— Parfait. Vous pouvez vous mettre au travail, conclut-elle en me montrant la porte d'un signe de tête.

Elle semble à présent presque aussi ouverte que lorsque nous nous sommes rencontrées hier.

Je rassemble mes affaires et me dirige vers la porte aussi vite que ma hanche me le permet. Mais avant que je quitte la pièce, Maryanne me hèle.

— Au fait, Mlle Girard…

— Oui ?

— C'est un très gros projet. Les avocats pour lesquels vous allez travailler sont très exigeants. Tâchez de ne pas commettre d'erreur.

— Je serai attentive.

Elle ne répond pas, se contentant de me dévisager jusqu'à ce que je sorte. C'est plutôt intimidant.

Pas moins intimidant que le fait de me retrouver parmi les artisans de la fusion avec Trifecta. Je sais que les choses sérieuses sont entre les mains des avocats, des ingénieurs et des vice-présidents – sans parler d'Ethan lui-même –, mais la tâche qui m'attend n'en est pas moins herculéenne, surtout pour une nouvelle stagiaire qui ne sait même pas quelles bases de données utiliser.

Je devrais être terrifiée, et pour une part, je le suis, mais je ne vais pas le montrer. Ni à Maryanne, ni à Rick, dont je comprends mieux l'attitude, ni aux autres stagiaires qui me contemplent à présent comme si j'avais attrapé la rage – ou commis une horrible trahison. Je peux le faire. Je *dois* le faire. En approchant des box attribués aux stagiaires, je prends conscience des changements qui se sont opérés en une matinée. Non seulement à cause du travail qui m'est confié, mais parce qu'hier, Maryanne – comme tout le monde – m'appelait Chloe. Aujourd'hui, je suis soudain devenue Mlle Girard.

De la part de Jose, c'était une marque de politesse. Quelque chose me dit que de la part de ma chef, c'est exactement le contraire.

Chapitre 5

Je ne vais pas y arriver. Je le sais. Je suis dans les toilettes des femmes au premier étage du bâtiment 3, luttant de toutes mes forces pour ne pas pleurer. C'est idiot, j'en suis consciente. Après tout, j'ai déjà traversé bien pire. J'ai entendu et vécu des choses bien plus horribles.

Mais ça remonte à longtemps, et à l'époque, je m'y attendais. Je m'y étais préparée. Ici, dans ce boulot dont j'espérais tant, cet endroit où j'avais tellement envie de mettre le pied, d'apprendre et d'apporter ma pierre, c'est un million de fois pire que lorsque j'étais plus jeune.

Dire que la journée ne s'est pas bien passée serait un euphémisme. Rick est un vrai connard, champion pour me harceler sans en avoir l'air. Il est à la tête de l'opération de rétorsion qui me vise – quelle surprise ! –, et il a fait de son mieux pour transformer ma journée en cauchemar. Tout a commencé lorsqu'il est venu me voir pour « parler de la fusion avec Trifecta » et qu'il m'a « sans le faire exprès » renversé son café brûlant dessus. Depuis, il m'a bousculée trois fois, dont la dernière en me projetant violemment contre un mur. J'ai eu du mal à retenir des larmes de douleur en me cognant à nouveau la hanche, mais je préférerais mourir que de lui donner la satisfaction de voir qu'il m'a atteinte.

Bien sûr, c'est un peu le roi des stagiaires, car il est le premier arrivé. Les autres modèlent leur attitude sur la sienne. Ce qui signifie que j'ai dû subir remarques perfides et confrontations directes. L'une des filles, Beth je crois, m'a fait un croche-pied. Évidemment, elle l'a jouée comme Rick, feignant un accident afin de me faire passer pour maladroite. Mais je sais bien que ce n'était pas par hasard que son pied s'est retrouvé en travers de mon chemin.

Cette fois-là, j'ai failli réagir – je sais d'expérience qu'il n'y a rien de pire que de se laisser faire dans ce genre de situations –, mais quand je me suis aperçue que Chrissy et les autres stagiaires me regardaient en ricanant, ça m'a coupé le sifflet. J'étais incapable de trouver une remarque sarcastique ou spirituelle pour me moquer de mes bourreaux. Je me suis contentée de ramasser mon dossier et les papiers qui s'en étaient échappés, et de retourner à mon bureau.

Et c'est là que j'étais, occupée à remettre mes feuilles dans l'ordre, quand Rick s'est approché comme le serpent qu'il est. Cette fois, au lieu de m'agresser physiquement, il a choisi de faire une remarque sur la promotion canapé. La seule mesure de rétorsion qui m'a traversé l'esprit, c'était de lui coller mon poing dans la gueule. Ou mes genoux dans les couilles.

Mais ça ne se fait pas. En tout cas, pas au bureau, devant sept autres collègues tous prêts à témoigner que c'est moi la fautive. Que je l'ai agressé.

Alors, je me suis enfuie, et me voilà dans les toilettes, des larmes de frustration ne demandant qu'à ruisseler sur mes joues. Mais je ne pleurerai pas. Pas maintenant, plus jamais. En plus, je suis capable de supporter leurs insultes et le reste. Je le sais. Mais je veux me battre, je *dois* me battre. Après avoir échappé à mes parents et mon école, sans oublier la situation intenable avec Brandon, je me suis promis de ne plus jamais être une victime. De ne pas me laisser faire, quoi que les autres puissent dire.

Ça a marché pendant mes trois années à la fac de San Diego, mais pour être honnête, je n'ai pas eu beaucoup de conflits. Rien comme ce que j'avais vécu auparavant. Et rien qui puisse se comparer à ce que je traverse aujourd'hui.

Alors, pourquoi n'ai-je pas réagi ? Pourquoi n'ai-je pas annoncé à Rick ce que je comptais faire à ses couilles s'il insinuait une seule fois encore que j'avais couché afin de lui voler le boulot pour lequel il s'était battu depuis deux ans ? Pourquoi n'ai-je rien dit à cette garce quand elle m'a fait un croche-pied ? Pourquoi n'ai-je rien fait du tout ?

Parce qu'on n'est pas dans la cour de récré. On est dans le monde du travail, et je ne peux pas coller mon poing sur la figure de quelqu'un et affirmer que c'est lui qui a commencé. Surtout si je suis la première à taper.

Je me penche sur le lavabo pour me passer de l'eau sur le visage. J'essaie de rafraîchir mes joues brûlantes, et de me défaire de mon humiliation. Car si je suis en colère et blessée de voir mes collègues stagiaires se liguer aussi vite contre moi, ce n'est pas vraiment à eux que j'en veux. Après tout, ils ne font que se conduire comme les hyènes qu'ils sont, en me tournant autour afin de se jeter sur moi quand je serai à bout de force.

Non, je suis en colère contre Ethan, qui m'a mise dans cette situation. C'est lui qui m'a envoyé ce fichu blender. Qui m'a poursuivie dans l'escalier, suscitant ma terreur. Qui a insisté pour que je mette de la glace sur ma hanche. Et qui m'a offert ce dossier de rêve – lequel est en train de se transformer en cauchemar – simplement parce qu'il a envie de sortir avec moi.

Et pour être honnête, c'est la vraie raison pour laquelle je ne me suis pas défendue aujourd'hui. La raison pour laquelle j'ai accepté de me laisser maltraiter comme ça. Parce que même si je ne couche pas pour arriver – l'idée ne m'a même jamais traversé l'esprit –, Rick et les autres n'ont pas tort de croire que si j'ai décroché le dossier Trifecta, c'est parce qu'Ethan me trouve à son goût, qu'il me veut.

Je n'ai aucun problème à me défendre, mais j'ai plus de mal à leur dire qu'ils racontent des conneries si ce n'est pas le cas. Rick a bien raison d'être fou de rage de se voir retirer le dossier au profit de quelqu'un qui n'est là que depuis hier – nous nous battons tous pour avoir les meilleurs dossiers afin d'étoffer nos CV, de faire nos preuves dans l'entreprise et décrocher un CDD à Frost Industries ou dans une autre grande boîte.

Agacée, énervée, et plus blessée que je ne veux l'admettre, même en mon for intérieur, je ferme le robinet et m'essuie la figure. Puis j'utilise la serviette pour enlever le mascara qui a coulé sous mes yeux lorsque je me suis rincé le visage. Ce qui n'était, de toute évidence, pas une bonne idée. J'ai appris à utiliser le maquillage comme bouclier depuis des années, afin de cacher mes émotions aussi bien que mes bleus. En l'enlevant ainsi, je me sens vulnérable. Sans défense.

C'est une sensation que j'aime encore moins que celle d'être harcelée.

Je fouille dans mon sac pour en sortir le pot de baume à lèvres rose dont j'abuse quotidiennement. J'ai changé de sac à main hier, pour mon nouveau poste, et dans ma course pour être à l'heure, j'ai oublié de prendre mon maquillage. J'avais l'intention de l'ajouter hier soir, mais la grande débâcle des fraises me l'a fait sortir de la tête. Et en partant, ce matin, j'étais tellement épuisée que je ne me rappelais plus mon nom…

Et ça aussi, c'est la faute d'Ethan.

Comme je ne peux pas remédier à mon absence de maquillage, je consacre les cinq dernières minutes de ma pause à un succédané et tente d'emprisonner mes longs cheveux roux et bouclés en un chignon. Je finis par réussir à les entortiller et les faire tenir grâce à deux élastiques et trois crayons plantés comme des baguettes chinoises. Ce n'est pas la coiffure la plus glamour du monde, mais je ne cherche pas le glamour. Je cherche le contrôle. Et puisque je n'ai plus un cheveu qui dépasse, je trouve que je m'en sors plutôt pas mal.

J'affronte le reste de l'après-midi à mon bureau, sans parler à personne. Je ne pose aucune question – bien que j'en aie des millions sur la meilleure façon d'utiliser les bases de données juridiques. Du coup, je tâtonne en étudiant le premier cas sur ma liste, qui n'a rien à voir avec la technologie biomédicale, mais traite de problèmes de licence lors de la fusion de deux entreprises.

Le dossier est énorme, avec des milliers de pages de documentation, et les avocats ont préparé une liste de trente-cinq questions. Ayant répondu à trois d'entre elles en deux heures, je sais que je vais devoir apprendre à maîtriser les moteurs de recherche mieux que ça, sous peine de me noyer dans ma gigantesque charge de travail. Ça ne me dérange pas, mais je ne veux surtout pas prendre de retard et passer pour une idiote. Aussi, quand je trouve une interprétation intéressante du cas sur lequel je travaille, je l'ajoute aux notes que je fais pour moi-même, et j'avance. Je ne veux rien oublier – le dossier présente des nuances fascinantes sur l'attribution de la propriété au cours de la fusion –, même si ça ne répond pas aux questions que je dois traiter. Je n'ai pas le temps de m'y attarder maintenant, alors qu'il reste tant de choses à faire.

À 17 heures, les autres stagiaires quittent le bureau, mais je reste à ma table. Dans un département comme celui-ci, j'ai encore beaucoup de compagnie dans ces heures-là : les avocats restent tard également. Mais vers 18 h 30, mon estomac se met à gronder et je décide de rentrer. Avec un peu de chance, Tori sera d'humeur à préparer ses fameuses margaritas à la fraise. Après une journée comme celle-ci, je pourrais en avaler trois d'affilée !

Mais alors que je passe devant le bâtiment principal – celui qui abrite le bureau d'Ethan – pour rejoindre ma voiture, je sens mon indignation revenir au galop. Avant d'avoir pu changer d'avis, je me dirige vers la porte, passe devant les gardes du soir, qui doivent croire que je me rends à la cafétéria, et prends l'ascenseur vers le quatrième étage. Les escaliers, c'est fini.

Ethan n'est probablement même pas là, mais si je n'essaie pas de le mettre devant ses responsabilités, je vais passer la nuit à ressasser ma colère.

Lorsque les portes de l'ascenseur s'ouvrent enfin au quatrième, je m'attends à trouver la salle d'attente sombre et déserte. Mais à ma grande surprise, le dragon qui fait office de réceptionniste est toujours là, devant son ordinateur. Elle est aussi surprise de me voir que moi de la trouver là, et je grince déjà des dents. Je n'avais pas pensé une seconde qu'elle puisse rester si tard, et je n'ai pas préparé d'excuse. J'ai eu bien tort.

Je me prépare à une discussion tendue : si Ethan est là, je ne repartirai pas sans lui avoir parlé. Mais au contraire des regards hautains qu'elle m'a adressés ce matin, elle est à présent tout sucre tout miel. Ce qui ne fait qu'accroître ma colère.

— Bonsoir, Mlle Girard. Laissez-moi le prévenir que vous êtes là, puis vous pourrez entrer.

Sans se rendre compte que je bouillonne de rage, elle soulève le combiné et presse deux touches. Quelques secondes plus tard, la voix d'Ethan résonne dans le téléphone. Puis elle me désigne la porte de son bureau avec un sourire.

— Bonne soirée, Mlle Girard.

— Merci, Mme… Lawrence, dis-je après avoir jeté un coup d'œil à la plaque qui trône sur son bureau impeccablement rangé.

— Appelez-moi Dorothy, voyons. C'est ce que tout le monde fait.

Je ne suis pas sûre que mon cœur supporte d'appeler le dragon par son prénom, toute charmante qu'elle soit désormais. Je me contente donc d'un hochement de tête gêné avant de suivre la direction qu'elle m'a indiquée. Je traverse une deuxième réception, avec un bureau qui doit être celui de l'assistant personnel d'Ethan, à en juger par la plaque. Il n'est pas là – il a dû partir à 17 heures comme une personne normale – et son bureau est un million de fois plus en désordre que celui de Mme Lawrence.

Juste après s'ouvre la porte d'un vaste bureau, dont l'ameublement luxueux fait paraître les pièces précédentes minuscules et mal arrangées. Certaine d'être chez Ethan, je pousse le battant entrebâillé et entre sans frapper. Après tout, il sait que je suis là.

Sauf qu'aussitôt la porte franchie, je m'aperçois qu'il est au téléphone. Il est appuyé contre son bureau dans une posture détendue, mais de toute évidence, il s'agit d'un appel important, au sujet d'un dossier majeur. S'agit-il de Trifecta, ou d'un tout autre projet ?

Je fais mine de reculer – une stagiaire ne doit pas assister à un entretien d'un tel niveau. Mais il m'arrête d'un geste et d'un sourire, avant de me faire signe de prendre place où je le souhaite. Je sais qu'il s'attend à ce que je choisisse l'un des sièges devant son bureau, mais ils sont trop près de ses longues jambes en pantalon Armani pour que je sois à l'aise.

Je préfère le canapé indigo à l'autre bout de la pièce, jouxté de fauteuils qui forment un coin salon. Une fois installée, je me rends compte que j'aurais mieux fait d'éviter le canapé : le message est un peu ambigu…

Mais il est trop tard pour changer de place. J'évite tout de même de me laisser aller contre les coussins. Pas la peine de lui donner l'impression que je me sens comme chez moi. Ce qui ne risque pas, pour être honnête. Ce bureau, bien que magnifique, est plus destiné à intimider qu'à mettre à l'aise. Même les couleurs – des gris et des bleus froids –, réputées apaisantes, évoquent plutôt le pouvoir, la richesse et le calcul.

Je me prépare à une longue attente. Je fais de mon mieux pour ne pas écouter la conversation, mais c'est difficile de ne pas entendre, et l'affaire semble très importante. À mon sens, elle est en rapport avec le dossier Trifecta. Je songe à partir et revenir demain, après avoir eu le temps de mieux préparer mon discours. Ça m'éviterait de le contempler ainsi, appuyé sur son bureau comme un mannequin dans une campagne de pub Armani.

Mais à ma grande surprise, il met un terme à son coup de fil au bout de deux minutes en expliquant à son interlocuteur qu'il a « une urgence à régler ».

Puis il s'approche de moi, sourire aux lèvres, un éclat diabolique dans ses yeux couleur Pacifique. Je me raidis, craignant qu'il s'asseye à côté de moi sur le canapé, mais il s'installe dans le fauteuil à ma droite. Malgré la distance qui nous sépare, l'atmosphère intime me donne la chair de poule.

— Chloe, souffle-t-il de cette voix chaude que je commence à connaître. Vous avez passé une bonne journée ?

Sa question a beau être innocente, elle fait resurgir toute la colère et le malaise que j'ai éprouvés depuis l'instant où il est entré dans la salle de réunion pour parler à ma chef. J'essaie de me calmer, de répondre avec mesure, mais à peine ai-je ouvert la bouche que les paroles en jaillissent sans que je puisse les arrêter.

— Une bonne journée ? Vous plaisantez ? Vous croyez vraiment que j'ai pu passer une bonne journée après le sabotage auquel vous vous êtes livré ?

Il cesse aussitôt de sourire, et je lis une prudence sur son visage qui me montre qu'on n'a pas tort de le considérer comme terriblement intelligent. Il ne cherche pas d'excuses, ne tente pas d'éluder le problème. Au contraire, il me prend très au sérieux.

— Expliquez-vous.

— Que voulez-vous que je vous explique ? C'est comme si vous aviez accroché une cible dans mon dos, et laissé carte blanche aux autres pour m'abattre.

— Qui ?

— Comment ça, qui ? Tout le monde. Je suis une stagiaire tout juste embauchée, je n'ai que deux jours de présence dans la boîte. C'était déjà assez gênant que vous m'accompagniez jusqu'à la salle de réunion, mais retirer le dossier que tout le monde veut au stagiaire le plus ancien et me le confier sans aucune raison…

— J'ai mes raisons.

— Oui, bon, le fait de vouloir coucher avec moi n'est pas une raison valable. Faites-moi confiance, si je n'en avais pas déjà été consciente, je l'aurais bien compris aujourd'hui.

— Qu'est-ce qu'ils vous ont fait ?

Il affiche un calme parfait. Mais le feu qui couve dans ses yeux me laisse entrevoir qu'il se passe sous la surface bien plus de choses qu'il ne veut m'en montrer.

— Ce n'est pas la question. Le problème...

— C'est la question, pour moi.

Il se penche pour écarter une mèche de mes yeux. Cela fait quelques minutes que mes boucles semblent décidées à échapper à la discipline que je leur ai imposée. Comme le reste de mon corps, elles paraissent dotées d'une volonté propre lorsqu'Ethan Frost est un peu trop près.

Mais je refuse de me laisser ébranler par son contact, et de dévier de ce que j'ai à lui dire. Pas cette fois.

— Non, le problème, c'est que vous ne pouvez pas vous permettre d'afficher un tel favoritisme. Surtout que je ne vous ai pas encouragé.

— Ce n'est pas du favoritisme. J'ai lu votre dossier hier, de A à Z.

— Pourquoi ?

— Parce que j'ai été impressionné par votre capacité à obtenir ce que vous vouliez, à la cafétéria.

Mon air incrédule lui arrache un sourire.

— Eh bien, quoi ? reprend-il. J'aime les femmes qui savent se défendre.

Je suis tellement agacée que je n'essaie même plus de le cacher. Je le traiterai comme un patron quand il se comportera comme tel. En attendant, c'est juste un gros lourd.

— Mais à quoi vous jouez ? Vous ne savez pas que sortir avec une stagiaire, ce n'est pas une bonne idée ? C'est certainement le premier conseil de *Être P.-D.G. pour les Nuls*.

Il éclate de rire. Pas un petit rire poli, mais un vrai éclat de rire, tellement sexy que malgré ma colère, j'en ai les genoux qui tremblent et le corps entier en alerte. Pour ne rien arranger, le rire transforme son visage, le réchauffe jusqu'à le rendre un million de fois moins intimidant.

Ça lui va bien, et je me dis que peu de personnes l'ont déjà vu comme ça. C'est une idée ridicule, car depuis deux jours, j'ai bien remarqué qu'il se montre très détendu avec ses employés, du moindre préposé aux smoothies jusqu'à Maryanne, cadre au département juridique.

— Je pense que vous confondez avec *La Politique pour les Nuls*.

— Ce n'est pas la même chose ?

— Les hommes politiques, ce sont ces idiots mariés qui s'attirent sans cesse des ennuis en couchant avec les stagiaires au lieu de diriger le pays. Je ne suis pas marié, et je n'aspire pas à diriger autre chose que Frost Industries.

— Allez raconter ça à quelqu'un d'autre. Vous m'avez confié le dossier Trifecta, la fusion la plus importante dans l'histoire de cette entreprise. Vous voulez diriger bien plus que Frost Industries.

— Touché. Mais quand je les aurai absorbés, ils feront partie de ma société, et je n'aurai donc dit que la stricte vérité.

— Évidemment, vu comme ça… Vous êtes sûr que vous n'avez pas feuilleté *La Politique pour les Nuls* sur votre temps libre ?

— Vous me plaisez, déclare-t-il dans un nouvel éclat de rire.

— C'est bien dommage, parce que de mon côté, je ne peux pas vous supporter.

Il se rapproche encore, et je dois lutter pour ne pas avaler ma langue. Ce qui, bien sûr, est anatomiquement impossible, et pourtant, c'est ce que je ressens quand seuls quelques centimètres nous séparent encore.

— Vous en êtes sûre ?

Oh que non.

— Sûre et certaine.

— Je me permets d'en douter…, souffle-t-il.

J'affecte un air d'ennui que je suis bien loin de ressentir.

— Vraiment ? Et pourquoi ça ?

Il tend la main pour me caresser le creux de la gorge.

— Je vois votre pouls qui bat, ici… Il est rapide. C'est un signe qui ne trompe pas : vous mentez.

— Ne vous excitez pas trop vite, dis-je entre mes dents, la gorge sèche.

Le contact de ses doigts sur ma peau m'apaise et m'excite à la fois. J'ai envie de me pencher vers lui, de lui offrir mon cou… Mais je ne vais pas lui faire le plaisir de lui montrer dans quel état il me met.

— Je suis juste un peu nerveuse.

Je n'aurais pas dû dire ça. Je m'en rends aussitôt compte. Ses yeux luisent d'une lueur diabolique qui accélère encore les battements de mon cœur.

— C'est moi qui vous rends nerveuse, Chloe ?

— Vous êtes mon patron. C'est normal que je sois nerveuse en votre présence.

Manifestement, ça ne lui plaît pas. Il serre les mâchoires, et bien qu'il ne retire pas sa main, il cesse de me caresser. Ça me manque, et je me sens perdue, même si je n'en comprends pas la raison.

— Pourquoi faut-il toujours que vous fassiez ça ? demande-t-il.

— Que je fasse quoi ?

S'il n'enlève pas bientôt sa main, je ne réponds plus de rien. Je crains de lui sauter dessus en lui demandant de me toucher partout. Seule la conscience que je le regretterais – beaucoup – me permet de rester assise, les jambes sagement croisées.

Enfin, ça et le fait que s'il me touchait vraiment, je serais pétrifiée. Je ne suis pas le genre de femme capable de faire fi de toute prudence et de prendre les choses comme elles viennent. Pas quand ça implique de perdre contrôle. Et encore moins si ça doit me mettre à la merci d'un homme qui pourrait me faire autant de mal que de bien.

— Pourquoi est-ce qu'il faut toujours que vous rameniez tout au fait que je sois votre employeur ?

— Parce que c'est le cas. Les luttes de pouvoir qui sont en jeu ici sont plutôt tendues, que vous acceptiez de le reconnaître ou non.

Il retire sa main et s'éloigne brusquement de moi. Ce qui est exactement ce que je veux. Alors pourquoi est-ce que je me sens soudain encore plus perdue que d'habitude ?

Chapitre 6

Il me dévisage un long moment, l'air vraiment horrifié.

— Est-ce que j'ai bien compris ? finit-il par demander. Vous trouvez que je dépasse les limites ?

— Pfff, évidemment. Je pensais m'être fait comprendre.

Pendant une fraction de seconde, l'homme confiant que j'ai vu jusqu'à présent disparaît, et il semble déboussolé. Puis son visage se ferme, masquant toutes ses émotions.

— Je suis navré. Je pensais pour ma part vous avoir rassurée sur le fait que votre stage n'était pas remis en cause. Quoi qu'il puisse se passer ou ne pas se passer entre nous, vous n'avez rien à craindre de ce côté-là.

— Merde, Ethan, je n'ai jamais dit que vous me harceliez sexuellement. J'ai dit que vous aviez dépassé les limites en tant que patron, lorsque vous m'avez confié le meilleur dossier. Je n'ai pas besoin de vos faveurs. Surtout pas quand elles ne m'attirent que des ennuis.

Il se détend un peu.

— Au sujet de ce dossier, ce n'est pas ce que vous croyez.

— Oh, vraiment ? Vous sous-entendez que je l'ai obtenu au mérite ?

— Parfaitement, répond-il en me regardant dans les yeux. Je vous l'ai dit, j'ai consulté votre dossier hier soir. J'étais très impressionné, non seulement par les notes que vous avez obtenues à la fac, mais par l'article que vous avez joint à votre candidature. Sur la propriété intellectuelle.

— Je vois très bien de quel article vous parlez.

Soudain, j'ai le cœur qui s'affole, mais pour d'autres raisons.

— J'ai été fasciné. Votre argumentation était originale, bien documentée et construite, et elle correspond en tout point à mes convictions.

Je le regarde, surprise.

— Pourtant, ce n'est pas l'avis le plus répandu. J'ai même hésité à le joindre, parce que je craignais que ça joue en ma défaveur.

— Mais vous l'avez fait. Et bien que votre opinion diffère de celle de mon principal conseiller, elle s'accorde parfaitement avec la mienne. Si je ne vous avais pas rencontrée, je ne vous aurais peut-être pas confié le dossier Trifecta sur le seul mérite de cet article, mais j'aurais envisagé sérieusement de le faire. Après vous avoir rencontrée, et admiré votre tempérament et votre repartie, la question ne se posait plus. J'avais décidé de demander qu'on vous remette le dossier avant même de vous avoir revue ce matin.

J'essaie de savoir s'il est sincère. Il affiche un air de franchise, mais ça ne veut rien dire. Avec *Être P.-D.G. pour les Nuls* et tout ça, il doit savoir très bien mentir quand il en a besoin.

Mais j'ai envie de le croire, tellement envie que ça me brûle le ventre. Parce que s'il dit la vérité, s'il croit en moi à cause de mon intelligence et non de mon physique, alors je ne veux pas renoncer à ce projet. Je veux m'en saisir et lui montrer – à lui et au monde entier – ce que je sais faire. Peut-être que c'est arrogant, mais je m'en fous.

Je me suis documentée, pendant des heures, des jours et des mois, sur le droit de la propriété intellectuelle. Je sais qu'il me reste des choses à apprendre – évidemment –, mais je suis certaine que mes connaissances n'ont rien à envier à celles de Rick.

Soudain, l'envie de m'essayer à ce nouveau job se fait pressante. Finalement, tout ce qui s'est passé aujourd'hui n'est pas bien grave. Parce que du moment que je connais la vérité, du moment que *moi*, je sais que j'ai eu le dossier au mérite et pas parce que le patron voulait coucher avec moi, le reste n'a aucune importance.

— Vous le pensez vraiment ? Vous croyez vraiment que je suis à la hauteur pour ce dossier ? finis-je par demander.

— Mon entreprise ne serait pas aussi florissante si j'avais l'habitude de confier des responsabilités à des incompétents, Chloe. Je ne peux pas vous dire mieux que ça.

Il a raison. Je dois décider une bonne fois si je le crois ou non, parce que je ne vais pas lui reposer la même question éternellement. Finalement, j'accepte l'idée qu'il est sincère, et que ce n'est pas son attirance pour moi qui l'a poussé à me charger du dossier Trifecta. Pour la première fois depuis que j'ai ouvert le colis hier soir, je commence à me détendre.

— Merci de m'avoir donné ma chance, dis-je.

— On dirait une gamine le matin de Noël ! commente-t-il avec un sourire.

— C'est exactement ce que je ressens. Je ferai du bon travail.

— Je n'en doute pas un seul instant. Mais qu'est-ce qui se passe, là-bas ? Vous m'avez dit que vous aviez des ennuis avec les autres stagiaires ?

Je repense à Rick et ses petits airs snobs, au changement d'attitude de Chrissy quand elle a su quel dossier on me remettait. Rien de tout ça ne paraît très grave à présent, alors que je sais que j'ai décroché ce projet parce qu'Ethan croyait en moi.

— Rien de bien méchant. Je vais me débrouiller.

Ma réponse ne le satisfait pas.

— Vous allez vous débrouiller avec quoi, exactement ?

— Rien qui doive vous inquiéter.

— Vous en êtes bien sûre ?

— Certaine, dis-je en me levant. Merci pour le temps que vous m'avez accordé. Je ne vais pas vous retenir plus longtemps.

Il m'attrape par le coude.

— Et si moi, j'ai envie de vous garder ?

La question semble rester suspendue entre nous, et je me demande s'il parle d'autre chose que de cet instant. De choses que je ne suis pas prête à envisager.

Je le perçois dans l'atmosphère électrique de la pièce, sur son visage, et dans l'assurance de sa voix. Et à la façon dont il me caresse le creux du coude avec son pouce, en un effleurement léger comme une plume.

À la façon dont il se place entre moi et le monde, pour me protéger de je ne sais quoi.

Et dans les frissons que j'ai dans le ventre, les étincelles électriques qui me parcourent les nerfs.

J'ai tellement envie de dire oui que ça me choque. Oui pour un dîner, oui pour une promenade sur la plage, et oui pour ce qui se passera ensuite. Mais rien n'a changé depuis le moment où je suis entrée dans ce bureau comme une furie. Rien d'autre que mon point de vue. Le reste du monde est exactement comme avant. Aussi abîmé – aussi foutu – qu'auparavant.

Je ne veux pas qu'Ethan le voie, qu'il me voie telle que je suis. Si c'était le cas, il saurait à quel point je suis cassée, et j'ai passé trop d'années à tenter de cacher mon passé pour me laisser aller à tout dévoiler maintenant. Même si quelque chose en lui me donne envie de le faire.

— Je dois y aller.

En entendant ma voix devenue rauque, Ethan plisse les yeux et se lève. Il se rapproche de moi, et me regarde avec une intensité qui me montre qu'il a tout remarqué. Qu'il a tout vu.

C'est ce que je redoute, et que je désire le plus en même temps. Quelqu'un qui me voie pour de vrai, qui prenne le temps de regarder sous la surface, sous les mensonges et les « entrée interdite » que je porte comme une armure. Qu'Ethan en soit si facilement capable menace de faire tomber mes défenses, et je me surprends à m'agripper à lui, les doigts enfouis dans la soie de sa chemise. Il écarte les cheveux qui me masquent le visage et j'ai l'impression que mes boucles s'accrochent à ses doigts pour ne pas le lâcher, dans une tentative désespérée de le garder tout contre moi.

Il resserre son étreinte sur mon coude, sans me faire mal, juste pour que je sache qu'il est là. Pour que je sente sa présence. Puis, lentement, inexorablement, il m'attire plus près et je perçois le battement de son cœur contre ma poitrine. Et son érection, contre ma hanche.

J'attends la panique, la peur auxquelles je suis habituée. La crise d'angoisse qui m'a saisie chaque fois qu'un homme est entré dans mon espace personnel.

Mais elle ne vient pas. Je ne sais pas pourquoi, alors qu'il se tient aussi près de moi – et même plus que quiconque ne l'a été depuis des années. Pourtant, je suis anxieuse. J'ai le cœur qui bat la chamade et je sens une sueur froide couler le long de ma colonne vertébrale.

Mais je ne me sens pas menacée. Je sais qu'il ne cherchera pas à prendre plus que ce que je suis prête à lui donner. Peut-être que je me berce d'illusions. Peut-être que je suis aussi bécasse que n'importe quelle jeune femme consumée de désir pour un homme puissant.

Je secoue la tête et détourne les yeux. Il n'y a pas de « peut-être ». Ethan n'aurait jamais bâti une telle entreprise s'il s'était contenté de miettes, de demi-mesures. Il ne serait pas là s'il était incapable de dépasser la surface, de voir au-delà et de trouver les moyens d'atteindre son but. S'il a cette perspicacité dans le travail, comment puis-je douter une seconde qu'il n'en soit pas également doué en ce qui me concerne ?

Mais je ne doute pas. Alors que je contemple ses yeux bleu ciel, la vérité m'apparaît. Ethan Frost acceptera tout ce que je peux lui donner, et exigera plus. Tout. Puis il continuera à chercher ce qui se cache encore au-delà.

Cette pensée devrait suffire à me terrifier. Et peut-être que j'aurai peur, plus tard. Peut-être même que c'est déjà le cas. Mais pas assez pour que je m'enfuie de la pièce et de son emprise. Car au-delà de ses exigences, je perçois également de la douceur. Ethan veut certes tout de moi, mais il ne prendra pas plus que ce que je suis prête à lui donner.

Je ne sais pas d'où me vient cette certitude, mais elle est là. Pourtant, j'attends. Je refuse de céder. Je ne peux que résister, parce que tout en moi me dit que cette histoire – quelle qu'elle soit – ne peut que mal finir.

— Où es-tu partie ? murmure-t-il doucement, la bouche tout près de mon oreille.

Je retiens mon souffle. Il y a une telle électricité entre nous, une compréhension et un besoin qui palpite dans l'air que nous respirons. Je le sens quand j'inspire, crépitant jusque dans mes poumons. J'ai beau tenter de me détourner, je suis aimantée par ses yeux. Et ce sentiment se répand dans mon être à chaque seconde qui passe, jusqu'à ce que je ne me souvienne plus de ce que j'étais avant.

— Je suis toujours là.

Je ne devrais pas, pourtant…

— Je te veux, Chloe. Et je crois que tu me veux aussi, soupire-t-il en passant les lèvres sur ma joue, le long de la mâchoire.

Je secoue la tête, mais c'est plus par assentiment que par refus, et nous le savons tous deux.

— Ethan…

Il m'attire vers lui et sourit. Je ne l'avais encore jamais vu aussi heureux.

— Tu m'as appelé Ethan, encore une fois. C'est un progrès.

Un progrès ? Était-ce ce matin encore que j'insistais pour l'appeler M. Frost ? Cela paraît tellement bizarre, alors que dans ma tête, c'était Ethan depuis le début. Ou plutôt, Smoothie Boy, puis Ethan. C'était uniquement par défi que je le nommais M. Frost.

— La plupart des hommes ne considéreraient pas ça comme un progrès.

— Je ne suis pas comme les autres, Chloe.

— Hum, hum. On me l'a déjà sortie, celle-là, dis-je en haussant les sourcils.

Je le taquine. Moi, Chloe, je le taquine. J'ai du mal à le croire.

— Ça ne sonnait pas aussi cliché dans ma tête, rétorque-t-il en riant.

— Vraiment ?

— Ou peut-être que j'aurais dû réfléchir avant de parler.

— Peut-être, en effet.

— À propos de clichés, j'en ai un autre à te proposer.

Cette fois, c'est lui qui lève un sourcil.

— Je dois avouer que je suis un peu jalouse. J'ai toujours rêvé de savoir faire ça.

— Faire quoi ? demande-t-il, perplexe.

Je passe les doigts sur le sourcil qu'il vient de hausser. Il reste immobile. Sérieux. Mais je continue à parler, pour ne pas laisser passer cet instant. Cette douceur, cette décontraction. Dans ma vie, j'en ai eu si peu !

— Bouger un seul sourcil à la fois. Je suis sûre que c'est plus difficile qu'on ne le croit.

— C'est vrai ? Peut-être que je t'apprendrai un jour.

— Avec plaisir.

Nous ne sommes plus qu'à quelques centimètres l'un de l'autre, encore plus proches qu'une minute auparavant, alors que je n'aurais pas cru ça possible. Mais avec chaque phrase, nous avançons inexorablement l'un vers l'autre. Comme des aimants, nous sommes attirés par un magnétisme que nous ne contrôlons pas.

Une fois de plus, je me dis que je devrais avoir peur – que *j'ai* peur, mais pas assez pour y mettre un terme. Pas assez pour m'en aller. Pas assez pour faire autre chose que rester là, à attendre qu'Ethan franchisse les derniers millimètres qui nous séparent.

Il le fait, lentement. Je suis presque folle d'angoisse, d'impatience et de désir.

Il est si proche que je discerne les petites rides au coin de ses yeux, et que je suis envahie par les vagues de chaleur qu'il dégage. Je perçois sa respiration haletante et son haleine mentholée. Ça ne me suffit pas. Je veux le goûter. Je n'en peux plus.

L'instant suivant, il est là, ses lèvres douces comme un murmure sur les miennes. Une fois, deux fois, et puis encore… Une pluie de baisers rapides qui ne font qu'attiser mon désir, me rendre folle. Je l'embrasse à mon tour, écartant les lèvres pour l'inviter à aller plus loin. Mais il ne mord pas à l'hameçon. Il me dépose une série de baisers sur la joue, la mâchoire, les commissures des lèvres, le pourtour de la bouche…

Frustrée, je glisse les mains le long de ses bras musclés, sur ses épaules tendues, puis son cou. Il pousse un grognement, et cette fois, lorsqu'il s'empare de ma bouche, toute légèreté est envolée. C'est un baiser intense qui me fait flageoler les jambes et tourner la tête, bien qu'il me maintienne fermement dans l'instant présent. Ici, avec lui.

Ethan me mordille la lèvre inférieure, et j'ouvre la bouche à mon tour avec un gémissement. Il en profite pour y glisser la langue. À présent qu'il me tient à sa merci, je m'attends à ce qu'il m'envahisse, qu'il prenne possession de moi. D'après mon expérience, c'est ce que font tous les hommes. Comme s'ils annexaient votre bouche, la proclamant mère patrie. Comme si vous étiez un trophée qu'ils devaient marquer, sous peine qu'on le leur vole.

Mais depuis le début, Ethan est différent, et il l'est aussi sur ce point. Il ne force pas sa langue dans ma bouche, n'essaie pas de me conquérir par son enthousiasme effréné. Au contraire, il m'enjôle. Me charme. Me séduit. Et contre ça, je suis sans défense.

Il passe le bout de sa langue doucement sur la mienne, l'encerclant lentement, très, très lentement. Il me lèche d'abord le dessus de la langue, puis le dessous, avant de s'intéresser à l'intérieur de ma joue puis à mon palais. Il joue avec le frein de ma lèvre inférieure. Ça me fait frissonner. Personne n'avait jamais eu ce geste avant, et je suis surprise que ce soit si délicieux.

Il me prend le visage entre les mains et le lève vers lui afin d'entrer plus profondément dans ma bouche. Afin que je l'accueille en moi. Pendant ces quelques instants volés, hors du temps, j'accepte tout ce qu'il peut me donner.

Il a un goût de menthe et de citronnade. Et de myrtilles. Toujours ces myrtilles… sur lui, c'est délicieux. Doux et acidulé… je suis accro.

Le désir, puissant et inattendu, s'épanouit en moi, et j'enfouis les doigts dans ses cheveux pour le serrer contre mon visage. À présent, c'est moi qui l'agresse, moi qui suis en feu. Moi qui le désire et veux le conquérir. Et si une part de moi tremble de nervosité, de peur, je choisis de ne pas l'écouter. De la repousser au fond de moi, avec tout ce à quoi je ne veux pas penser, et de me concentrer sur l'instant présent.

Sur Ethan.

J'appuie la bouche plus fermement contre la sienne, me délectant du grognement qu'il ne tente même pas de réprimer. Et plus encore, de la sensation de son corps, dur, brûlant et excité, tout contre le mien. À cet instant, si je pouvais l'attirer en moi, je le ferais.

Mais je me contente de lui lécher les lèvres, d'abord celle du bas, puis l'autre, et enfin les commissures – il a un goût tellement délicieux – pour finir par le creux parfait de sa lèvre supérieure. Puis, quand je n'en peux plus, je prends sa lèvre inférieure entre mes dents pour la mordiller doucement. À plusieurs reprises. C'est sans doute le signe qu'il attendait, la permission. Car soudain, je me retrouve contre le mur, une jambe enroulée autour de sa taille alors que sa bouche reprend le contrôle de la mienne.

Il me met une main sur la cuisse pour me caresser le creux du genou, sans cesser de m'abreuver de ses baisers.

Je frissonne, m'agrippe à lui, me cambre contre lui. Il pousse un grognement sourd et resserre son étreinte sur mes cheveux et ma cuisse. Sans me faire mal, il me maintient à sa merci. Il me fait savoir qu'il n'a pas plus l'intention de me laisser partir que je n'en ai moi-même envie.

J'entremêle les mèches sombres et soyeuses de ses cheveux. Je les tire, les fais miennes. Et notre baiser ne s'interrompt toujours pas. J'en ai les lèvres brûlantes et gonflées, douloureuses. De même que mes seins et mon sexe.

En cet instant unique, parfait, j'en veux plus. Je veux tout. Tout ce que je me suis refusé depuis mes quinze ans. Tout ce dont je me suis persuadée que je ne voulais pas.

Ethan remonte la main sur ma cuisse, lentement, et la glisse sous ma jupe, le long de ma culotte. Je me raidis contre cette caresse inattendue – et tout me revient. La raison pour laquelle je suis là, ce que j'avais en tête en venant le trouver, la promesse que je me suis faite il y a quelques minutes à peine de ne pas me laisser entraîner dans cette histoire… Et la peur, que je fais tant d'efforts pour oublier.

Mais qui est pourtant bien là, montant en moi, et je ne sais plus comment la chasser. Comment la mettre à distance. Le contrôle rigide que j'exerce sur moi-même semble désormais aussi chancelant que la sécurité qu'il me procure.

— Ethan…

Je m'écarte de lui, luttant de mon mieux pour rester sereine. Pour rester avec lui au lieu de me laisser happer par une époque et un lieu que j'ai fait de mon mieux pour oublier.

— Tout va bien. Je suis là, Chloe. Je suis là. Laisse-moi te faire du bien. Rien d'autre…, me murmure-t-il à l'oreille, son souffle chaud me caressant la joue.

Il hésite, attendant une réponse que je n'ai pas. Je brûle du désir qu'il me touche, qu'il me fasse ressentir les affres et la joie de le laisser m'aimer. Mais en même temps, j'ai peur de paniquer et de tout gâcher. C'est ma spécialité, après tout. Tout foutre en l'air.

Encore une fois, j'essaie de séparer le présent du passé. Celle que je suis de celle que j'étais. Je ne sais pas si ça marche, mais je sais que je veux qu'Ethan me touche.

Je me rapproche pour enfouir le visage contre son torse. La tension, que je n'avais pas perçue en lui, le quitte lentement alors qu'il passe à nouveau les doigts sur mon sexe.

Je me sens toute molle, la tête appuyée contre le mur alors que j'offre à Ethan une intimité que je n'ai jamais accordée à quiconque.

Haletante, je me cambre au-devant de lui alors qu'il glisse un doigt dans ma culotte et jusqu'au plus profond de moi. Il se penche pour me murmurer quelques mots, mais je suis incapable de les comprendre. Peut-être qu'il tient des propos parfaitement cohérents, mais mon cerveau ne répond plus. Je ne parviens pas à me concentrer sur autre chose que ses doigts qui entrent lentement – tellement lentement ! – dans mon sexe.

Je suis trempée de désir. Et tremblante. Et brûlante. Et un tout petit peu anxieuse. Je n'ai jamais laissé un homme me faire ça avant ; jamais je ne me suis ouverte ainsi. Après ce qui m'est arrivé plus jeune, je n'ai jamais voulu laisser un homme s'approcher au point de pouvoir me blesser.

J'ai peur qu'Ethan le fasse. Certes, il est bien trop doux pour me faire mal physiquement. Mais sur le plan émotionnel ? Je suis face à Ethan Frost, l'un des meilleurs partis du monde. Un génie, un visionnaire. Un séducteur. Et comme je ne comprends même pas ce qu'il me fait, comment pourrais-je croire qu'il ne veut rien de plus que ceci ? Juste cette caresse ?

Je devrais le repousser, lui dire que je ne veux pas qu'il me touche. Il ne me croirait pas – je ne me crois pas moi-même. Mon corps est en feu, chaque nerf électrisé par son contact. Il appuie le pouce sur mon clitoris, décrit des cercles tout autour, et je sais que je ne le repousserai pas. Je ne ferai rien d'autre que le laisser me caresser, me désirer.

— Oh, Chloe, tu es tellement délicieuse…

Sa voix est aussi sombre, douce et séduisante que la barre chocolatée que je garde au fond de mon sac pour les situations d'urgence.

— Toi aussi, dis-je d'une voix haletante.

Il glisse un doigt, puis deux, entièrement en moi. Le souffle coupé, j'essaie de rester immobile pour profiter de ce qu'il me fait. Mais j'en suis incapable, mon bassin ondule de son propre gré, hors de mon contrôle. Envahie de plaisir, je chevauche sa main à la recherche d'une sensation nouvelle, dont je ne veux déjà plus me passer.

La pression monte en même temps que le plaisir, la peur marchant main dans la main avec la volupté, jusqu'à ce que je sache qu'au moindre faux mouvement, je risque d'exploser – mais pas de la bonne façon. Pas de la façon dont j'ai tellement envie.

Ethan s'agenouille devant moi, remonte ma jupe et pousse ma culotte de côté. Avant que j'aie pu imaginer ce qu'il allait faire, et encore moins lui donner la permission, il a posé la bouche sur mon sexe. Il plonge la langue en moi et soulève ma jambe, celle qu'il avait nouée autour de sa taille un peu plus tôt, pour la passer sur son épaule.

Je suis totalement offerte, vulnérable. Je m'empourpre et frissonne. Jamais je n'ai vécu de contact si intime, et je ressens mon traumatisme autant que le plaisir. Que le désir d'en avoir plus. Et d'atteindre l'orgasme, qui semble toujours m'échapper.

Je gémis des mots sans suite, suppliante, incapable de penser. Plus rien n'existe que mon désir. Pendant cet instant rare, ma peur s'est évanouie. L'anxiété, la douleur, les souvenirs… tout est parti, et mon corps, ma conscience, mon existence même, se concentrent dans ce moment hors du temps. Dans le plaisir, et l'orgasme que je poursuis comme un drogué cherche sa dose.

Ethan me calme d'un grognement sourd… et pose la langue sur l'épicentre de ma volupté. Il me titille le clitoris, tourne autour, avant de le sucer pendant une seconde, puis deux. Ce geste, et le va-et-vient de ses doigts en moi, sont tout ce qu'il me fallait. Avec un frisson et un cri de plaisir, je me laisse aller à un orgasme si intense, si délicieux que j'en oublie tout le reste. Qui il est. Qui je suis. Qui j'étais. Pourquoi on ne devrait pas faire ça. Pourquoi ça a de l'importance pour moi.

À cet instant, je ne connais rien d'autre que lui. Je ne sens rien d'autre que lui. Et la chaleur, le plaisir, la douceur – absolue et indescriptible – qu'il m'a donnés.

Chapitre 7

Mais les meilleures choses ont une fin – à mon grand regret. Alors que les frissons s'estompent et que ma conscience se réveille, je retrouve tout ce que j'avais banni pendant ces quelques instants.

Ethan, toujours à genoux devant moi, m'embrasse les hanches et le ventre. Une partie de moi voudrait rester ici, dans ce moment. Le laisser me caresser tout son content. Ou tout le mien.

Mais il faudrait plus que quelques baisers et un orgasme mémorable pour me faire oublier la noirceur que je porte en moi. J'ai pu l'enfouir tout à l'heure, la faire taire, mais à présent – alors que je reprends contact avec le monde – elle est là, attendant de m'avaler tout entière.

Je suis trop à vif, trop écorchée. Mes défenses ont volé en éclats sous la violence du plaisir qu'Ethan m'a donné – et sous la tendresse dont il me couvre à présent. Je sens les larmes monter, et je ferme les yeux pour qu'il ne les voie pas. C'est curieux qu'un homme me rhabille. Surtout celui-là. C'est un acte si doux, si attentionné, si plein de sollicitude… et je n'attendais pas ça de lui.

Pourtant, je ne sais pas pourquoi ça me surprend. Lors de cet entretien, rien ne se passe comme je l'avais prévu, de toute façon. J'ai la gorge serrée, mais je ne veux pas pleurer.

Pas ici, pas maintenant. Et certainement pas devant Ethan.

Mais il devine. Il remonte une main vers le creux de mon dos, et me caresse dans un geste apaisant.

— Tout va bien ? demande-t-il d'une voix douce, le visage tout contre le mien.

Je sens mon odeur sur ses lèvres, et pendant un instant, j'ai envie de me pencher pour l'embrasser. Découvrir non pas mon goût, mais le nôtre, celui de notre union. Mais cette idée est si bizarre, si horrible et gênante, que je recule d'un pas.

Ses yeux bleus s'assombrissent, et je devine qu'il n'est pas content. Il n'aime pas la distance que je viens d'instaurer entre nous. Mais comment pourrais-je rester près de lui, alors que le château de cartes que j'ai mis cinq ans à bâtir menace de s'écrouler d'une seconde à l'autre ?

— C'était..., dis-je.

Je cherche le bon adjectif. Hallucinant ? Époustouflant ? Extraordinaire ?

— ... agréable.

À peine ai-je prononcé ce mot que je le regrette. Agréable... On peut dire ça d'un bain chaud. D'un cookie au chocolat encore tiède. D'une pédicure. Ce qui vient de se passer entre nous peut être qualifié de multiples façons, mais ça n'était certainement pas « agréable ».

Ethan se raidit, et je crains de l'avoir offensé. Je ne peux pas le lui reprocher : il vient de me donner un orgasme étourdissant, et je lui sors que c'était agréable ! Mais il semble plus amusé que vexé.

— Agréable ? répète-t-il en haussant son fameux sourcil.

Ça me bouleverse, me fait frissonner de désir à nouveau. Ce qui – si j'en crois la lueur de ses yeux – est exactement ce qu'il voulait.

— Tu sais très bien ce que je veux dire…

Je me penche pour prendre ma sacoche sur le canapé. Mais je ne le quitte pas des yeux. En cet instant, il a des airs de prédateur qu'il vaut mieux surveiller.

— Oui, je sais, répond-il en levant la main pour sentir mon odeur sur ses doigts.

En le voyant inspirer ma fragrance, j'ai les jambes qui flageolent. Je dois faire un effort pour ne pas tomber.

— Merci de m'avoir laissé te caresser, souffle-t-il d'une voix rauque de désir.

— Je crois que c'est plutôt à moi de te remercier. Après tout, c'est moi qui…

Je laisse la phrase en suspens. C'est une chose de penser ce mot, autre chose de le dire, même devant l'homme par qui c'est arrivé.

— Tu n'as pas besoin de me remercier pour le plaisir que je t'ai donné, Chloe. Jamais, insiste-t-il avec un sourire.

Il semble décidé à ce que ça se produise à nouveau. Ce qui est impossible. Quel qu'en soit mon désir…

— Il faut que j'y aille.

— Pourquoi ? demande-t-il en se rapprochant, si près que j'en ai le souffle coupé. Laisse-moi t'inviter à dîner.

— Je ne peux pas. J'ai déjà quelque chose de prévu.

— Annule, dit-il.

Pour la première fois, il semble vraiment contrarié. Mais je déteste qu'on me donne des ordres.

— Non.

— Tu as vraiment l'intention de sortir avec un autre homme ? Après ce que nous venons de faire ?

— Une expérience, dis-je pour ne pas utiliser le mot « orgasme », ne te donne pas de droits sur moi. Et réciproquement.

— Et si j'en veux, des droits ? reprend-il d'une voix douce et menaçante à la fois, comme pour me mettre en garde.

La peur éclate dans mon ventre, et je transpire. Je tremble. Je serre les poings, refusant de lui donner la satisfaction de savoir combien il lui est facile de m'intimider.

— Dans ce cas, bonne chance. L'homme qui aura le droit de me dire ce que je dois faire n'est pas encore né.

— Tu le penses vraiment ?

— J'en suis certaine. Jamais je ne donnerai à un homme un tel pouvoir sur moi.

Jamais plus.

— Et celui avec qui tu sors ce soir ? Il ne prétend à aucun droit sur toi ?

Pendant quelques secondes, j'envisage de le laisser croire que j'ai rendez-vous avec un mec. Et que je compte maintenir ce rendez-vous, même après ce que nous venons de faire. Ou plutôt, ce qu'il vient de me faire. S'il croit que je suis le genre de femme capable de sortir avec un garçon et s'envoyer en l'air avec un autre, il devrait se désintéresser de moi. De toute évidence, Ethan est du genre possessif, et il ne s'accommoderait pas d'une telle situation. C'est exactement ce que je veux : qu'il se désintéresse de moi. Pas seulement parce que c'est mon patron, mais aussi parce que je ne supporterai pas une telle intimité. Je me sens déjà cassée, fêlée. La douleur que je maintiens si difficilement à distance est en train de remonter à la surface.

Pourtant, je ne peux ignorer la façon dont il me regarde. Il me tient sous son emprise par la seule force de ses yeux.

— C'est ma coloc, dis-je avant même d'avoir décidé de le faire. On se fait une soirée entre filles. On dîne et on regarde des comédies romantiques. Tous les mardis soir.

La tension retombe aussi vite qu'elle était montée, et ça me soulage. Mais aussitôt après, je suis à nouveau en colère – plus envers moi qu'envers lui. Oui, Ethan a tendance à insister, mais il ne serait pas dans sa situation s'il agissait autrement. Il dirige l'une des entreprises biomédicales les plus lucratives du pays, à la pointe de la recherche pour sauver des soldats sur les champs de bataille. Self-made-man et presque milliardaire, il n'a pu compter que sur son intelligence et son sens des affaires pour passer du statut d'orphelin de guerre à celui de P.-D.G. à la réputation mondiale.

Non, ce n'est pas son insistance qui me met en colère. C'est le fait que je lui cède chaque fois. Que je me plie à ses désirs même quand je n'en ai pas l'intention. Cela fait des années que je ne me comporte plus comme ça, et je ne veux plus jamais le faire. Voir Ethan me soumettre aussi facilement à sa volonté est déconcertant. Inquiétant, même…

— Laisse-moi te raccompagner à ta voiture, alors.

Il m'enlève ma sacoche des mains, passe la sangle sur son épaule, et attrape la sienne. Puis il me prend par le coude, fermement mais pas trop, et m'entraîne à travers les deux réceptions successives, jusqu'aux ascenseurs.

— Bonne nuit, Dot, lance-t-il au dragon fidèle au poste.

Sauf que lorsqu'elle le regarde, elle ressemble plus à une maman attendrie qu'à un dragon gardant l'entrée d'une caverne.

— Bonne nuit, Ethan. À demain matin.

L'ascenseur arrive avant qu'il ait eu le temps de répondre. Il se contente d'un sourire et d'un geste de la main. Nous entrons, à peine quelques secondes après qu'il l'a appelé, et je ne peux m'empêcher d'être agacée. J'ai l'impression d'avoir passé la journée à attendre des ascenseurs, mais dès qu'Ethan appuie sur le bouton, il y en a un qui arrive comme par magie. Comme s'ils savaient que c'est le P.-D.G. qui les appelle, et qu'ils n'osaient le faire attendre.

Alors qu'il me raccompagne, Ethan me demande si je passe un bon été. Quels étaient mes cours préférés au dernier semestre. Si nous avons aimé, ma colocataire et moi, les fraises qu'il m'a envoyées. Cette dernière question me déstabilise. Parler de la pluie et du beau temps ne me dérange pas – j'aime le caractère prévisible de ces conversations –, mais discuter de son cadeau, c'est autre chose. Surtout quand on sait tout ce qui s'est passé aujourd'hui à cause de ce fichu colis.

Je décide de lui expliquer ce que j'en pense, que je n'ai pas davantage apprécié les fraises que le blender à 400 dollars. Mais encore une fois, comme s'il avait le pouvoir magique de me forcer à dire la vérité, je m'entends prononcer tout autre chose que ce que j'avais prévu.

— Je te les aurais renvoyées aussi, mais ma coloc en avait déjà avalé la moitié. Ça ne semblait pas très classe de n'en réexpédier qu'une partie. Un peu « Je vous les renvoie, mais seulement après en avoir profité ». Vraiment pas terrible.

À ma grande surprise, Ethan éclate de rire.

— Ça ne me dérange pas que tu me rendes les fraises. Surtout si ça me donne l'occasion de me faire incendier encore une fois.

— Tu aimes ça, qu'on te crie dessus ?

— Non. Je déteste carrément. Sauf quand c'est toi.

Je ne sais pas trop quoi en penser – ni comment répondre. Par chance, je n'en ai pas besoin : nous sommes arrivés devant ma voiture, une Mini Cooper achetée d'occasion lors de mon entrée en fac, il y a trois ans. Je l'appelle Phoebe, comme dans *Friends*, parce qu'elle est drôle, mignonne, et excentrique. Contrairement au personnage, cependant, il arrive que ses excentricités ne soient pas sympathiques. Comme lorsqu'elle me lâche au pire moment. Ou quand la clim décide de ne fonctionner que l'hiver. Je m'y connais pas mal en mécanique, et j'ai réussi à régler un certain nombre de problèmes moi-même, mais d'autres résistent toujours. Elle est têtue…

Tori me harcèle pour que j'en change, mais j'aime trop Phoebe. C'est la première possession que j'ai eue, vraiment à moi. Je l'ai achetée avec mon argent, et elle est à mon nom. C'était un grand pas pour moi, qui m'a aidée à prendre vis-à-vis de mes parents la distance dont j'avais désespérément besoin à dix-huit ans. Et le fait que mon père ne puisse me la reprendre – parce qu'il a besoin d'argent, qu'il est de mauvais poil ou qu'il veut me punir pour une offense réelle ou imaginaire – signifie encore plus pour moi.

En outre, j'ai fini de rembourser l'emprunt, ce qui n'est pas rien. Avec les frais de scolarité exorbitants de la fac et les dépenses courantes, joindre les deux bouts est un vrai défi. Pendant l'été, alors que je suis en stage non rémunéré, c'est encore pire. Seule l'absence de loyer et de traites pour la voiture m'a permis d'accepter le job de mes rêves.

— Salut, dis-je en ouvrant le coffre pour y déposer ma sacoche.

Ethan ne semble pas franchement émerveillé par mon véhicule. Il s'abstient cependant de tout commentaire, et c'est tout ce qui compte. Après la journée que j'ai passée, je ne suis pas d'humeur à supporter une nouvelle dispute. Et je suis sûre que ça pourrait arriver, car je défends toujours Phoebe bec et ongles contre ses détracteurs.

— Sors avec moi, demain, m'enjoint-il alors que je me dirige vers ma portière.

Merde. Pourquoi ai-je cru qu'il n'insisterait pas ? Le fait qu'il ait pris du bon côté mes plans pour ce soir – une fois qu'il a compris que je traînais avec Tori – ne signifie pas qu'il va laisser tomber. Pourtant, c'est ce dont j'ai besoin. Ce que je veux. J'en ai l'estomac noué, et je ne sais pas si c'est parce que je voudrais qu'il accepte mon refus… ou le contraire. Dans un cas comme dans l'autre, je ne sortirai pas avec lui.

— Je ne peux pas, dis-je après un long silence tendu.

Tendu de mon côté, en tout cas. J'évite désespérément de le regarder dans les yeux, craignant qu'il me fasse encore une fois son truc de Jedi et que je me retrouve à accepter sa proposition contre mon gré.

J'ouvre la portière et tente d'entrer. Mais Ethan ne va pas me laisser m'en sortir aussi facilement. Il me prend la main, referme la porte avec sa hanche – il est bien trop grand pour le faire avec l'épaule. Avec son mètre quatre-vingt-quinze, il a l'air d'un géant à côté de ma Mini, et je mentirais si je prétendais que je ne trouve pas sa taille intimidante. Jusqu'à ce que je me souvienne comme il tenait parfaitement entre mes jambes un peu plus tôt. Il fait chaud, tout d'un coup…

— Tu as d'autres projets avec ta coloc ?

— Non.

Pourquoi suis-je incapable de mentir à cet homme ? J'ai pourtant menti sur à peu près tout ce qui m'importait depuis cinq ans, afin de me protéger, mais à présent, alors que j'en ai le plus besoin, ce talent m'a totalement désertée.

— Avec quelqu'un d'autre, alors ?

— Non.

Je sens son regard sur moi, et je sais qu'il voudrait que je lève les yeux. Mais cette fois, je ne cède pas. Je ne peux pas. Sinon, je serai incapable de garder ma distance, ma santé mentale, et ma faculté de dire non.

Je suis têtue. J'ai suffisamment de volonté pour décourager les plus acharnés – c'est comme ça que j'ai réussi à traverser mes années de lycée sans devenir folle –, mais Ethan est encore plus obstiné que moi. Alors que je me débats à la recherche d'une idée pour meubler le silence, sans pour autant le regarder, il se contente de s'appuyer contre ma voiture.

Et d'attendre.

Longtemps.

Très longtemps.

Le silence s'étire, tendu comme une corde de violon. Je décide de ne pas desserrer les dents, de ne rien laisser échapper, mais c'est plus difficile à chaque seconde qui passe.

Les mots se bousculent sur mes lèvres. J'ai beau avoir décidé de ne pas me justifier, je m'y sens tout de même contrainte. Je me mords la joue pour résister, si fort que je sens le goût métallique du sang dans ma bouche.

Et aussitôt, tout s'arrête. Comme hier, quand mon estomac s'est mis à gronder. Dès qu'Ethan prend conscience de ma souffrance, il y met un terme. Il me pose doucement la main sur la joue et tente du bout du pouce de me desserrer les mâchoires.

— Ne fais pas ça…, souffle-t-il.

— Je ne peux pas coucher avec toi, Ethan.

— Il ne s'agit pas d'une coucherie, Chloe. Ce n'est pas ce que je te propose.

Non, c'est vrai, mais mon refus va plus loin. Ce n'est pas juste parce que je ne veux pas coucher avec le patron. C'est bien plus profond, mais je ne sais pas comment le lui expliquer. Sans lui révéler tous mes secrets… et mes blessures.

— Il faut que j'y aille.

Je me tourne vers la voiture et tente d'ouvrir la portière. Je sais que je n'ai aucune chance d'y parvenir si Ethan ne bouge pas, mais j'espère qu'il ne va pas insister. Pas maintenant, alors que la faille que je sens en moi s'élargit de seconde en seconde.

Pendant un long moment, il semble ne pas vouloir bouger. Il continue à me caresser la joue, puis le menton. Il lève mon visage vers lui pour me forcer à le regarder. Je m'attends à lire de la colère ou du dégoût dans ses yeux. Au minimum, de l'agacement. Mais je découvre une émotion si inattendue et imméritée que j'ai du mal à l'accepter. Mêlée au désir que j'éprouve également, se lit une douceur, une tendresse qu'il ne tente pas de cacher. Jamais encore on ne m'avait contemplée comme ça. C'est la première fois qu'un homme scrute au fond de moi, par-delà la surface. Qu'un homme me voit comme je suis.

Ma résistance faiblit aussitôt, et je me demande pourquoi je suis convaincue que sortir avec Ethan serait une mauvaise idée. Ce qui montre bien à quel point il me met la tête à l'envers. Je sens la panique monter, m'envahir, et pendant une minute je suis comme un loup pris au piège, prête à me ronger la jambe pour me dégager.

Mais alors que je suis sur le point de craquer complètement, Ethan s'écarte et m'ouvre la portière. Je me précipite à l'intérieur avant qu'il ait pu changer d'avis. Ensuite, je ne peux m'empêcher de me tourner vers lui, en me demandant pourquoi il m'a rendu ma liberté. J'étais sur le point de céder, de lui donner tout ce qu'il voulait si ça pouvait me permettre d'échapper au chaos qui faisait rage autour de moi. Autour de nous.

Avec ce geste simple, il m'a empêchée de m'effondrer, m'a rendu la force que j'avais perdue au cours de cette bataille de volonté. Je ne comprends pas. Pourquoi un homme qui aime tellement gagner recule-t-il alors que la victoire s'offre à lui ? Mais je suis reconnaissante. Et perplexe. Reconnaissante plus que perplexe.

— Sois prudente sur la route, conseille-t-il d'une voix bourrue.

— Ethan…

— Ce n'est pas grave. Je peux attendre.

— Attendre quoi ?

— T'attendre, toi, Chloe, sourit-il. Sauf si tu restes là à me regarder avec cet air adorablement égaré, conclut-il avec une grimace.

Je demeure parfaitement immobile, sans détourner les yeux ni même ciller. Je suis perdue, vulnérable, et terrifiée à l'idée que ça se voie. Il semblerait qu'avec Ethan, j'ai également perdu la faculté de cacher mes émotions, et je ne sais pas comment résoudre ce problème.

— Allez, file, m'ordonne-t-il soudain avant de claquer la portière d'un geste ferme.

Je mets la clé sur le contact et commence à baisser la vitre, mais il secoue la tête et s'éloigne de quelques pas. Puis il m'indique la sortie d'un geste de la main.

Je n'ai pas d'autre choix que de suivre ses instructions. Je passe une vitesse et me dirige vers la sortie du parking. Mais j'ai bien du mal à ne pas me retourner pour le regarder. Et à ne pas faire demi-tour.

Et la partie de moi qui a été blessée autrefois, qui a été déchirée et recollée comme les morceaux mal assortis de différents puzzles, ne peut s'empêcher de se demander ce qu'Ethan voulait.

Chapitre 8

Le temps d'arriver chez moi, j'ai cessé de trembler. Ma perplexité n'a pas diminué, cependant, mais au moins, je parviens à la cacher. Et c'est important, parce qu'en matière de sentiments, Tori est un fin limier. C'est l'une des nombreuses raisons pour lesquelles je refuse de sortir avec des garçons : si j'évite les situations à risque, elle ne peut deviner tout ce qui se passe sous la surface. Or je sais qu'elle ne tarderait pas à le mettre au jour si elle s'y attelait sérieusement.

En tout cas, c'est ma théorie, et je m'y tiens. J'espère seulement que le fait qu'Ethan vienne de me procurer un orgasme retentissant ne se voit pas sur ma figure. J'ai l'impression que ça se devine dans le moindre recoin de mon âme.

— Tu rentres pile au bon moment ! La pizza vient d'arriver, déclare Tori en me montrant la boîte et les deux assiettes posées sur la table basse.

J'enlève mon blaser et le lance sur le petit meuble de l'entrée où ma veste de tailleur traîne toujours depuis hier.

— Qu'est-ce que tu veux boire ? dis-je en me dirigeant vers la cuisine.

Pour ma part, j'ai besoin d'un remontant. Après une journée comme celle-là, je pourrais avaler de l'alcool à 90°. Tout est bon pour apaiser mes nerfs – et le reste – que je sens vibrer sous ma peau.

— J'ai ouvert une bouteille de chianti. Tu n'as qu'à l'apporter.

Ce n'est pas de la tequila, mais ça suffira. Et puis, ça ira mieux avec la pizza.

— Ta mère a appelé pendant que tu étais au boulot, ajoute Tori. Elle m'a demandé ton numéro de portable.

— Tu le lui as donné ?!

Je manque de lâcher la bouteille de vin.

— À ton avis ? résonne la voix de Tori, plus proche.

Je me retourne et me trouve nez à nez avec elle, sur le pas de la porte de la cuisine.

— Non.

— Bien sûr que non, assure-t-elle. Mais un jour, il faudra quand même que tu me racontes ce qui s'est passé entre ta famille et toi.

Elle me prend la bouteille des mains et nous sert toutes les deux. Puis elle me regarde vider mon verre d'un trait et le lui tendre pour qu'elle le remplisse à nouveau.

J'acquiesce à sa demande, même si je ne pense pas y accéder un jour. Jamais je ne révélerai à quiconque pourquoi mes relations avec ma famille sont si dégradées.

— Qu'est-ce qu'elle voulait ?

J'ai réussi à me calmer suffisamment pour que ma voix paraisse presque désinvolte. Je prends une gorgée de vin. J'aimerais pouvoir siffler le deuxième verre comme le premier. Mais si je me laisse aller, Tori va me poser des questions, et ce soir, je n'ai pas le courage.

— Que tu la rappelles. Elle n'a pas dit que c'était important. Juste qu'elle souhaitait te parler.

Je me détends un peu. Ma mère a quelque chose à me demander. Ça ne me fait pas peur. Après tout, j'ai passé toute ma vie à donner à mes parents ce qu'ils exigeaient.

— Elle a dit quelque chose à propos de Miles ?

— Oui, il va bien. Il travaille sur un nouveau projet, il est très enthousiaste.

— Parfait, dans ce cas.

Cette fois, je suis parfaitement rassurée. Mon frère aîné, Miles, est un génie de la technologie qui n'a jamais vraiment appris comment fonctionnait le monde réel. Depuis notre enfance, il a toujours passé plus de temps à imaginer des inventions et à les réaliser qu'à s'occuper de choses bassement matérielles, comme manger, gagner sa vie, ou déposer des brevets pour ses découvertes.

Si on le suivait, il partagerait ses inventions gratuitement avec le monde entier, et nous vivrions tous d'amour, d'eau fraîche et de bonbons. Mais tout le monde n'est pas aussi généreux – ou naïf – que lui, et on lui a volé ses idées plus d'une fois. C'est pour cela que je m'intéresse à la propriété intellectuelle. Mon frère ne se soucie peut-être pas de protéger ses créations, mais moi, je tiens trop à lui pour le laisser se faire dépouiller.

La crise ayant été évitée, je retourne au salon, mon verre à la main. Je rappellerai ma mère quand les poules auront des dents.

— Alors, qu'est-ce qu'on va regarder ? Pas quelque chose de triste, dis-je en m'installant sur le canapé.

Entre Ethan, l'orgasme qu'il m'a donné, et l'appel de ma mère, je me sens tellement vulnérable que si je me mets à pleurer, je risque de ne plus m'arrêter. Après tout, j'ai beaucoup de larmes en réserve : ça fait cinq ans que je les ravale.

— En fait, je ne vais pas pouvoir regarder de film, ce soir. On peut se rattraper demain ? Lisa a des billets pour Imagine Dragons. Son copain a dû annuler à cause du boulot, et elle m'a proposé de l'accompagner. Ça ne t'embête pas ?

Tori a l'air vraiment désolée.

— Non, bien sûr que non ! C'est génial ! C'est un de tes groupes préférés.

— Oh, oui ! Je ne savais même pas qu'ils passaient ici en tournée, et ce matin, Lisa a débarqué au bureau avec deux places.

— C'est super. Tu pars à quelle heure ?

— Je dois passer chercher Lisa à 20 h 30.

— Cool, tu as le temps pour la pizza.

— On a toujours le temps pour une pizza, décrète Tori en mordant à pleines dents dans une de ses parts.

Nous avons chacune notre moitié de pizza, que nous commandons dans un délicieux restaurant italien au bout de la rue. De son côté, il y a toutes les sortes de viande et de charcuterie imaginables, ainsi que des morceaux d'ananas et des olives noires. Quant à moi, je préfère les légumes grillés.

— Et la première partie, ce sera qui ?

J'essaie de garder un ton enjoué, alors que la dernière chose dont j'ai envie, c'est de me retrouver coincée ici toute seule. C'est égoïste, bien sûr, mais je préférerais qu'elle ne sorte pas. Pas ce soir. Pas quand ma vie si bien ordonnée est en train de tomber en miettes autour de moi.

Le film du mardi soir, en principe, c'est sacré pour Tori et moi. Les rituels des autres soirs de la semaine peuvent changer, mais depuis que nous sommes devenues colocs en première année de fac, le mardi soir a toujours été le moment où on rattrapait le temps perdu. On papote, on boit un peu – ou beaucoup, selon les circonstances –, on lit des magazines people, on regarde des DVD, on se goinfre, et on se raconte notre semaine.

Même si je n'avais pas encore décidé de révéler à Tori ce qui s'est passé dans le bureau d'Ethan – j'ai déjà du mal à le croire moi-même, alors comment le lui faire avaler ? –, savoir que je pouvais le faire aurait été agréable. J'aurais pu aborder le sujet après quelques verres de vin, une fois un peu calmée. Je lui aurais peut-être demandé conseil. Mais je ne vais pas en avoir l'occasion.

— Un groupe dont je n'ai jamais entendu parler. C'est pour ça qu'on va le zapper, explique-t-elle après avoir fini sa bouchée.

Puis elle se tourne vers moi pour m'observer. Je me tortille un peu, mal à l'aise.

— Eh, tout va bien ? s'écrie-t-elle. Tu n'as pas l'air dans ton assiette.

— Si, si, ça va. J'ai eu une grosse journée, c'est tout.

— Je veux bien te croire. Et Ethan, comment il a réagi quand tu lui as rendu le blender ?

— Mieux que je m'y attendais.

À bien y repenser, il ne m'en a même pas parlé. Sans doute parce qu'il était trop occupé à me faire jouir pour avoir le temps de discuter smoothies, mais Tori n'a pas besoin de le savoir.

— C'est vrai ? s'étonne-t-elle, un peu déçue. Je pensais qu'il serait énervé. Ou au moins, qu'il tenterait de te faire changer d'avis.

Moi aussi. Peut-être était-ce son intention quand il m'a couru après ce matin, mais ma chute dans l'escalier a changé la donne. Je ne le saurai jamais…

Bizarrement, cette pensée me déprime. Comme tout le reste de la soirée. Je décide de mettre ça sur le compte de l'annulation de notre moment entre filles. Même quand tout va bien, je supporte mal qu'on change les habitudes. Après ce que je viens de vivre, il n'y a rien d'étonnant à ce que je me sente un peu chamboulée. Maintenir une routine bien régulière est la seule chose qui me permette de supporter le chaos de mon passé. Les pièces de puzzle que je n'arrive pas à emboîter, quels que soient mes efforts.

Humpty Dumpty sur un mur installé
Lorsque soudain il en est tombé
Les gens du roi eurent beau essayer
Ils ne purent jamais le recoller

La comptine me trotte dans la tête alors que je me sers de pizza et m'installe sur le canapé pour écouter Tori me raconter sa journée. Cet été, elle travaille dans une agence de pub. La plupart du temps, je parviens à me leurrer moi-même, à croire que tout va bien. Que je mène une vie normale. Mais aujourd'hui, c'est différent. Dès l'instant où Ethan m'a embrassée, j'ai senti ma fêlure de façon aiguë. Perçu les craquelures sous la fine couche de vernis.

Peut-être que ce n'est pas plus mal que Tori ne reste pas ce soir. Après son départ, je pourrai boire un autre verre de vin, regarder la télé, et me coucher tôt. J'en profiterai pour restaurer mes défenses. Colmater les fissures, ou au moins les enterrer assez profondément pour qu'elles ne resurgissent pas avant cinq ans. Peut-être même plus longtemps.

Tori s'en va vers 20 h 15 afin d'aller chercher Lisa pour le concert. Elle m'invite à l'accompagner, allant jusqu'à me proposer de me laisser la place gratuite et de s'en acheter une là-bas, mais c'est la dernière chose dont j'ai envie. Je n'ai pas le courage d'affronter une ambiance bruyante dans laquelle je ne m'entendrai pas penser. En plus, elle en fait déjà tellement pour moi… Je ne peux pas lui prendre son billet gratuit et la forcer à en acheter un autre. Et comme je n'ai pas les moyens de m'en payer un, je vais passer mon tour. La laisser aller s'amuser. Elle l'a bien mérité.

Mais Tori n'est partie que depuis quelques minutes lorsqu'on sonne à la porte. Croyant qu'il s'agit d'un voisin venu bavarder un peu – ma coloc est très extravertie, et elle a réussi à devenir amie avec la moitié de l'immeuble en moins d'un an –, je songe à ne pas ouvrir. Je n'ai pas envie de faire la conversation à quelqu'un qui pensait trouver Tori à la maison.

Mais je m'approche quand même de la porte. Je regarde dans le judas, au cas où ce serait Martha, qui habite au bout du couloir. Quand elle se joint à nous, c'est souvent avec une délicieuse réalisation de la pâtisserie où elle bosse. Et comme j'ai bien besoin de sucre et de gras ce soir, j'en viendrais presque à espérer que c'est elle. Pendant qu'elle me relatera les derniers épisodes de sa trépidante vie amoureuse, je ne pourrai pas ruminer.

Mais il ne s'agit pas de Martha. C'est un livreur, qui porte un paquet de taille moyenne et un appareil pour signer. Je ne suis pas très rassurée : non que j'aie peur de l'employé, mais plutôt du colis. Pour un peu, je le laisserais repartir avec. Si c'est encore un cadeau d'Ethan, il vaudrait mieux pour tout le monde que je le refuse.

Rien ne prouve que ça vient de lui, cela dit. Tori fait tout le temps des achats en ligne – c'est peut-être pour elle. Un peu rassurée, je fais taire mes inquiétudes et ouvre la porte, juste quand le livreur s'apprête à repartir.

— Vous désirez ?

— J'ai un colis pour Mlle Girard.

Ah. Ce n'est pas pour Tori. Je prends le carton avec prudence et regarde l'adresse d'expédition. Sans surprise, c'est Frost Industries. Et la boîte pèse lourd.

Je ne peux réprimer un frisson d'excitation. Ethan m'a envoyé un nouveau cadeau. Il pense à moi. Beaucoup, à en juger par la rapidité de cette livraison : ça fait à peine plus d'une heure qu'on s'est quittés.

Je signe sur l'appareil avant de rentrer avec mon fardeau. Je le pose sur la table de la salle à manger et reste quelques secondes à le regarder, incapable de me décider à l'ouvrir.

Je sais que ça peut paraître dingue, mais d'après mon expérience, il vaut mieux parfois ne pas savoir. Toutes les suppositions, questions et possibilités, sont encore ouvertes. Mais une fois qu'on franchit la dernière étape vers la vérité, les hypothèses sont balayées. Les possibilités s'effacent devant la réalité. Et la réalité est rarement aussi glamour, cool ou enrichissante que les possibilités.

Ma curiosité finit par l'emporter. Je me dirige vers la cuisine pour chercher un couteau : pas la peine de me battre une nouvelle fois avec mes ciseaux à ongles. Pendant que je déchire le ruban adhésif, ce qui s'est passé aujourd'hui défile dans ma tête. Tout ce qui s'est produit, malgré mes efforts pour garder une relation professionnelle. Et je me demande ce qu'il m'a envoyé cette fois-ci.

Hier, j'ai compris qu'Ethan aimait que ses cadeaux aient du sens. Il y a une raison derrière chacun de ses gestes, un choix méthodique.

Sachant cela, je ne devrais pas être surprise en ouvrant la boîte, mais je le suis quand même. Et il y a de quoi : me voilà à nouveau nez à nez avec le blender que je lui ai si désastreusement rapporté ce matin. À la place du petit mot que j'avais collé avec du ruban adhésif sur la boîte se trouve une grande enveloppe bleu pâle.

Je reste plusieurs secondes à contempler ce foutu Vitamix, qui est en train de se transformer en fléau. Puis, ne sachant pas comment réagir autrement, je me mets à rire à gorge déployée, sans pouvoir m'arrêter.

Je comprends mieux pourquoi il ne m'a pas parlé du blender cet après-midi. Il n'avait pas l'intention de le reprendre, et de me laisser gagner cette manche de notre lutte de pouvoir. Je l'avais lu, lorsque j'ai fait des recherches sur lui : il n'aime pas perdre – mais je pensais que ça ne concernait que sa vie professionnelle. Je n'avais pas compris que ce trait de caractère touchait également des événements aussi infimes que le refus d'un cadeau.

À bien y penser, j'aurais pu m'en douter. Sa personnalité est si forte, si directe, déterminée… Pourquoi cela ne serait-il vrai que dans l'un des aspects de son existence ?

Quoi qu'il en soit, je suis face à un problème. De toute évidence, je ne peux pas lui rapporter ce foutu machin demain matin. Je n'ai pas envie de répéter la catastrophe d'aujourd'hui. Pourtant, je ne peux pas le garder. Pas pour les mêmes raisons qu'hier. C'est vrai qu'il est onéreux, que c'est un trop beau cadeau. Mais ce n'est pas pour ça.

Non, je dois le rendre parce que ce n'est plus un simple appareil électroménager. Ça n'a plus rien à voir avec notre rencontre à la cafétéria. À présent, il s'agit d'une véritable bataille de volonté, et je ne peux pas me permettre de perdre. Pas alors que ce blender commence à me peser comme une laisse autour du cou.

Le lui rapporter une deuxième fois va peut-être lui faire comprendre que je ne suis pas intéressée. J'ai vraiment essayé de lui faire passer ce message aujourd'hui. À plusieurs reprises. Et ça aurait peut-être marché si je ne l'avais pas laissé me faire une gâterie ce soir dans son bureau.

J'ai encore du mal à croire que j'aie accepté, qu'il ait pu dépasser si facilement mes peurs et mes objections. Lorsque je repense à ses mains sur mes cuisses, sa langue dans mon sexe, j'en ai les jambes qui flageolent. Je n'avais jamais rien ressenti de pareil, et j'étais loin d'imaginer pouvoir connaître un plaisir aussi intense.

J'ai envie d'y goûter une nouvelle fois.

C'est une sensation enivrante, qui menace de m'engloutir, et au fond de moi, je ne souhaite rien davantage que de céder. De donner à Ethan ce qu'il désire, afin qu'il me procure à nouveau ce plaisir. Aussi souvent qu'il le voudra.

J'ai envie de sa bouche sur moi. De ses doigts à l'intérieur de moi. À ma propre surprise, je voudrais aussi lui rendre la pareille. M'agenouiller devant lui pour le prendre dans ma bouche. Découvrir son goût, son corps… Lui apporter la même extase qu'il m'a donnée.

Cette idée m'excite encore plus, et je serre les cuisses pour apaiser la tension. Mais en même temps, je ressens un premier frisson d'anxiété, précurseur de la peur qui ne va pas tarder à s'abattre sur moi. Comme toujours.

Refusant de céder à la panique, je me concentre sur le maudit blender, et me demande ce qu'il faut que j'en fasse. Je me dis que je pourrais le garder, l'installer dans la cuisine tout de suite et me faire un smoothie à la fraise. Mais cette pensée vient-elle vraiment de moi, ou m'est-elle dictée par les fantasmes de la partie de ma personnalité que j'étouffe ? Celle à laquelle Ethan a rendu la vie, et qui voudrait que je lui obéisse, afin de le rendre heureux ? Est-ce que j'en suis capable ? Est-ce que je peux m'en remettre à lui, et lui faire confiance pour me rattraper si je tombe ?

Je repense à ma chute dans les escaliers, à sa main puissante qui m'a retenue. Qui m'a attirée contre lui, si près que je percevais les battements rapides de son cœur. Puis-je compter sur lui pour être à nouveau là pour moi ?

C'est la question à un million, et le seul fait que je l'envisage m'arrache une grimace. Je repousse le blender en me promettant de ne pas répéter mes erreurs.

Je ne suis plus celle que j'étais à quinze ans, et plus jamais je ne lui ressemblerai. Pas pour satisfaire Ethan. Ni pour mes parents. Pour personne. Plus jamais.

Pendant des années, je n'ai cherché qu'à être une bonne fille, obéissant à mes parents même quand ce qu'ils exigeaient était immoral, dangereux ou mauvais pour moi. Même quand ce qu'ils m'ont demandé m'a cassée en un million de morceaux.

Ça m'a pris des années de m'arracher à leur emprise, de me remettre debout et de recoller les pièces, un peu n'importe comment, jusqu'à être la fille fêlée de partout que je suis aujourd'hui. Je ne vais pas renoncer maintenant à tout ce que j'ai réparé. Je ne vais pas remettre mon sort entre les mains fermes et douces d'Ethan. Parce que même si je n'ai pas fini de me reconstruire, j'y travaille, une pièce à la fois. Et je ne vais pas confier à quelqu'un d'autre le contrôle de ma vie. C'est fini.

Je me détourne pour m'éloigner, mettre le plus de distance possible entre le blender et moi. Mais à ce moment-là, mes yeux se posent sur l'enveloppe bleue qui l'accompagne. Elle est grande et gonflée : manifestement, elle ne contient pas seulement une lettre.

Je veux savoir ce qu'elle renferme. J'ai beau me répéter que la curiosité est un vilain défaut, je ne peux m'empêcher de la saisir. Je serais aussi incapable de la laisser là que de m'envoler vers la lune.

En touchant l'enveloppe, je suis frappée une fois de plus par la différence entre nos standings. J'ai écrit à Ethan un mot tapé à l'ordinateur sur une feuille d'imprimante de piètre qualité, dans une enveloppe standard. Il m'envoie à l'inverse un très joli papier, doux et épais, manifestement hors de prix.

L'a-t-il fait à dessein, pour souligner l'écart de nos niveaux de vie ? Pour me montrer qu'il est riche et qu'il finira par obtenir ce qu'il veut, même si ce qu'il veut, c'est moi ? C'est affreux de prêter de telles intentions à quelqu'un qui ne m'a témoigné que de la gentillesse, mais je connais les hommes riches. Ils prennent ce qui leur fait envie sans se soucier des conséquences pour les autres.

C'est la raison pour laquelle je suis à San Diego, en fait. Parce qu'on ne saurait se trouver plus loin de Boston – de ma famille, et de tout ce qui s'est passé là-bas – sans quitter les États-Unis.

Ça me fait beaucoup de raisons de remettre l'enveloppe dans le paquet et de ne plus y toucher. De ne même pas accorder une pensée à Ethan, et encore moins de rester plantée là, le cœur débordant d'amour, à me demander ce qu'il a bien pu m'écrire.

J'ai consacré des heures au billet que je lui ai adressé, bien qu'il soit bref et impersonnel. Je sais qu'il en a passé mille fois moins, et pourtant… et pourtant, j'ai envie de savoir ce qu'il a à me dire.

Attentive à ne pas déchirer l'enveloppe, je soulève le rabat doucement et y glisse la main pour en sortir non pas une carte, mais divers petits objets.

Deux sachets de tisane.

Un long ruban de satin vert, de la couleur de mes yeux.

Un coquillage encore plein de sable, comme s'il venait juste de le ramasser sur la plage.

Une carte postale rétro en noir et blanc, sexy. On y voit une pin-up allongée en travers d'un lit, à plat ventre, les jambes pliées, chevilles croisées, le menton dans la main. Elle ne porte qu'une guêpière, avec des bas et des chaussures à talon. Ah oui, et des gants. De longs gants noirs à la fois élégants et très coquins.

Je m'empourpre en me demandant si Ethan m'a imaginée dans la même tenue lorsqu'il l'a choisie. La fille sur l'image semble attendre son amant. Voudrait-il que je l'attende ainsi ? Ai-je tort d'en avoir envie ? Ai-je tort de m'imaginer dans cette posture ? Souriante et détendue, au lieu d'être constamment sur le qui-vive, terrifiée, à vouloir tout contrôler ?

À quoi ça ressemblerait, d'être juste normale ? D'être capable d'accepter les attentions d'un mec ? De les désirer ? De les attendre avec impatience ? Cela fait tellement longtemps que je n'ai rien éprouvé de tel que je suis incapable de m'en souvenir. Tout est terni par ce que j'ai vécu avec Brandon, ce qu'il m'a fait, et ce qui s'est passé ensuite.

Je pose la carte à côté des autres présents sur la table et reste quelques secondes à les contempler. Puis je prends l'un des sachets d'infusion, dans son joli emballage, et le porte à mon nez. Il sent la fraise. Je ne peux réprimer un sourire, malgré ma confusion et ma douleur. Puis je m'empare du ruban, soyeux et frais, et le laisse glisser entre mes doigts. Il est long, trop pour être porté dans mes cheveux ou autour de mon cou. Je me demande à quoi il est destiné. Pourquoi Ethan me l'a envoyé, mis à part la couleur.

Une image me traverse l'esprit pendant un bref instant. Le ruban, enroulé autour de mes poignets, les attachant ensemble. Me ligotant, pour le plaisir d'Ethan. Une vague de désir m'envahit, rapidement chassée par un sentiment d'inconfort. De peur.

Je lâche le ruban comme s'il m'avait brûlée. Je dois lutter pour ne pas m'écarter de la table et de tout ce qu'elle porte. Mais le coquillage m'interpelle. C'est un petit escargot blanc et brun, aux volutes serrées. L'intérieur semble tapissé d'or pâle. Du sable me tombe sur les doigts alors que je le frotte, et je ne résiste pas au plaisir de l'approcher de mon nez. Il porte encore la senteur sauvage et saline de l'océan.

J'aime le fait qu'il arrive tout droit de la plage. Qu'Ethan ne se soit pas embêté à le nettoyer ou le polir avant de me l'envoyer. Qu'il me l'ait donné comme il l'a trouvé. Je peux presque me le représenter en train de marcher sur la plage avec son short de surf, sa planche sous le bras, pour rentrer chez lui.

Je n'en suis pas certaine, mais quelque chose me dit qu'il habite dans l'une de ces immenses villas de Prospect Street qui donnent sur le rivage. A-t-il marché dessus ? S'est-il coupé le pied ? Est-ce ainsi qu'il l'a déniché ? Ou l'a-t-il aperçu, brillant sur le sol ? S'est-il penché pour l'extraire, ses doigts puissants fouillant le sable à la recherche de l'objet convoité ?

Après avoir examiné tous mes trésors – le mot n'est pas trop fort, bien qu'ils n'aient presque rien coûté –, je me laisse tomber sur une chaise de cuisine et reste à les contempler, les yeux fixes.

Que vais-je faire ?

Que vais-je faire ?

Je vais lui renvoyer le blender, pas de doute, mais le reste – ces petits morceaux de son âme qui sont devenus aussi la mienne –, je le garde. Ça m'appartient désormais. Ça me définit, et Ethan le savait.

Je tends la main vers l'enveloppe pour en sortir un dernier article. Une feuille de papier couleur crème, épaisse, pliée en deux.

Le cœur dans la gorge, je l'ouvre. Et lis les deux lignes qu'il y a écrites.

Alors une émotion – riche, tempétueuse, envahissante – me parcourt. Je pose la tête sur le bord de la table, et essaie désespérément de retenir mes larmes.

Chapitre 9

Quand arrive le matin, j'ai retrouvé mon équilibre intérieur, si ce n'est mon bon sens. Encore une fois, je zappe mon jogging – je sais que je le paierai quand je m'y remettrai enfin plus tard dans la semaine – et sors de bonne heure.

J'ai choisi une robe jaune légère, achetée en solde l'été dernier, pour 20 dollars. Elle est un peu trop féminine pour aller au travail, mais je n'ai que deux tailleurs et je les ai déjà portés, donc il faudra bien que ça passe. Le fait qu'elle aille à merveille avec mes cheveux et mon teint n'entre pas en jeu – du moins, c'est ce que je me raconte en m'habillant.

Avant de partir, je remets le blender dans son carton, ainsi qu'un petit mot disant « C'est gentil, mais non merci. » Puis je fais quelque chose de vraiment idiot, que je regrette déjà au moment même où je suis en train de le faire.

Je prends une enveloppe – en kraft tout bête, car je n'en ai pas de jolies – et y dépose une perle de lapis-lazuli achetée sur un coup de tête il y a quelques années. Depuis tout ce temps, je l'ai conservée comme porte-bonheur, sans y accorder beaucoup d'importance mais sans la perdre non plus.

Hier soir, quand je suis allée ranger le ruban dans ma boîte à bijoux, la perle était là, comme si elle attendait que je m'en souvienne. Que je cherche à comprendre pourquoi je l'avais achetée. Son bleu riche et profond rappelle les yeux d'Ethan comme le ruban évoque les miens. Je ne peux pas ne pas la lui donner.

Je joins une copie manuscrite du poème de Pablo Neruda tiré des *Vers du Capitaine*. C'est l'un de mes préférés, et depuis que j'ai rencontré Ethan, les premiers mots me trottent dans la tête en boucle : « Incliné sur les soirs, je jette un filet triste sur tes yeux d'océan. »

Pour finir, j'ajoute une pochette Armani en soie que j'ai achetée il y a quelques années dans une friperie. À l'époque, je l'avais choisie pour orner la poche d'une veste que je portais souvent. J'ai dû jeter la veste il y a quelques mois car elle s'était transformée en guenille, mais j'ai gardé le carré de tissu. Il s'harmonisera à merveille avec le costume que portait Ethan hier. Je ne résiste pas à la tentation de le parfumer avec mon eau de toilette à la fraise, que je porte tous les jours. C'est un clin d'œil.

Puis je m'assieds sur mon lit et essaie de mon mieux d'arrêter de trembler. Je ne sais pas ce que je fais. Je vole à l'aveugle, au petit bonheur la chance. Terrifiée, mais incapable de résister à la tendresse des cadeaux d'Ethan.

Il serait plus malin, plus logique, et plus simple pour moi de ne tenir aucun compte des mots qu'il m'a écrits et des jolies choses qu'il m'a envoyées. Mais je n'en ai pas la force. Je ne l'ai jamais eue. Et me voilà, en train de me jeter dans la voie qui m'entraînera au désastre, à la souffrance, au chagrin d'amour. En connaissance de cause.

J'espère que je ne m'y brûlerai pas les ailes…

Une fois remise de ce moment de délire, je rabats l'enveloppe, la dépose dans le carton du blender, et le referme. Je modifie l'adresse de destination et l'apporte à ma voiture. Si j'en ai le courage, je profiterai de la pause-déjeuner pour faire un saut à la boutique UPS au coin de la rue, et l'envoyer à Ethan pour le lendemain.

Je parviens à être au bureau en avance aujourd'hui, à mon grand soulagement – et sans doute au grand regret de Maryanne. Ce qui ne fait que me pousser dans ma détermination à tout faire dans les règles. Les paroles d'Ethan résonnent encore à mes oreilles, son assurance que je suis la mieux placée pour effectuer ces recherches. Je ne pense pas qu'il ait des raisons de me mentir, pas là-dessus, et j'ai donc décidé de le croire. Je vais faire mon boulot, de mon mieux, et rien ne m'atteindra.

Pendant la plus grande partie de la matinée, j'avance bien. Je règle les derniers détails du cas que j'ai étudié hier soir, puis je réponds aux questions des trois cas suivants. C'est très intéressant – à mes yeux, en tout cas. J'aime la recherche, cette chasse aux réponses, et tout ce que je découvre. Ce qui me plaît le plus, c'est l'assurance que les informations m'attendent quelque part. Qu'il me suffit de chercher avec assez de patience et d'efforts pour trouver ce dont j'ai besoin.

J'aimerais que tout se passe comme ça. Que la vie soit aussi ordonnée, aussi sûre. Je pense à toutes mes questions sans réponses, toutes celles pour lesquelles j'aimerais avoir plus que des estimations, des espoirs, des suppositions. Par exemple : ai-je tort ou raison d'envoyer ce colis à Ethan ? Est-ce une mauvaise idée de sortir avec lui ?

Je ne prends pas de pause le matin, et à l'heure du déjeuner, j'essaie de ne pas m'appesantir sur le fait que les autres stagiaires partent manger ensemble à la cafétéria – en prenant bien soin de ne pas me proposer de me joindre à eux. Je me dis que ça ne doit pas me toucher, que la meilleure chose pour moi est d'accomplir ma tâche au mieux et de ne me soucier de rien d'autre. Mais c'est plus facile à dire qu'à faire…

De toute façon, je n'aurais pas pu les accompagner. J'ai ce fichu colis à envoyer. Et c'est ce que je fais, doigts croisés dans l'espoir d'avoir pris la meilleure décision. Mais ça ne me prend que dix minutes ; il m'en reste donc cinquante à tuer. Et comme j'ai faim – et que je suis fauchée –, je décide de retourner à la cafétéria. Même si je dois affronter l'hostilité de Rick et des autres.

En entrant, je ne peux m'empêcher de jeter un coup d'œil au smoothie-bar, mais bien entendu, Ethan ne s'y trouve pas. Je repense à sa tenue d'hier, ce costume trois-pièces Armani, et je me demande pour la millionième fois pourquoi il travaillait au bar ce jour-là. Je ne peux chasser l'idée que c'était peut-être le destin, ou une autre force plus obscure, à l'œuvre. Dans un cas comme dans l'autre, j'ai peur que cette rencontre change ma vie d'une façon que je ne peux même pas prévoir.

À peine cette pensée m'a-t-elle traversé l'esprit que je me reproche d'être mélodramatique. Oui, il m'attire.

Oui, la réciproque est vraie. Et oui, aujourd'hui, j'ai répondu à cette attraction. Comment ça va se terminer, je l'ignore. Mais songer que ça va changer le cours de ma vie, c'est ridicule.

N'est-ce pas ?

Je renonce à l'idée d'un smoothie, parce que sans Ethan pour s'assurer qu'il y a le nombre exact de fraises, ce n'est pas pareil. Je me rabats sur un sandwich et des fruits. Je suis tentée de retourner manger à mon bureau, mais je n'ai pas envie de donner aux autres stagiaires l'impression qu'ils ont réussi à me faire fuir. Ils sont installés à une table, non loin, et je sais qu'ils ont remarqué ma présence. Je sens le regard de Rick dans mon dos alors que je cherche une table vide. Mais on est en pleine heure de pointe, et puisque je n'en vois aucune, je m'installe à la première place que je trouve. Ce n'est qu'une fois mon plateau posé sur la table que je me rends compte que celle-ci n'accueille que des garçons, pas tellement plus âgés que moi.

Les trois plus proches se tournent vers moi, et je sens mes joues s'empourprer.

— Désolée. Cette place est prise ?

— Pas du tout, répond un blond à l'accent britannique.

Il m'adresse un sourire espiègle auquel je ne peux m'empêcher de répondre.

— C'est juste que nous n'avons pas l'habitude que de belles jeunes femmes débarquent en plein milieu d'une conversation sans prévenir, ajoute-t-il.

— Je peux partir, et essayer de vous prévenir un peu à l'avance la prochaine fois.

— Non, ce n'est pas nécessaire, intervient un brun en me tendant la main. Moi, c'est Zayn.

— Chloe.

— Ravi de faire ta connaissance, assure Zayn avec un sourire.

— Austin, se présente le blond.

— Et moi, je m'appelle Ro, déclare le troisième.

Ils sont tous jolis garçons, mais celui-ci est le plus beau des trois. Avec ses pommettes sculptées, sa tignasse ébouriffée et ses yeux sombres et éloquents, il pourrait faire des couvertures de magazines. On se demande presque ce qu'il fait là.

— Ro ?

Il soupire pendant que les autres se mettent à rire.

— Sa mère l'a baptisé Romeo, explique Austin dans son anglais british. Mais il refuse qu'on l'appelle comme ça.

Je me tourne vers lui, un peu surprise.

— Ce n'est pas évident à porter, se justifie-t-il. Difficile de faire aussi bien que le modèle.

— Au contraire, dis-je. Romeo n'était qu'un sale gosse de quatorze ans pourri gâté.

— Vous voyez, les gars ! Ça fait quinze jours que j'essaie de leur faire comprendre ça, mais ils continuent à m'appeler Romeo. C'est dégueulasse.

— Tu rigoles ? C'est génial pour aborder les demoiselles, proteste Austin. Tu as un prénom classe, mec. Assume.

— Si par « classe », tu entends « qui fait croire aux filles que je ne suis qu'un puceau avec des pulsions de mort qui va les pousser au suicide en moins d'une semaine », grommelle Ro.

— Arrête, il paraît que les ados geignards, c'est la grande mode en ce moment, rétorque Zayn.

Il sourit à nouveau et je lui réponds. Je ne peux pas m'en empêcher. Sa joie de vivre est contagieuse.

— Je ne pense pas que Justin Bieber ait beaucoup de mal à faire des conquêtes, conclut-il.

— J'espère que tu ne sous-entends pas que je ressemble à Justin Bieber !

— Désolé ! s'excuse Zayn en levant les mains. Je sais que la ressemblance te dérange. Je vais éviter de t'en reparler jusqu'à ce que tu aies retrouvé ta santé mentale.

— Je suis sûr que ma santé mentale va s'améliorer si je peux te casser la gueule.

— Du calme, du calme, souffle Austin en claquant la langue. Tu n'as pas lu la charte du salarié ? Frost Industries ne tolère pas la violence.

— Mais ça ne serait pas de la violence. Ce serait un service rendu à la société.

Leur conversation est tellement absurde que j'attrape un fou rire. J'ai l'impression de regarder les Marx Brothers, mais en couleur. Quand j'arrive à reprendre haleine, je m'aperçois qu'ils sont tous les trois en train de me dévisager, sourire aux lèvres.

— Quoi ? J'ai de la moutarde sur le nez, c'est ça ?

— Je ne vois que des taches de rousseur sur ton nez, ça compte ? demande Austin.

— Non.

— Dans ce cas, tout va bien.

— Alors pourquoi vous me regardez comme ça ?

— Tu as un super rire, explique Zayn. C'est mieux que le froncement de sourcils de quand tu es arrivée.

— Ah, désolée. C'est ma première semaine, et ça n'a pas été facile.

— C'est souvent comme ça, compatit Austin. Les premiers jours, j'ai bien dû me perdre vingt fois dans les locaux. Et du coup, j'arrivais tout le temps en retard.

— J'étais en retard pour une réunion, hier… C'était horrible.

Ro avance la main vers ma hanche. Je sursaute et manque de le repousser, mais il veut seulement regarder mon badge. Je rougis, honteuse de ma réaction. Il ne semble pas s'en apercevoir, à moins qu'il soit trop gentil pour faire une remarque.

— Tu es stagiaire, toi aussi, commente-t-il.

— Oui.

— Quelle branche ?

— Propriété intellectuelle. Et vous ?

— On est dans les labos. On fait surtout de la recherche documentaire, mais j'espère bien pouvoir mettre les mains dans le cambouis quand j'aurai fait mes preuves.

— Pareil pour moi. Sauf que si je veux devenir avocate, il faudra bien que j'accepte la recherche documentaire ; ça fait partie du boulot.

Zayn embraie, mais je n'entends pas ce qu'il dit. Un frisson me parcourt la colonne vertébrale, et je sais aussitôt qu'Ethan vient d'entrer dans la cafétéria. Il n'y a que lui qui me fasse cet effet…

Je serre les dents et tente de me concentrer sur mes trois compagnons sans songer à lui. Mais c'est impossible. Je sens son regard sur moi.

J'ignore ce que le plaisir d'avoir capté son attention révèle à mon sujet. Je voudrais que ça me soit égal…

Ro me tire sans le savoir de mon embarras.

— Regardez qui vient d'arriver, s'exclame-t-il avec un sifflet.

Assis à côté de moi, Austin se retourne.

— Bordel, c'est Ethan Frost ! Et il nous regarde !

— Qu'est-ce que tu as fait pour mériter ça, Chloe ? demande Zayn.

— Pourquoi tu supposes que c'est forcément ma faute ?

— Depuis mon arrivée, je l'ai vu quatre fois. Parfois de plus près que maintenant. Il m'a toujours salué, mais il détournait aussitôt la tête. Je sais que c'est pareil pour mes copains. Donc ça ne peut être que toi qui l'intéresses comme ça.

Je ne peux m'empêcher de tourner la tête pour jeter un coup d'œil. Et je sursaute en m'apercevant qu'Ethan me fixe. Il ne paraît pas m'en vouloir, mais son regard est incroyablement intense.

Même les deux hommes qui l'accompagnent – et qui doivent être cadres, d'après leur costume – semblent avoir remarqué quelque chose. Ils me lancent des regards furtifs. Je me détourne. Je sais bien que j'ai choisi de répondre à Ethan, hier soir, mais j'étais seule chez moi, en tête à tête avec sa putain d'enveloppe. Et son coquillage.

Ici, maintenant, c'est une autre histoire. Je suis dépassée, un peu effrayée. Pas par lui, mais par les sentiments débridés qu'il m'inspire. Je ne sais pas comment gérer ces émotions, comment réagir à l'effet qu'il me fait.

— Ce n'est pas grand-chose, dis-je à Zayn qui semble attendre une réponse. On a eu un désaccord, il y a deux jours.

— À propos de quoi ? demande Ro, éberlué.

Zayn lui donne un coup de coude, et je ne comprends pas pourquoi. Du moins jusqu'à ce que la voix riche et sombre d'Ethan se glisse dans la conversation.

— À propos d'un smoothie.

Je reste pétrifiée. Il est si proche que j'entends sa respiration et sens la chaleur de son corps pénétrer le mien. Puis je décrypte ses paroles. Un smoothie ? Il pense vraiment que c'était ça, le sujet de notre dispute ? Ou bien essaie-t-il seulement de me déstabiliser ?

Avant que j'aie pu trancher, il me pose une main sur l'épaule et se penche pour serrer la main à mes compagnons. Je reste fascinée par cette vision pendant un instant, envahie par le souvenir de ce que cette main m'a fait la dernière fois que nous nous sommes vus. J'ai du mal à garder ma dignité en l'entendant parler à nouveau.

— Bonjour tout le monde. Content de vous revoir.

— Tout le plaisir est pour nous, réplique Zayn une fois qu'il a retrouvé l'usage de la parole.

— Bonjour, Chloe, me salue enfin Ethan.

— Bonjour, M. Frost, dis-je d'une voix rauque.

Je toussote dans un effort pour retrouver un timbre normal.

— Comment se passe ce troisième jour de stage ? Mieux que le deuxième ?

Je prends une grande gorgée d'eau.

— Oui, tout va bien, merci.

— J'en suis ravi, déclare Ethan avec un sourire si magnifique que j'en suis tout éblouie. Et la hanche, ça va mieux ?

— Oui, je suis guérie.

En réalité, j'ai un énorme hématome noirâtre et c'est encore enflé, mais je ne vais pas le lui avouer.

— Parfait. Si vous allez chez le médecin, n'oubliez pas de passer aux ressources humaines. Vous serez dédommagée.

J'ai les joues tellement rouges que j'ai peur de m'embraser littéralement. Ro, Austin et Zayn me regardent comme si j'avais soudain deux têtes, et je sens que toute la cafétéria me dévisage. Je suis certaine que Rick et les autres font de leur mieux pour entendre la conversation.

Ça me rend malade. J'ai déjà été l'objet de ce genre de ragots par le passé, et c'est tout sauf drôle. Les stagiaires, c'est une chose. Mais la moitié de l'entreprise est rassemblée ici. Mes craintes d'hier – être le sujet de conversation à la machine à café – semblent devoir se réaliser.

J'essaie de ne pas montrer mon émotion, mais je vois tout de suite qu'Ethan l'a perçue. Son sourire s'efface, et pendant un instant, ses yeux brillants s'assombrissent avant de prendre une expression neutre et polie. Il retire sa main de mon épaule et recule d'un pas.

— Bien. Je voulais simplement m'assurer que vous étiez en bonne santé. Votre chute d'hier était un peu impressionnante.

Sa froideur subite dérangerait peut-être une autre femme, mais je comprends parfaitement. Il tente de me protéger. Mes défenses vacillent un peu plus. C'est la première fois qu'on essaie de me mettre à l'abri. Mes parents ne l'ont jamais fait, mon frère non plus. Personne, sauf Ethan.

— Tout va bien. Merci pour votre sollicitude.

Pour la première fois depuis qu'il est entré, je lui souris.

— Je vous en prie.

Il adresse un signe de main aux trois garçons et s'éloigne sans un mot de plus. La tension retombe aussitôt, comme si chacun, dans la cafétéria, reprenait son souffle.

— Tu ne m'avais pas dit que par « pas facile », tu entendais que tu étais tombée, me réprimande Ro.

Je décide de profiter de l'excuse qu'Ethan m'a fournie.

— C'était horrible. Mon talon s'est pris dans une marche, et j'aurais dégringolé tout l'escalier si M. Frost ne m'avait pas rattrapée. Mais ça ne m'a pas empêchée de me cogner salement la hanche.

— Alors c'est pour ça qu'il s'est approché ? Pour prendre de tes nouvelles ?

— Ou plus probablement pour s'assurer que tu ne fasses pas un procès à Frost Industries, commente

Austin. Tu ne serais pas la première personne à attaquer son employeur après un accident du travail.

— Oh, ça ne va pas se produire. Je suis trop contente de m'en être sortie vivante.

L'explication d'Ethan semble convenir aux trois jeunes gens, et plus personne n'évoque l'intérêt étrange qu'il me manifeste. C'est parfait.

Le reste du repas se déroule sans encombre, et quand je me lève pour partir – avec dix minutes d'avance, mais il n'est pas question que je retourne à mon bureau en retard –, Ro me retient.

— Eh, tu nous retrouves pour déjeuner demain ?

Je ne peux réprimer un sourire. Peut-être que les stagiaires de la propriété intellectuelle ne m'aiment pas, mais ces trois garçons m'apprécient. C'est chouette de se faire des nouveaux amis.

— Bien sûr ! Et si vous êtes mignons, c'est moi qui vous paie l'addition.

Il lève les yeux en entendant cette plaisanterie stupide.

— À demain, alors, conclut-il.

— À demain.

Je me tourne pour sortir de la cafétéria. Et je vois deux choses. La première, c'est qu'Ethan est assis avec les deux cadres à une petite table près de la fenêtre. Il fait bien attention de ne pas me regarder, mais je décèle au frémissement de son corps – oui, désormais je perçois les moindres changements de son état – qu'il est conscient de mon départ.

La deuxième, c'est que Rick, le stagiaire, me dévisage. Et son expression de haine me glace le sang.

Chapitre 10

— Allez, Chloe ! Je veux sortir ! Ça fait des siècles qu'on n'a pas dansé.

Tori me rend folle avec ses pleurnicheries, et c'est exactement le but.

— La dernière fois qu'on est allées en boîte, je me suis fait tripoter sur la piste. Tu sais que je déteste ça !

— Mais c'est tout l'intérêt des boîtes de nuit, proteste-t-elle en se laissant aller sur le dossier du canapé. Je te jure, tu es pire que ma grand-mère, qui a quatre-vingt-dix ans. Elle, au moins, elle me raconte des histoires intéressantes.

Je ne me vexe pas. D'abord parce que je sais qu'elle me taquine pour me pousser à me bouger, et aussi parce qu'elle n'a pas tort. Je ne suis pas très fun. Pendant l'année universitaire, je n'ai pas le temps de faire la fête, entre les cours et mon job étudiant. Et cet été, je suis prise par mon stage. C'est à se demander pourquoi elle n'a pas encore changé de meilleure amie.

— Mais tu peux sortir sans moi. Ça ne me dérange pas de rester seule ici.

— Je t'ai déjà laissée tomber hier. Je ne vais pas te faire le coup deux jours de suite, rétorque-t-elle en levant les yeux au ciel.

— Tu ne me laisses pas tomber. On n'avait rien prévu, ce soir.

— C'était sous-entendu après mon lapin d'hier. Très bien, pas de sortie en boîte, soupire-t-elle. Alors qu'est-ce qu'on regarde ?

Elle semble tellement résignée à son triste sort que je ne peux m'empêcher de rire. Et je décide de faire un compromis.

— Il y a un feu de camp sur la plage, ce soir. C'est organisé par une association de protection de l'océan. C'est légal, il y aura même les pompiers. Ça coûte 5 dollars, au profit de l'association, et il y aura des tacos, de la bière, des margaritas… Ça pourrait être une idée.

— Génial ! On se change. Merci !

Elle se lève d'un bond et se jette dans mes bras.

— Ben, ce n'est pas très marrant de mater des DVD si tu n'es pas partante. Et j'adore les feux de camp.

— Moi aussi. Et tu sais ce que j'adore, moi ? demande-t-elle en se léchant les lèvres.

— Les tacos ?

Elle éclate de rire et me jette un coussin.

— Non, je pensais plutôt aux mecs qui les mangent.

Elle a déjà enlevé sa chemise, avant même d'être sortie du salon. C'est tout Tori, ça : aucune pudeur. Ce qui me pousse à me faire un peu de souci pour elle, surtout quand je songe à ce qu'elle peut considérer comme une tenue décente. Oui, je sais que je parle vraiment comme une grand-mère de quatre-vingt-dix ans – mais si vous pensez ça, c'est parce que vous ne vous êtes jamais promené avec elle affublée d'un tee-shirt transparent sans rien en dessous.

Je me dépêche d'enfiler un short en jean et une tunique paysanne qui me découvre l'épaule. Ce n'est pas mon style – bien trop décontracté pour moi –, mais Tori me l'a offerte et je sais que ça lui fera plaisir de me voir la porter. En plus, si je n'arrive pas à me détendre à un feu de camp, c'est que je suis vraiment un cas désespéré.

Un quart d'heure après ma proposition, nous remontons Prospect Street en direction du rivage de La Jolla. L'un des meilleurs côtés de la vie avec Tori, c'est que son appartement est à moins de deux kilomètres de l'une des plus belles plages du pays – une bénédiction quand on sait à quel point il est difficile de se garer dans le coin.

Lorsque nous arrivons, la plage est déjà bondée – ou peut-être devrais-je dire qu'elle l'est encore. C'est une belle journée, et les touristes affluent, mais Save Our Oceans a installé un gros bûcher à l'extrémité nord de la plage. Ils ont également fait venir une petite armada de *food trucks* qui vendent de tout, du taco au cheese-cake gastronomique. Il est en principe interdit de consommer de l'alcool sur la plage, mais SOO a isolé un secteur avec des cordes : on est autorisé à boire du moment qu'on achète les boissons auprès de l'association, et qu'on reste dans le périmètre. Il reste au moins une heure avant que le soleil se couche et un peu plus avant qu'ils allument le feu. Nous payons notre entrée et nous dirigeons vers le concours de châteaux de sable, tout près des vagues.

Imperial Beach, à San Diego, organise l'un des meilleurs concours de châteaux de sable du pays, et les gens viennent de très loin pour participer ou admirer les incroyables créations des artistes. Depuis que j'habite ici, je n'ai jamais manqué une édition, et je suis émerveillée chaque fois.

Je ne peux pas en dire autant des constructions que nous longeons ce soir. La plupart sont toutes petites et déséquilibrées, branlantes ou tout simplement atroces. Pourtant, c'est amusant à regarder, et quand Tori attrape un seau et se jette sur un coin de sable en m'appelant, je ne peux résister à la tentation.

Le problème, c'est qu'aucune d'entre nous n'a jamais construit de château jusqu'ici. Il ne me faut que quelques minutes pour éprouver un respect nouveau vis-à-vis des lamentables réalisations qui nous entourent, car nous ne sommes parvenues à rien d'autre qu'à édifier une colline arrondie. Et encore, vraiment pas grande.

Je m'acharne à remplir le seau de sable mouillé et à le retourner pour le déposer, comme tout le monde sur ce coin de plage. Mais au lieu de garder la forme du seau, le sable s'écroule en un tas désordonné. Chaque fois.

— Je commence à avoir faim, déclare Tori après notre vingtième tentative ratée.

— On ne va pas renoncer ! dis-je, les dents serrées. Il doit y avoir un truc.

— Peut-être, mais il nous échappe…, soupire Tori.

— Eh bien, nous allons le découvrir.

Je fais un signe de tête vers un garçon de neuf ou dix ans qui a réussi à produire un haut château, avec tourelle et pont-levis.

— Si ce gamin a pu faire ça, on doit bien pouvoir construire un taudis d'un étage, non ? reprends-je.

Sceptique, elle regarde ma dernière catastrophe.

— J'en doute…

— Pas moi.

Je reprends du sable, bien décidée, faute de mieux, à construire une colline plus grosse. En cet instant, je serais déjà satisfaite si ça ressemblait à une taupinière. Au moins, ce serait l'habitat d'un être vivant.

Tori reste quelques minutes à me regarder avec indulgence, mais après avoir assisté à de nouveaux échecs, la colline refusant de s'élever, elle se met debout et chasse le sable de ses jambes.

— Je prendrais bien une bière, annonce-t-elle.

— Tu plaisantes ? C'est toi qui voulais faire un château !

— Je pensais que ce serait rigolo. Et c'était le cas. Au début. Maintenant, c'est l'heure de manger. L'odeur de ces tacos à la viande me fait baver depuis un quart d'heure.

Moi aussi. Mais je ne peux m'empêcher de contempler notre misérable château avec frustration. Je déteste l'idée qu'un tas de sable remporte la partie.

— Vas-y, lui dis-je. Je fais encore un ou deux essais.

Elle lève les yeux au ciel mais ne cherche pas à me faire changer d'avis. Elle me connaît trop bien.

— Parfait. Je vais acheter des tacos et nous trouver des places. Je t'enverrai un texto. J'espère que tu cesseras de te battre contre les moulins, et que tu viendras manger avec moi.

— Oh, une référence à *Don Quichotte* ? Je suis impressionnée !

— Tu as bien raison, rétorque-t-elle en me tirant la langue. Il m'est arrivé d'ouvrir un œil de temps en temps pendant mes cours de littérature espagnole, au semestre dernier. Même si j'ai dû lutter.

— Tu es plus admirable que moi.

Elle rit un peu avant de rétorquer :

— J'aimerais bien…

Quelque chose dans sa voix m'inquiète.

— Tout va bien ? dis-je en faisant mine de me relever.

Construire un château de sable s'est certes transformé en une quête ridicule, mais elle reste ma meilleure amie. Si elle a des ennuis, ça passe avant tout le reste.

Mais elle me fait signe de ne pas bouger.

— Oui, oui, tout va bien. Finis ta cahute branlante et ramène ton cul devant le feu de camp, histoire qu'on puisse discuter de ton patron trop sexy.

Là-dessus, elle s'éloigne, sans se rendre compte de l'effet de ses paroles sur moi.

Je change de position, espérant éteindre le désir que je sens brûler en moi. Ça ne marche pas – il fallait s'y attendre. Que je le veuille ou non, Ethan hante mes pensées depuis que je l'ai rencontré, lundi.

Après ce qui s'est passé dans son bureau hier soir, je m'attendais à ce qu'il essaie de me contacter, aujourd'hui. En dehors de cette étrange et brève rencontre à la cafétéria, je veux dire. Mais il n'en a rien été. Pas de coup de fil, pas de colis, même pas un message. Rien qui puisse me laisser penser qu'il ait songé à moi.

J'ai beau me traiter d'idiote, me dire qu'il dirige l'une des boîtes les plus dynamiques du pays, ça me prend quand même la tête. Pourquoi est-ce que les mecs vous courent après jusqu'à ce que vous baissiez la garde, et se désintéressent de vous juste au moment où vous commencez à les trouver à votre goût ? C'est arrivé à Tori à de nombreuses reprises, et ça me rend dingue à tous les coups. C'est la première fois que j'en suis la victime, mais c'est seulement parce que je n'entre jamais dans ce jeu-là. Du moins, pas depuis longtemps. Et je me demande toujours si je souhaite sauter le pas ou non.

Pourtant, s'il appelait, je n'aurais rien de spécial à lui dire. Mais quand même. Je m'y attendais. Plus encore, j'en avais envie. Ce qui accroît mon agacement à son égard. Tout allait bien jusqu'à ce qu'il m'envoie cette enveloppe à la noix. Ça ne me dérangeait pas de ne pas le connaître mieux que ça. Mais il a fallu qu'il se dévoile. Qu'il me pousse à le désirer. Et ça ne fait qu'augmenter mon ressentiment – vis-à-vis de lui, de moi-même, de toute cette situation.

Je renverse le seau sur ma colline avec un peu plus d'ardeur que je n'avais prévu, et regarde avec désarroi une fissure se former jusqu'au milieu du tas que je me suis donné tant de mal à construire. Merde. Je crois que ça tombe bien que j'aie choisi d'étudier le droit et pas l'architecture.

—J'aime beaucoup ton monticule funéraire. Il est très… j'ai le mot sur le bout de la langue.

—Je ne suis pas intéressée, merci.

Je ne me fatigue pas à lever les yeux. Je n'ai pas besoin de le regarder pour savoir que je n'ai pas envie d'engager la conversation avec un type qui drague sur la plage.

Même si un soudain picotement sur tout mon corps semble indiquer le contraire.

— Dire que j'allais le qualifier d'intéressant, justement.

Il se penche un peu et s'approche de mon oreille, afin que je distingue mieux sa voix, malgré le brouhaha ambiant. Je me raidis en comprenant qui c'est, avant même qu'il ait eu le temps de me saluer.

— Bonsoir, Chloe.

J'ai des frissons partout. Je ne sais pas comment c'est possible d'avoir chaud et froid en même temps sans être malade.

— Ethan.

Je me tourne vers lui. Je ne peux pas m'en empêcher : je suis comme aimantée. Je veux le voir.

— Qu'est-ce que tu fais là ?

— Je bâtis une communauté. Je sauve les océans. Rien de bien neuf, tu vois.

— Frost Industries sponsorise l'événement…

Ce n'est pas une question. Je viens juste de me souvenir qu'Ethan est un philanthrope. Pour des raisons évidentes, il consacre beaucoup de temps et d'argent aux vétérans de guerre, mais l'environnement – et l'océan en particulier – est aussi l'un de ses principaux centres d'intérêt. Je repense au jour où je l'ai rencontré, avec ses tongs et son bermuda. Finalement, c'est logique.

— C'est plutôt pas mal, dis-je à contrecœur.

Je lui en veux peut-être plus que je le croyais de ne pas m'avoir appelée.

— Ravi que ça te plaise.

Il s'assied de l'autre côté du château, attrape le seau que je serre convulsivement, et commence à le remplir de sable.

— Alors, c'est vraiment un tombeau, que tu construis ?

— C'était censé être un château…

— Eh ben, tant mieux que tu aies choisi le droit, pas vrai ? s'exclame-t-il en riant.

C'est exactement ce que j'ai pensé quelques minutes plus tôt, et je ne peux m'empêcher de le regarder avec des grands yeux. C'est incroyable d'avoir les mêmes idées.

Devant mon visage défait, il cesse aussitôt de sourire.

— Je plaisantais, tu sais.

Je me secoue. Sa présence a tendance à me plonger dans l'hébétude.

— Peut-être, mais tu as quand même raison. C'est une catastrophe.

— Mais non, ce n'est pas si mal. Tout ce qui manque…

Mais je le contemple avec un tel scepticisme qu'il est obligé de changer de discours.

— Bon, d'accord, c'est une catastrophe, tu as raison. Mais je peux arranger ça.

— Et si je n'en ai pas envie ?

Il s'arrête et ses yeux indigo semblent soudain aussi profonds que le Pacifique qui me caresse les pieds.

— Dans ce cas, je ferais mieux de m'en aller. Je ne suis pas doué pour rester à ne rien faire devant un problème. Surtout si je sais comment le régler.

J'en ai le souffle coupé, la gorge serrée, les mains qui tremblent. Il ne parle pas de ce foutu château, et nous le savons tous les deux.

— Je ne suis pas cassée, dis-je d'une voix rauque, haletante.

— Oh, ma chérie…, répond-il en me caressant la main. Je le sais. Mais je n'étais pas sûr que toi, tu le saches.

Je détourne les yeux. Je ne trouve pas de réponse – y en a-t-il seulement une ? – mais ça ne semble pas le déranger. Il se remet à remplir le seau avec sérénité et moi… je me remets à le contempler.

Il est beau. Très. Il porte une tenue décontractée, jean délavé et tee-shirt Kings of Leon que je ne peux m'empêcher de convoiter un peu. C'est mon groupe préféré depuis toujours, bien que je n'aie jamais pu aller à leurs concerts. Les places sont trop chères, et puis je ne suis pas certaine de supporter la foule. J'ai tendance à paniquer dès qu'il y a beaucoup de monde.

Une autre des phobies qui se sont déclarées quand j'avais quinze ans…

Un autre des problèmes que je dois à Brandon.

Je repousse ces pensées avant qu'elles ne m'entraînent trop loin. Je suis ici, sur cette plage magnifique, en compagnie de ma meilleure amie et d'un homme très séduisant qui me contemple comme s'il avait envie de me lécher de la tête aux pieds. Le présent est très bien. Aucune raison de ruminer un passé que je ne peux pas changer.

Pendant qu'il retourne le seau, dont le sable coule sans effort – pour former ce qui sera sans doute la première tour de notre château –, je repense à son cadeau d'hier.

Aux sachets de tisane, entre autres. C'est grossier de ne pas le remercier, d'autant plus qu'il ne recevra mon colis que demain.

— Merci pour le coquillage, dis-je en l'imitant pour tapoter la tour de sable afin qu'elle soit bien ferme et ne s'effondre pas.

Quoique, j'imagine qu'aucun château n'oserait s'écrouler alors qu'un P.-D.G. de génie, doué dans tous les domaines, le surveille d'un regard d'aigle.

Ethan s'immobilise. Ça ne dure qu'un instant, mais je l'observe de si près que ça ne peut m'échapper. Il fixe sur moi un regard brûlant. Tout l'amusement et le contrôle que j'y lis d'habitude ont disparu.

— Il te plaît ?

— Je l'adore. Et le reste aussi, vraiment.

— Même le blender ? demande-t-il, plus détendu.

Je songe au paquet qu'il va recevoir demain et ne peux réprimer un sourire. Je dois éluder la question.

— Tu accordes beaucoup d'importance à ce blender, non ?

— Un bon blender, c'est important, dans une cuisine.

— Tu parles comme Joël Robuchon !

— Et toi, tu parles comme Melissa Etheridge, réplique-t-il en me frôlant la gorge avec un doigt. J'aime ta voix. Un peu cassée, très rock. C'est super sexy.

Je ne réponds pas. J'en suis incapable. Je ne sais plus comment on respire. Si je baissais un peu le menton, mes lèvres toucheraient sa main… Je suis sûre qu'il n'attend que ça, et pendant un moment, je suis tentée. Très tentée.

J'ai envie de l'embrasser encore, de le goûter et le toucher, et de le laisser me rendre la pareille.

J'ai envie de l'avoir à genoux devant moi, de sentir encore une fois sa langue diabolique m'amener à l'orgasme.

Je veux lui faire la même chose, le prendre dans ma bouche, dans mon corps, et lui offrir le même plaisir que j'ai reçu de lui.

Sauf que je ne sais pas le faire. Rien de tout ça. Pas sans que les souvenirs remontent. Pas sans être tétanisée.

Je détourne les yeux et m'écarte. Je me remets à mon château avec l'énergie du désespoir. Ethan ne dit rien, se contentant d'entreprendre la construction d'une deuxième tour. Mais alors, il passe les doigts sur les miens, les emmêle, les tient. C'est si bon que ça devrait être interdit…

Toute cette histoire devrait être interdite, et je suis en train de perdre la tête. Ce n'est pas une surprise. Quand j'ai préparé l'enveloppe pour Ethan ce matin, je savais que les choses allaient devenir compliquées. Mais à présent que je ne peux plus reculer, qu'il est là, intéressé, et que je suis intéressée aussi malgré l'alarme qui résonne dans ma tête, je me sens un peu submergée. Comme si je marchais sans filet sur une corde raide, et que le moindre faux pas menaçait de me faire plonger vers un désastre absolu, une totale destruction.

Sauf que je suis déjà en train de faire le funambule, et que ça dure depuis cinq ans… J'ai passé ces interminables années à essayer de survivre, et j'y suis arrivée. Ce n'est pas un mince exploit, car certains jours, j'ai besoin de toute mon énergie pour réussir à sortir du lit, me rendre en cours, et tenter de construire un semblant de vie.

Pour la première fois depuis longtemps, je me demande si ça me suffit. Ou si je devrais, peut-être, souhaiter plus.

Je baisse les yeux vers le château de sable qu'Ethan m'a aidée à construire, et nos doigts toujours emmêlés en une longue caresse. Tout en moi me crie de reculer. De me lever et de partir avant d'être plongée dans cette histoire jusqu'au cou.

Mais il est déjà trop tard. Dès l'instant où il a fait glisser le smoothie vers moi à la cafétéria, il était trop tard, mais j'étais trop bête pour m'en rendre compte.

Je relève la tête et m'aperçois qu'il me regarde, avec une intensité qui contraste avec sa tenue décontractée et son attitude de surfeur, toute en sourires charmants et mouvements fluides. Cette ardeur me fait vibrer jusqu'au plus profond de moi – dans mon âme, dans mon sexe aussi – et pour la première fois, je prends conscience de l'énigme que représente Ethan Frost.

— Laisse-moi t'inviter à dîner demain soir.

C'est plus un constat qu'une question, davantage un ordre qu'une requête, et en temps normal, je le prendrais mal. Mais en cet instant, subjuguée par le regard d'Ethan et son enchantement, je ne peux qu'acquiescer. Céder, et espérer que l'expérience vaille la chute qui suivra inévitablement.

Chapitre 11

Le château qu'Ethan construit pour moi est digne d'un architecte – ou d'un génie. Ce n'est pas le plus gros de la plage, mais aucun n'est aussi élégant. C'est le mieux réalisé. Et pour cela, il n'a utilisé qu'un seau et ses deux mains.

Une fois terminé, mon palais à six tours, avec pont-levis et douves, se dresse fièrement à une bonne hauteur. Je prends quelques minutes pour l'admirer. Je me demande ce que serait la vie dans une habitation aussi parfaite, aussi bien conçue. Puis je repense à l'énorme villa de mes parents, et je me souviens pour la millionième fois que toute cette opulence reste superficielle.

Ça me tord l'estomac, et je me tourne vers Ethan, trop occupé à me dévorer des yeux pour contempler son œuvre. Il est parfait, ou aussi proche de la perfection qu'on peut l'être. Brillant, drôle, beau, philanthrope, gentil. Du moins, c'est ainsi qu'il apparaît. Je me demande ce qui se cache sous ce vernis, et si j'aurai un jour l'occasion de le découvrir.

Juste quand je me dis que j'ai assez philosophé pour aujourd'hui, mon estomac émet un grondement sonore. Ethan se lève en riant et me tend la main pour m'aider à me redresser. Je suis parfaitement capable de me mettre debout sans lui, mais je prends tout de même sa main et me laisse tirer vers le haut.

Il faut bien accorder sa confiance à un moment.

— Qu'est-ce que tu veux manger ? demande-t-il.

Il se tient penché vers moi, la bouche à quelques centimètres de ma joue. Je sens également sa main dans mon dos, qui me guide dans la foule des badauds et des acharnés du pâté de sable. Des centaines de personnes arpentent ce coin de plage qui n'est pas bien grand, mais il s'arrange pour m'éviter d'être submergée par la foule ou bousculée.

Ethan parvient à deviner mes besoins… peut-être que tout à l'heure, quand je serai seule chez moi, je trouverai ça flippant. Mais maintenant, entourée par tous ces gens – et bercée par la force et la chaleur d'Ethan –, je me sens protégée, en sécurité. C'est un sentiment tellement inhabituel que je ne peux m'empêcher de le savourer.

— Chloe ? insiste-t-il, me faisant prendre conscience que je n'ai pas répondu.

— Ma coloc est partie acheter des tacos à la viande. Tu peux te joindre à nous, si ça te dit.

— Ça me plairait, si ça ne la dérange pas.

— Tu plaisantes ? Elle sera folle de joie. Tori adore les beaux garçons.

— Alors comme ça, tu me trouves beau garçon ? demande-t-il, espiègle.

— Ne va pas à la pêche aux compliments, c'est moche. Tu sais très bien que tu es à tomber.

— Je commençais à penser que j'avais perdu la main. Susciter ton intérêt s'est révélé plutôt… difficile.

— Ouais, bon, ne t'emballe pas trop vite. J'ai dit oui pour un dîner, pas pour une partie de jambes en l'air.

— Je ne me souviens pas d'avoir mentionné une partie de jambes en l'air, rétorque-t-il avec un regard en biais.

— Non, mais ça ne saurait tarder.

— Ah bon ? Et comment tu peux le savoir ?

Je me tourne vers lui. Nos regards se rencontrent, et pendant un moment, j'oublie ce que j'allais dire. Pfff, je ne sais même plus comment respirer, alors parler…

Mais je décèle un éclat de triomphe dans ses yeux, et l'esquisse d'un sourire sur ses lèvres, prêt à s'épanouir. Soudain, je suis bien décidée à ne pas me laisser avoir. Je lui tapote la joue.

— Parce que c'est ce que veulent tous les mecs, coco, dis-je en m'appliquant pour prendre une voix de femme fatale.

C'est peut-être bête et arrogant, mais je n'ai pas envie qu'il sache à quel point je suis torturée. Je ne vais pas lui avouer que notre rendez-vous de demain est le premier depuis bien longtemps.

Il se raidit un peu, mais ne semble pas vexé. Ni menaçant. Non, il ressemble plutôt à un jaguar qui vient de flairer une proie. Il s'étire, se réveille, et un frisson de danger semble parcourir l'air qui nous environne.

Retenant mon souffle, j'attends qu'il réponde. Qu'il agisse. Mais il se contente de rire. Je joins mon rire au sien, mais la tension demeure. Pire, elle s'attise sous l'effet de l'attirance réciproque et du courant qui crépite entre nous.

Je soutiens son regard aussi longtemps que j'en suis capable, pour lui montrer que je n'ai pas peur, et que je ne reculerai pas.

Son corps tout entier semble se tendre, brûlant, contre le mien. Et même s'il ne dit rien, je sais qu'il a compris que je venais de lui jeter le gant. Et qu'il l'a ramassé.

Il se rapproche, sous prétexte de se faire entendre dans le brouhaha ambiant, mais en sentant son souffle sur mon oreille, ma gorge et ma nuque si sensible, je sais bien que ce n'est pas ça. Il le fait pour me torturer, m'exciter. Les tétons durcis et le sexe vibrant, je suis forcée d'admettre qu'il est très doué…

— On va bien s'amuser, déclare-t-il.

C'est une phrase chaude et douce, comme son haleine sur ma peau chatouilleuse, derrière l'oreille.

Je reprends mon souffle alors qu'un tourbillon de sensations s'empare de moi, et le regrette aussitôt en sentant son parfum dans mes narines. Il a une fragrance d'océan, mais en plus doux. Une odeur d'oranges, de secrets partagés et de chocolat riche et onctueux. Une part de moi ne désire rien de plus que de se rouler dans cette fragrance, de s'y blottir ou s'y noyer… afin que tout ce que ma vie contient de négatif disparaisse à jamais.

Mais je parviens à me ressaisir. Je ne vais pas lui donner le plaisir de savoir combien il lui est facile de me déstabiliser.

— Je ne suis pas certaine que « s'amuser » soit la meilleure façon de le décrire.

— Bien sûr que si. Quel intérêt de faire des choses si on ne s'amuse pas ?

Ses paroles parviennent lentement à ma conscience, m'arrachant à la torpeur sensuelle dans laquelle me plongent son contact et son parfum.

— Tu crois vraiment ce que tu dis ?

— Absolument. Je n'aurais pas autant de succès si je ne prenais pas plaisir à ce que je fais.

Sa réponse paraît logique, mais je sais qu'il y a plus. Je devine autre chose dans l'éclat de son regard et la tension de son corps tout près du mien. Mais avant que j'aie pu le questionner, mon téléphone vibre dans ma poche.

En temps normal, je ne répondrais pas, mais je suis quasi certaine que c'est Tori. Je le sors pour regarder l'écran. C'est bien elle.

— Tori a trouvé des places à gauche de la scène. Elle veut que je la rejoigne.

Ethan acquiesce et nous conduit sans effort dans la bonne direction, jusqu'à ce que nous nous trouvions nez à nez avec Tori. J'aurais peut-être dû la prévenir : pour la première fois depuis que je l'ai rencontrée il y a trois ans, elle reste sans voix. Hagarde, bouche bée, les yeux écarquillés.

Ça ne lui va pas tellement, mais Ethan n'a pas l'air trop inquiet. J'en viens à me demander s'il a l'habitude que les femmes le dévisagent ainsi. Il vaut sans doute mieux que je l'ignore. Surtout si la réponse est « tous les jours ».

— Ethan, je te présente ma meilleure amie, Tori, dis-je en marchant sur le pied de l'intéressée pour la secouer. Tori, voici mon patron, Ethan Frost.

Ethan me regarde bizarrement lorsque je le présente comme mon patron, mais je ne vois pas quoi dire d'autre. Il n'est pas mon cavalier ce soir. Il n'est pas encore mon ami, et encore moins mon petit copain. Je suppose que j'aurais pu me contenter d'indiquer son prénom, mais Tori ne se serait pas laissée duper. Le fait qu'elle le dévisage toujours avec des yeux ronds montre bien qu'elle l'avait reconnu d'emblée.

— Salut, Tori. Ravi de faire ta connaissance.

Il lui adresse son sourire d'homme qui n'ignore rien de son pouvoir de séduction. Tori – pourtant blasée – se met à glousser comme une gamine de treize ans. Beurk. En rentrant à la maison, je la tue.

— Tout le plaisir est pour moi, répond-elle en passant la main dans ses cheveux couleur d'arc-en-ciel. Quelle surprise de te rencontrer ici !

Elle me lance un regard sagace.

— Frost Industries sponsorise l'événement, dis-je avant qu'elle me couvre davantage de honte. L'environnement est l'une des causes les plus importantes que défend la Frost Foundation.

— Quelle coïncidence ! s'écrie-t-elle d'un ton enjoué. Toi aussi, tu consacres plein d'argent à l'écologie, pas vrai, Chloe ?

Et elle se demande pourquoi je ne la laisse pas me monter des coups ? Si elle se comporte déjà comme ça avec un mec que j'ai rencontré par moi-même, qu'irait-elle inventer avec un gars qu'elle m'aurait présenté ? Elle serait sans doute en train de nous demander comment on veut appeler nos enfants et quel service de vaisselle on va choisir pour notre liste de mariage.

Mais ça ne semble pas déranger Ethan. Au contraire, il se tourne vers moi avec intérêt.

— Tu t'intéresses à la planète, toi aussi ?

Suffisamment pour avoir envisagé de me spécialiser dans le droit de l'environnement. Mais je ne vais pas le lui dire. Je n'ai pas envie de passer pour la folle furieuse que Tori est en train de dépeindre.

— Qui ne s'en préoccupe pas, de nos jours ?

— Détrompe-toi…

Il jette un coup d'œil à la table, où Tori a disposé les tacos. Et deux verres de margarita, dont l'un est déjà vide.

— Je vais chercher une bière, annonce-t-il. Vous reprenez la même chose, mesdemoiselles ?

— Oui. C'est une margarita à la mangue, répond Tori en se passant à nouveau la main dans les cheveux.

— Ça marche.

Il tire une chaise et me pousse doucement pour me faire asseoir.

— Je reviens dans quelques minutes, ajoute-t-il.

— Y a de la queue, compte plutôt une demi-heure, prévient Tori.

Ethan répond par un sourire.

— Tu veux quelque chose ? me propose-t-il avant de partir.

Je prends une gorgée de ma margarita à la fraise. Elle est délicieuse, pas trop alcoolisée – exactement comme j'aime.

— S'il y a tant de monde que ça, tu pourrais peut-être me prendre un verre aussi ?

Il sourit avec malice, et je sais qu'il songe à mon goût pour les fraises.

— C'est comme si c'était fait !

Tori et moi le suivons du regard. Et nous ne sommes pas les seules. Toutes les filles ont les yeux rivés sur son cul. Je ne le leur reprocherai pas : il a vraiment des fesses sublimes. Et son jean humide le moule d'une façon qui devrait être interdite par la loi.

— J'y crois pas, glapit Tori dès qu'il est hors de portée de voix.

— Ne commence pas.

— J'y crois pas !

Je reprends une gorgée.

— C'est juste un mec, Tori…

— J'y crois pas, j'y crois pas, j'y crois pas !

Sa voix grimpe dans les aigus et je me mets la main sur l'oreille de son côté, pour me protéger le tympan.

— Je te jure, il n'y a pas de quoi en faire tout un plat. Il m'a vue galérer avec ce château à la con, et il est venu me donner un coup de main.

— Oui, vraiment pas de quoi en faire un plat. Ethan Frost fait ce genre de trucs tout le temps.

— Peut-être que oui, tu n'en sais rien.

— Je crois que tu oublies dans quel milieu gravite ma famille. Je sais très bien, en réalité. Et faire des pâtés de sable avec une femme ne fait pas du tout partie de sa technique de drague.

— Ah bon ? Et c'est quoi, sa technique ?

— J'en sais rien.

— La vérité, c'est que tu n'as pas la moindre idée de ce qu'il fait avec les femmes, dis-je avec un rire moqueur. Si ça se trouve, le château de sable est son ouverture préférée.

— Tu penses ce que tu dis ? Franchement, Chloe, tu es capable de rendre n'importe quelle situation glauque, rétorque-t-elle, agacée.

— C'est pour ça qu'on m'aime.

— Eh bien, arrête. Laisse-moi savourer le fait qu'Ethan Frost courtise ma colocataire.

— On a fait un château et il m'offre un verre. Ce n'est pas ce qu'on appelle courtiser.

Mais je repense au coquillage et aux sachets de tisane, ainsi qu'à ces moments volés dans son bureau. Je me demande si Tori n'aurait pas raison…

— N'oublie pas le blender. Et les fraises. Cet homme s'intéresse suffisamment à toi pour se souvenir de tes goûts. Tu as déjà remporté une bataille.

— Je ne savais pas qu'on était en guerre.

Elle me caresse la joue.

— Ma pauvre Chloe. Tu n'es pas au courant ? Toutes ces histoires entre hommes et femmes, ce n'est qu'une immense lutte de pouvoir.

Pour la deuxième fois de la soirée, je pense à Brandon, et aux moments que j'ai passés, contusionnée et ensanglantée, quand il en a eu fini avec moi.

— C'est pour ça que j'évite les relations sentimentales. Je n'aime pas tellement me battre.

— Mais je suis là. Et je peux me battre pour deux.

Deux petites phrases, qui résument ma meilleure amie mieux qu'un long discours. C'est bien la preuve qu'elle est aussi amochée que moi… sauf qu'elle le cache mieux.

Avant que j'aie pu trouver une réponse à son analyse pourrie des relations amoureuses, Ethan est de retour. Il porte un plateau chargé de chips et de différentes sauces, de guacamole, de plusieurs tamales, de fruits et de deux petits pichets de margarita, ainsi que de deux bouteilles de Corona.

— Tu as l'intention de tenir un siège ? dis-je en l'aidant à poser les victuailles sur la table.

— Absolument.

Il trempe une chips dans la sauce au fromage et l'approche de mes lèvres. Sans réfléchir, j'ouvre la bouche. Je ne sais pas si j'ai raison ou non de le laisser me donner la becquée.

Il sourit en disposant le reste des plats sur la table.

— La nuit est en train de tomber. Ils ne vont plus tarder à allumer le feu de camp. Ensuite, les musiciens vont débarquer sur la scène, et j'aimerais autant les écouter tranquillement plutôt que de retourner me battre pour acheter des boissons.

— Bien pensé, commente Tori en prenant un tamale. C'est qui, le groupe ?

Il cite un groupe local, très diffusé à la radio ces temps-ci, et qui a même un clip au top des vidéos les plus vues. J'échange un regard surpris avec Tori. Nous ne nous attendions pas à des musiciens de cette trempe – surtout pour 5 dollars. Pas étonnant que la plage soit noire de monde.

Ethan remplit mon verre, puis celui de Tori, avant de se détendre avec son taco et sa bière. Je me prépare à ce qu'un silence gêné s'installe – nous n'avons encore jamais eu de conversation anodine –, mais tout se passe comme sur des roulettes. Nous parlons de l'événement, du temps magnifique, du nouveau film que nous avons tous envie d'aller voir. C'est agréable. Détendu. On s'amuse bien, comme Ethan me l'a promis.

Il veille à ce que mon verre et mon assiette soient toujours pleins. Il se penche aussi régulièrement vers moi pour me faire goûter quelque chose. Une chips, un morceau de pastèque, un bout de son tamale à l'ananas. Ça ne me ressemble pas de laisser un garçon me nourrir comme un bébé, mais Ethan semble y prendre plaisir, et pour être franche, moi aussi.

Tori nous observe, à la fois sidérée et satisfaite, et je sais qu'elle ne voudra me parler de rien d'autre en rentrant à la maison. Mais pour le moment, je suis repue d'une nourriture délicieuse, je sirote ma troisième margarita, et je me sens merveilleusement à l'aise. Je ne vais pas me préoccuper de l'avenir maintenant. Tout ce que je veux, c'est rester ici, profiter de ce moment, aussi longtemps que possible.

Alors que l'obscurité s'accroît, le bruit des conversations diminue. Ceux qui n'ont pas trouvé de table s'asseyent sur le sable pour regarder les bénévoles allumer le bûcher. Puis, les flammes s'élèvent, et les musiciens montent sur scène.

Ils sont bons, excellents même, et il ne me faut pas longtemps pour danser sur place et chanter avec eux. Tori est dans le même état, et Ethan bat la mesure avec son pied.

Je passe un super moment – meilleur que ça ne m'est arrivé depuis longtemps – et je sais que c'est en partie grâce à la présence d'Ethan. Je devrais prendre ça comme un gros panneau de danger, mais ce n'est pas le cas. Il me sourit, manifestement ravi. Puis il passe un bras autour de mes épaules pour m'attirer vers lui.

Encore une fois, ce n'est pas dans mes habitudes d'accepter ce genre de choses. Mais il s'agit d'Ethan, et je décide de me laisser faire. Dans ma tête, j'entends une alarme retentir, me prévenant que je suis trop à l'aise avec cet homme, mais je ne l'écoute pas. Tori est là. Elle me soutiendra, et je sais que rien ne m'arrivera tant qu'elle est avec moi. Elle est peut-être à moitié dingue d'Ethan elle aussi, mais elle ne laisserait jamais personne me faire du mal. Et je le lui rends bien.

Le groupe nous donne un concert complet, pas juste quelques chansons. Pourtant, je suis triste quand ça se termine. Je ne suis pas prête à voir la soirée s'achever, à dire au revoir à cet Ethan si gentil, avec son jean décontracté, qui est à mes côtés. Oh, je sais bien que je le verrai demain au travail, mais une fois de retour au bureau, la douceur de cette soirée sera loin derrière moi. Et si son souvenir ne s'estompe pas de lui-même, je le chasserai dans un coin de ma mémoire, parce que je ne veux pas fournir à Rick d'autres éléments contre moi.

Alors que les gens autour de nous commencent à s'éloigner, je me lève à regret. Tori et Ethan m'imitent.

— C'était très agréable de faire ta connaissance, déclare ma coloc en tendant la main à Ethan.

Trop gentleman pour la mettre dans l'embarras, il la prend pour la serrer avant de répondre :

— J'espérais que vous me laisseriez vous raccompagner.

Il présente ça comme si c'était une faveur que nous lui accordions, alors que c'est tout le contraire. Certes, nous vivons dans l'un des meilleurs quartiers de San Diego, mais la plage attire toutes sortes de gens, y compris des criminels en quête de proies faciles. Si on ajoute à ça les étudiants à la recherche d'une dose, l'ambiance peut être un peu tendue. Tori et moi n'avons jamais eu de problème, mais c'est gentil à Ethan de vouloir s'assurer que nous rentrions sans encombre.

— Ne t'inquiète pas pour nous, dis-je. Tu as sûrement des choses à faire ici...

— Non, tout est bouclé. J'ai fait un discours au début de la soirée, c'est tout. Le personnel de la fondation s'occupe du reste.

Il me tend une main.

— Allez. Sortons de leurs pattes, histoire qu'ils puissent commencer à ranger.

Une fois de plus, sa voix est tout à fait neutre, mais j'y perçois comme une note d'acier, inflexible. Le message est clair : nous sommes peut-être deux femmes adultes, mais Ethan ne nous laissera pas rentrer à pied toutes seules.

Je commence par résister – je déteste qu'on me dicte ma conduite – mais je reconnais cette lueur dans les yeux. Celle que j'ai découverte à la cafétéria, lorsqu'il voulait me faire goûter son smoothie. Et que j'ai revue alors qu'il insistait pour que je me mette de la glace sur la hanche. À nouveau, je me surprends à céder devant lui, sans savoir pourquoi.

Je prends sa main, consciente du regard perplexe de Tori. Nous sommes amies depuis assez longtemps pour qu'elle sache qu'il en faut moins que ça pour que je repousse définitivement un mec. Je lui dois une explication – qu'elle exigera dès que la porte de l'appartement se sera refermée derrière nous –, et je me demande bien ce que je vais pouvoir lui dire. À part qu'avec Ethan, tout est différent.

En quittant la plage, nous passons devant des manoirs de milliardaires dont les jardins s'adossent à la falaise qui surplombe le Pacifique. Sur l'avant, les jardins sont également superbes, et malgré les grilles, nous apercevons les demeures elles-mêmes.

Tori m'en montre une, toute en verre et en chrome, avec des arêtes effilées.

— C'est ma préférée.

C'est une habitude : lorsque nous passons devant une rangée de très belles maisons, chacune désigne celle qu'elle habiterait si elle en avait les moyens. Tori est plus près de réaliser ce rêve que moi – ses parents ont mis plusieurs millions de dollars de côté pour elle –, mais ces baraques coûtent jusqu'à vingt millions. Même elle ne pourrait s'en offrir une. Quant à moi… pour le moment, un studio est le sommet de mes ambitions.

— J'aime bien celle-là, dis-je en tendant le doigt vers une villa de style méditerranéen au toit d'ardoises.

C'est une maison superbe, du genre que les gens viennent admirer lors de leurs promenades. Elle parvient à rester accueillante tout en imposant le respect. Tout le contraire de la préférée de Tori, sublime mais beaucoup trop froide pour moi.

— Et toi ? demande Tori à Ethan. Laquelle tu préfères ?

— Je dois me ranger au choix de Chloe, répond-il avec un sourire. Bien qu'on m'ait dit que le propriétaire vouait un culte bizarre à son blender.

Il me faut quelques secondes pour décoder. Puis je me tourne brusquement vers lui.

— C'est chez toi ?

— Oui.

J'attends qu'il ajoute quelque chose. Qu'il se vante, ou nous invite à visiter. Mais il ne fait ni l'un ni l'autre. Il continue à marcher en me caressant la main avec le pouce. C'est curieux, mais quand on est aussi riche qu'Ethan Frost, je suppose qu'on n'a pas besoin de se faire mousser. On accepte ce qu'on a comme un dû.

Une fois de plus, je repense à Brandon, et tente aussitôt de le chasser de mon esprit. Mais c'est difficile. Je sais bien qu'Ethan ne ressemble en rien à Brandon, qu'il a travaillé dur pour gagner tout ce qu'il possède… il n'est pas né avec une cuillère d'argent dans la bouche. Pourtant, dans ma tête, l'argent est un problème. Ou plutôt, le pouvoir qu'il procure en est un. Les riches ne pensent pas comme nous…

Encore une bonne raison de garder mes distances avec Ethan. Je n'aurais pas dû accepter de sortir avec lui demain soir.

Mais ensuite, je songe à ce ruban vert, de la couleur de mes yeux. À ce coquillage magnifique, image de la perfection. Et je sais que riche ou non, Ethan est l'opposé de mon ex. Chad ne m'aurait jamais envoyé quelque chose d'aussi simple… ni d'aussi beau.

Il m'aurait fait livrer un bijou hors de prix, et aurait attendu quelque chose en échange. Puis se serait fâché lorsque j'aurais refusé d'entrer dans ce jeu.

Bien que j'aie été très jeune à l'époque – quinze ans seulement –, je n'ai jamais eu autant l'impression d'être une traînée que lorsque je sortais avec ce connard… et dans les mois qui ont suivi notre rupture, lorsque Brandon… Je repousse une fois de plus ces souvenirs. Ça m'a pris des siècles de réussir à surmonter ces événements, à aller de l'avant, et je ne veux plus jamais ressentir ça.

Ethan ne dit rien de plus sur le trajet du retour, et moi non plus. Tori essaie de maintenir la conversation pendant un moment, mais elle finit par se lasser de parler toute seule et se tait à son tour. Ce qui me donne du temps pour penser, me questionner, et m'inquiéter sur ce qui se passera une fois arrivés devant l'appartement.

Faut-il inviter Ethan à entrer ? Est-ce que j'en ai seulement envie ? Je suis fatiguée, et j'aimerais vraiment aller me coucher, mais peut-être qu'il a des attentes. Après tout, nous avons rendez-vous demain soir… Et il m'a donné hier mon premier orgasme non solitaire. Ce n'est pas rien. Je pourrais peut-être lui offrir un café. Ou de la tisane à la fraise.

Il est sans doute même en droit d'exiger un baiser. Ce qui ne me dérange pas. Du tout. J'ai aimé ses baisers dans son bureau. Le mot est un peu faible… Ce qui me gêne, c'est l'idée qu'Ethan puisse espérer quelque chose en retour. Je n'aime pas le troc, les obligations. Et si vraiment je lui dois une faveur, j'aimerais au moins pouvoir choisir. Décider de ce que je fais ou non. Chad ne m'a jamais laissé le choix. Ethan le fera-t-il ? Déjà, il m'a poussée à accepter des choses que je refusais – simplement en me les demandant. Le smoothie, le sac de glace, le trajet vers l'appartement… Ce n'est pas comparable à ce que Chad m'imposait, mais… si ça le devenait ? Si je me laissais faire ?

En arrivant devant notre résidence, j'ai les nerfs à vif. J'ai la tête à l'envers, je flippe et je ne sais plus ce que je dois dire, ni comment. Et lorsque Tori disparaît dans l'appartement avec un au revoir et un geste de la main, ma confusion s'accroît encore. Je reste plantée devant Ethan, sans la moindre notion de ce que je suis censée faire. Merde. Peut-être que j'ai eu tort de ne pas fréquenter davantage de garçons ces dernières années ! Ça m'aurait au moins permis de me sentir moins perdue.

— Est-ce que…

Ma voix se brise. Après un instant, je reprends.

— Est-ce que tu veux entrer ?

Il s'appuie contre le mur et m'observe pendant un moment, de ses yeux qui ont à cette heure-ci la même couleur que le ciel au-dessus de nos têtes. Il essaie de lire en moi, et ça me panique encore plus. Je me sens méfiante, confuse et sur la défensive.

Il finit par secouer la tête, et je suis envahie par une vague de soulagement, aussitôt recouverte par une autre, de déception cette fois. Ça n'a aucun sens, mais c'est comme ça.

— Euh, bon, d'accord. Dans ce cas…

Je laisse ma phrase en suspens et Ethan me pose la main sur l'épaule. Ses doigts sont chauds et fermes, mais doux en même temps. Timides. Pas nerveux, comme moi, mais inquiets. Comme s'il redoutait qu'un geste malheureux me terrifie. Je suis sans doute plus transparente que ce que je pensais…

J'attends qu'il dise quelque chose, mais rien ne vient. Il se contente de rester là, à me regarder, pendant un long moment tendu. Je pense qu'il attend quelque chose, mais j'ignore quoi. Si je le savais, je le lui donnerais, et au diable les conséquences.

Je patiente aussi longtemps que j'en suis capable, mais le silence finit par me peser et je dis la première chose qui me passe par la tête.

— Merci pour le beau château de sable.

La phrase est maladroite, et un peu haletante, mais au moins, le silence est rompu. Peut-être que ça fera retomber la tension à couper au couteau que je sens entre nous.

— Merci pour le dîner, répond-il.

— C'est plutôt à moi de te remercier. Tu as payé la plus grande partie.

— Il n'y a pas que l'argent qui compte, Chloe.

Il n'y a que ceux qui n'en ont jamais manqué pour croire ça. Ou du moins, qui en ont depuis assez longtemps pour avoir oublié ce que c'est d'être fauché. Parce que quand on n'a pas un radis, tout est question d'argent. Mon père s'est chargé de me l'apprendre il y a bien longtemps.

Je garde cette pensée pour moi et pose la question qui me tient à cœur :

— Qu'est-ce qui compte, alors ?

Je suis bien décidée à comprendre les règles du jeu auquel nous jouons. Ainsi, tout aura à nouveau du sens. Et mes chances de gagner seront un peu moins pathétiques.

Il me caresse toujours le cou, de ses doigts légers comme une plume. Ça me détend et m'excite en même temps.

— Toi. Ce qui compte, c'est toi.

Il se penche vers moi, et je me prépare à recevoir l'un de ses baisers qui m'étourdissent, me coupent le souffle et font voler mes résolutions en éclats. Mais non, il me prend le visage entre ses mains et me frôle le front du bout des lèvres. Un contact doux et tendre, tellement séduisant…

Puis il s'écarte avec un sourire et coince une de mes mèches folles derrière mon oreille.

— Je passe te prendre à 19 heures demain.

Il s'éloigne, et bien qu'il ne m'ait pas embrassée, il me faut quand même quelques secondes pour reprendre mes esprits et le rappeler.

— Attends ! Comment je dois m'habiller ?

Il se retourne, bras écartés.

— Une tenue dans laquelle tu te sentes bien, répond-il avec un sourire à la fois chaleureux et coquin.

Cette fois, il s'en va, et je le suis des yeux en me demandant dans quoi je me suis fourrée.

Chapitre 12

Après une nuit passée à me tourner et me retourner dans mon lit, je découvre en arrivant au bureau que je suis convoquée à une réunion sur le dossier Trifecta. J'y rejoins deux stagiaires d'un autre secteur du département juridique et une armée d'avocats, tous drogués à la caféine et excités par l'odeur du sang.

J'ai un peu de mal à saisir, jusqu'à ce que je comprenne que cette fusion n'en est pas une. Il s'agit en réalité d'une OPA hostile, et Trifecta se débat de toutes ses forces. Mais les avocats ont trouvé comment porter l'estocade, le dernier clou pour fermer le cercueil et permettre à Frost Industries de les absorber avec leur travail en cours sur une invention qui sert à je ne sais quoi.

Je devine que cette offre est dans les tuyaux depuis un certain temps, et qu'Ethan avance moins vite que ce que certains avocats souhaiteraient. Le temps perdu a permis à Trifecta de bidouiller ses licences, afin que l'invention – quelle qu'elle soit – soit brevetée au nom des ingénieurs et non à celui de la société. D'après leurs juristes, ça devrait nous empêcher d'y avoir accès.

Mais je suis tombée cette semaine sur un cas qui prouve que cette supposition ne tient pas la route. À ce moment-là, je ne me doutais pas que Frost Industries s'en servirait, ni que ça mettrait Trifecta à genoux. Si j'avais su, je ne suis pas certaine que j'aurais transmis l'information aux avocats.

J'ai tort, je sais. Après tout, c'est Frost Industries qui m'emploie. Mon boulot, c'est de leur rendre service. Mais est-ce que je dois pour autant faire tomber une petite entreprise comme Trifecta ? Arracher à ces gens non seulement leur emploi, mais tout ce qu'ils ont construit ? Si je souhaite travailler dans la propriété intellectuelle, c'est pour aider les petits, pas pour les écraser. Je veux qu'ils conservent leurs inventions, pas qu'une énorme société sans âme vienne les leur voler. Ce n'est pas le but de la propriété intellectuelle.

Avant la moitié de la réunion, j'ai déjà l'estomac noué, et chaque compliment que me font les avocats me transperce comme un coup de couteau. En partie parce que c'est moi qui ai déniché cette jurisprudence, et en partie parce que je croyais que Frost Industries était au-dessus de ça. Qu'Ethan ne tomberait pas si bas.

Peut-être que je me berçais d'illusions, mais tous les articles que j'ai lus faisaient l'éloge de l'éthique d'Ethan Frost. Cet enfant de héros de guerre, désormais presque milliardaire, a construit un empire qui œuvre pour le bien de chacun. Découvrir que sous ce vernis, il est comme les autres – prenant ce qu'il veut, peu importent les conséquences – me stupéfie totalement.

La réunion s'achève vers 10 h 30, mais seulement parce que les avocats ont une deuxième réunion encore plus importante après. Avec le chef du département de recherche et développement, le directeur technique, et bien sûr, Ethan Frost en personne. Les gens de Trifecta sont également de la partie. Au bord de la nausée, je rassemble mes affaires et me prépare à regagner mon bureau. Je suis perdue dans mes pensées, repensant à ma future carrière et me demandant si abandonner mon stage en cours de route risque de compromettre mes chances d'entrer dans une bonne fac de droit, lorsque Carlos, l'un des avocats, me hèle.

Un peu hébétée, je me tourne vers lui, redoutant la prochaine tâche immorale qu'il va m'assigner. Mais il se contente de sourire et de me demander :

— Où tu vas comme ça ? Tu viens à la réunion avec nous !

— Ah bon ? dis-je, interloquée.

Je ne connais pas le protocole des grandes boîtes, mais je suis certaine qu'il n'est pas habituel que les petits stagiaires participent à ce genre de rencontres.

— Mais oui, confirme Marni, l'une des autres avocates.

Je travaille directement sous ses ordres depuis qu'on m'a confié le dossier de fusion.

— Ici, on aime récompenser le travail bien fait, explique-t-elle. Et tu as crevé le plafond, cette semaine. Tu vas avoir l'occasion de voir tes efforts nous permettre de réussir cette affaire.

Ils me regardent tous deux comme s'ils s'attendaient à ce que je pousse des cris de joie, mais ils viennent de me proposer la dernière chose dont j'ai envie. C'est déjà moche d'avoir contribué à porter un coup mortel à une petite entreprise familiale. Je ne tiens pas à le voir de mes yeux… J'ai peur que mon estomac – et le reste de ma personne – ne le supporte pas.

Mais des invitations comme celle-ci, on n'en reçoit pas tous les jours, et ce serait vraiment stupide de refuser. D'un côté, je m'en fiche, mais d'un autre côté, j'ai envie d'entrer en fac de droit… alors j'acquiesce.

— Merci.

Les locaux de Trifecta se trouvent à San Diego, à seulement une demi-heure de route de Frost Industries. J'y vais en voiture avec Carlos et Marni, ainsi que Jace, un autre stagiaire dont le travail a « crevé le plafond ». Nous arrivons avant Ethan et les grosses huiles, et les attendons dans l'entrée.

Bien que je sois dos à la porte, en conversation avec Jace, je suis consciente de la présence d'Ethan dès l'instant où il franchit le seuil. Tout oxygène semble avoir disparu de la pièce, et l'atmosphère devient électrique. Je perçois de l'excitation, de la détermination, et une rage qui me semble tout à fait déplacée.

En me tournant vers Ethan, je lis toutes ces émotions – et d'autres – dans ses yeux. Jusqu'à ce qu'il arbore une expression indéchiffrable, digne de Lady Gaga ou d'un joueur de poker habitué de Las Vegas. Il balaie d'un regard impassible le groupe d'avocats et de chercheurs, avant de s'arrêter sur moi. Après un instant de surprise, il me salue d'un hochement de tête.

Bouleversée comme je le suis, je suis ravie qu'il ne m'adresse pas la parole. Et ma confusion ne fait que s'accroître lorsque j'entends Ethan murmurer aux avocats :

— Je ne veux pas d'erreur. Nous ne repartirons qu'avec un accord ferme et définitif. L'heure est venue.

Ils acquiescent. C'est la fin de mes espoirs : je ne me suis pas trompée ; la situation est aussi horrible que ce que j'imaginais. Je n'ai plus du tout envie de sortir avec Ethan ce soir, ni aucun autre soir. Il a beau me faire un effet qu'aucun homme n'a jamais eu sur moi, ce n'est pas mon corps qui décide. Je ne fréquente pas les hommes qui accordent plus d'importance à leur compte en banque ou leur pouvoir qu'aux gens qu'ils écrasent sur leur passage.

La réunion se déroule comme prévu – c'est-à-dire qu'elle se passe très mal. Jace et moi, relégués à un coin de la table, ne pipons mot, ne bougeons pas, et respirons à peine. Nous nous contentons d'écouter et de regarder alors que les pinces de Frost Industries se referment lentement mais sûrement sur Trifecta.

— Mais on vous laisse tout le reste ! s'écrie le P.-D.G., dans un dernier effort désespéré. Pour pas cher. C'est absurde de vous battre pour ces trois brevets. Ils n'ont aucun rapport avec vos projets actuels, ou vos produits. Je ne comprends pas.

À l'instant où il prononce cette phrase, je sais qu'il a fait une erreur. Je le vois dans les yeux d'Ethan, à la manière dont il redresse les épaules, à l'expression de sa bouche. L'homme vient de le pousser à une extrémité dont personne ne se doutait qu'il était si proche. Avant même qu'il ait ouvert la bouche, je devine que ça va mal finir.

Avec calme – trop, à mon sens –, Ethan se penche vers l'avant. Il regarde son opposant dans les yeux et déclare d'une voix à peine perceptible :

— Vous n'avez pas besoin de comprendre. Tout ce que vous devez savoir, c'est que je détiens cinquante-huit pour cent de cette entreprise, et près des deux tiers des voix au conseil d'administration. Trifecta va être absorbé par Frost Industries, dans son ensemble. Et c'est maintenant que ça va se passer. Pas dans six mois ou dans un an.

» J'ai été patient pendant que les avocats des deux côtés travaillaient à un accord. Accord qui est plus qu'équitable pour vous. Mais ma patience a des limites. Soit vous signez le protocole – tel quel –, soit le prochain que nous vous proposerons sera nettement moins avantageux pour vous. Et vous le signerez quand même.

» Dans un cas comme dans l'autre, je n'ai pas l'intention de continuer à discuter. Cette fusion aura lieu. Je vais prendre possession des brevets de votre famille. Et vous serez mis à l'écart. La seule question, c'est de savoir si vous voulez repartir avec assez d'argent pour que vous, vos enfants, et vos petits-enfants puissiez vivre confortablement, ou si vous préférez repartir les mains vides. À vous de voir.

Ethan se lève, ses paroles résonnant encore dans la pièce silencieuse, sous le choc. Puis il sort, tous ses cadres à sa suite. Les seules personnes qui représentent encore Frost Industries sont donc les avocats – qui paraissent soudain très intimidants.

Quelques secondes s'écoulent avant que Carlos se racle la gorge.

— Vous avez entendu M. Frost. Il est temps que ça bouge.

Les quatre-vingt-dix minutes suivantes sont parmi les plus inconfortables de mon existence. Le sang a commencé à couler, et nous le savons tous. L'équipe de Frost Industries répond sans pitié à chacune des objections de Trifecta, et nous finissons par repartir avec un accord préliminaire. Trifecta va recevoir un peu d'argent, mais nous leur prenons tout ce qu'ils ont. Exactement comme Ethan l'a annoncé.

En rentrant dans la voiture de Marni, j'ai le sang qui bout. Les deux avocats et Jace sont exubérants, rendus euphoriques par la victoire. Mais tout ce que je vois devant mes yeux, c'est le visage du P.-D.G. de Trifecta et de son fils, qui ont consacré toute leur vie à faire de cette entreprise ce qu'elle est aujourd'hui, pour se la voir ravir juste au moment où ils allaient accéder au niveau supérieur.

En réalité, ce n'est pas à eux que je pense. Je songe à mon frère. Ce garçon si brillant, confiant, dont l'esprit a conçu certaines des avancées technologiques les plus importantes de la télécommunication d'aujourd'hui. Mon frère, qui s'est fait voler deux de ses inventions par des entreprises de l'envergure de Frost Industries. Et dont les idées suivantes ont toutes été récupérées par mon père et l'entreprise qu'il a créée avec l'argent sale reçu de la famille de Brandon pour acheter mon silence.

Mon frère ne comprend pas ma rage. Pour lui, tout ce qui compte, c'est la beauté de l'invention. La gloire de voir ses créations prendre leur essor dans le monde réel. Du moment qu'il gagne de quoi vivre confortablement et financer ses recherches, il est content. Et si tout le monde devient riche sur son dos, ça ne le dérange pas. Il n'a même pas l'air de s'en rendre compte ! Mon père lui raconte que l'argent reste dans la famille, et qu'il y en a assez pour nous tous, mais je sais que c'est faux. Dès l'instant où Miles arrêtera de concevoir des projets brillants capables de faire avancer l'entreprise de mes parents, il sera dehors. Comme moi. Mon père n'irait pas jusqu'à dévorer ses petits, mais il n'a aucun problème à les sacrifier.

Je sens la colère monter, m'empêchant de respirer et de réfléchir. Je préfère claquer la porte sur ces émotions, cesser de penser à ma famille et à Frost Industries, à ce qui vient de se passer dans cette salle de réunion. Je sors mon téléphone et ouvre mes mails. Puis j'envoie un message bref et pas très agréable à Ethan, sur sa boîte professionnelle.

Je ne vais pas pouvoir venir ce soir. Ne me rappelle pas.

Nous regagnons nos locaux vers 13 h 15. Marni suggère que nous fassions un arrêt à la cafétéria pour déjeuner, mais je décline en prétextant du travail. Ce qui n'est pas un mensonge. Bien que l'accord préliminaire soit signé, j'ai encore beaucoup de questions à traiter, et de cas à analyser. Et comme la dernière chose que je souhaite faire est de rester une heure de plus à les écouter se féliciter d'avoir fait tomber le P.-D.G. de Trifecta, autant m'atteler directement à la tâche.

De retour à mon bureau, j'ouvre mes messages, un peu anxieuse de ce qui m'attend. En effet, Ethan m'a répondu, quelques minutes seulement après l'envoi de mon mail.

J'ai la main qui tremble, mais je me force à cliquer. J'ai pris la bonne décision pour l'un comme pour l'autre, et je dois m'y tenir. Nous sommes trop différents pour que ça puisse marcher.

Le mail d'Ethan est aussi bref que le mien : deux phrases.

Tu me dois une explication. Je passerai te prendre.

Folle de rage, je tape aussitôt une réponse.

Bonne chance.

Je clique sur « envoyer » sans même prendre le temps de réfléchir. Je ne lui dois rien, et plus vite il l'aura compris, mieux ce sera. Quelques margaritas et des babioles ne lui donnent aucun droit sur moi, et il ferait bien de s'en souvenir.

Et moi de même.

Je me mets au travail, choisissant un cas particulièrement compliqué qui va me demander beaucoup de concentration. En temps normal, je suis capable de me perdre dans les méandres des témoignages et des jurisprudences, mais aujourd'hui, je ne parviens pas à détacher mon esprit de Trifecta, d'Ethan et de ce mail idiot que je lui ai envoyé. Plus j'y pense, plus ça ressemble à un défi. Tout le contraire de ce que je veux.

Je n'arrête pas de cliquer sur ma boîte mail pour voir si Ethan m'a répondu. Ce n'est pas le cas. Et c'est bien. Mieux que ça, même. Ça veut dire qu'il est aussi décidé que moi à tourner la page. Mais j'ai beau me répéter que je n'éprouve que du soulagement, je sais que ce n'est pas vrai. Je ressens une déception que je refuse d'admettre et une anxiété que je laisse me gagner. J'aimerais croire que je me suis rendu service en envoyant ce mail, et qu'Ethan en a fini avec moi comme moi avec lui, mais je n'y crois pas. On n'arrive pas à la position qui est la sienne en abandonnant à la première difficulté. En ne relevant pas les défis. Le fait que je n'aie pas fait exprès de le provoquer ne change rien.

Trois quarts d'heure après avoir envoyé le message, je ne supporte plus l'attente. Je n'en peux plus d'anticiper la catastrophe. J'attrape mon sac, préviens ma collègue Angela que je prends ma pause de l'après-midi, et me dirige vers la cafétéria.

Ce n'est pas étonnant que je sois énervée et tremblante – je n'ai rien mangé d'autre qu'une banane depuis ce matin. Ça ira nettement mieux quand j'aurai avalé un sandwich ou autre. C'est du moins ce que j'ai décidé de croire.

En entrant dans la cafétéria, j'aperçois aussitôt Zayn. Il est au comptoir du café, en train de discuter avec la nouvelle barmaid qui lui prépare une boisson glacée. Je lui fais un signe de la main et me dirige vers le stand de pizzas. Au diable le sandwich, j'ai besoin de quelque chose de calorique et régressif.

À peine me suis-je glissée dans un box à l'angle du patio que Zayn me rejoint. Il pose un verre devant moi.

— Je ne savais pas ce que tu aimais, alors je t'ai pris un cappuccino glacé. Je crois que la plupart des filles aiment le chocolat.

— Tu as bien fait. Merci.

— De rien. Tu semblais avoir besoin d'un petit remontant. C'est un mauvais jour ?

— Tu n'imagines pas à quel point…

— Raconte. Je suis là pour ça.

Je prends une bouchée de pizza et me retrouve à pouffer de rire alors qu'un long fil de fromage vient se coller sur mon menton. Je m'apprête à l'enlever, mais Zayn me prend de vitesse. Il retire le fil et le glisse dans ma bouche avant que j'aie compris ce qu'il faisait.

À part Ethan, jamais un homme ne m'a touchée de manière si intime depuis Dieu sait combien de temps. Zayn l'a fait sans y penser, mais ça me met un peu mal à l'aise. C'est bizarre. Je sais que pour la plupart des femmes, un contact en passant ne pose pas de problème. Mais pour moi, même le moins engageant des gestes de ce genre est une étrangeté.

Je décide de ne pas y accorder trop d'importance, car je suis bien contente d'avoir désormais un autre ami en plus de Tori. Zayn est drôle et intelligent, et il me suit quand je parle de propriété intellectuelle.

Je le remercie d'être venu à ma rescousse dans cette avalanche de fromage et l'écoute en souriant me raconter une blague éculée.

— Tu vois ! Je savais bien que j'arriverais à te tirer de ton humeur morose.

— Je n'ai jamais dit le contraire.

— C'est parce que tu n'as pas vu ta tête en arrivant. J'ai bien cru que tu allais pleurer.

— Je ne pleure jamais.

— Jamais-jamais ? demande-t-il, incrédule.

— Ça m'est déjà arrivé, évidemment. Mais c'est très rare. Il faut vraiment que j'aie une bonne raison.

— Une mauvaise journée, ça ne suffit pas ?

Je pense à Ethan et à notre rendez-vous qui n'aura plus lieu. Puis à cette horrible réunion.

— Non. La journée d'aujourd'hui ne mérite pas mes larmes.

— Tant mieux, répond-il en sirotant sa boisson. Je dois y aller. J'ai une réunion dans cinq minutes. Mais…

— Oh, excuse-moi ! Je ne voulais pas te mettre en retard.

— Ce n'est pas le cas. Rien ne m'obligeait à venir te parler. Mais ce que j'allais te proposer avant que tu m'interrompes avec tant de grossièreté pour t'excuser, ajoute-t-il avec un clin d'œil, c'est qu'on pourrait aller boire un verre après le travail. Ou même plusieurs. Tu pourras geindre sur ton sort, et je compatirai. Ça sera cool.

— Elle a déjà des projets pour ce soir.

Zayn s'immobilise, comme pétrifié, lorsqu'Ethan surgit derrière moi. Je sursaute également. J'ai fui mon bureau pour cesser de penser à lui, et je n'ai pas songé un instant que je pouvais le rencontrer ici. Ce qui me semble à présent très stupide, sachant que sur quatre rencontres dans les locaux de l'entreprise, deux ont eu lieu ici. Mais je pensais qu'aujourd'hui, il serait occupé à prendre le contrôle du monde entier, ou un truc dans le genre – qu'il aurait certainement mieux à faire que de surveiller la cafétéria. Trifecta ne peut pas être la seule petite entreprise à écrabouiller.

— En fait, mes projets ont été annulés, dis-je en me tournant vers Zayn. Je serais ravie de prendre un verre avec toi. On se retrouve où ?

— Euh… hum… on pourrait dire…

Il se tait lorsqu'Ethan se tourne vers lui. Il ne parle pas, mais ce n'est pas nécessaire. Un regard suffit pour que Zayn s'écarte, mains levées comme pour dire : « Je ne savais pas qu'elle était prise, mec. » Il ne prend même pas la peine de me regarder alors qu'il me salue en s'éloignant.

— Peut-être une autre fois, d'accord, Chloe ?

Il va sans dire qu'il n'attend pas que je réponde. Je me tourne vers Ethan, bien décidée à lui mettre les points sur les i. Et découvre qu'il me regarde avec son air de prédateur.

Chapitre 13

Je tente de retrouver mon souffle et de détourner les yeux de l'intensité de son regard. Mais je suis comme prise au piège, coincée dans ses filets, et il le sait. Pire, il en profite.

Au lieu de s'asseoir en face de moi comme Zayn, Ethan se glisse à mes côtés sur la banquette – me contraignant à reculer, ou à accepter d'être collée à lui. Évidemment, je m'éloigne, mais ça ne change rien. Ce contact de quelques secondes m'a marquée au fer rouge, et je sens encore sa chaleur malgré l'espace qui nous sépare à présent.

Furieuse, déconcertée et excitée en même temps, j'attends qu'il veuille bien dire quelque chose. C'est lui qui a fait irruption dans la conversation sans y être invité. C'est lui qui a fait fuir mon ami. Et c'est lui qui me dévore des yeux.

On dirait qu'il passe en revue le moindre détail de ma personne, de son regard bleu et fixe. Plus encore, on croirait qu'il peut lire jusqu'au plus profond de moi, jusqu'aux choses que je me donne tant de mal à cacher.

— On ne t'a pas appris qu'il ne fallait pas fixer les gens ? C'est très mal élevé, dis-je sans le vouloir.

— Et moi qui croyais que ce qui est mal élevé, c'est d'annuler des projets à la dernière minute sans explication.

— C'est ça que tu es venu chercher ? Une explication ?

— En tout cas, je ne suis pas venu pour te voir donner rendez-vous à un autre mec !

Il ferme les yeux et prend quelques inspirations profondes. Quand enfin il rouvre les paupières, son regard a perdu son intensité. Il me fixe d'un air froid et dur qui me montre qu'il attend des réponses… et m'avertit des conséquences si je me défile.

Mais obéir au doigt et à l'œil à un homme ne fait pas partie de mes habitudes, quand bien même le type en question serait Ethan Frost. Je reste donc silencieuse et lui laisse l'initiative de poser ses questions. Après tout, je n'ai aucune raison de lui faciliter la tâche.

— Tu comptes me dire ce qui s'est passé ? demande-t-il après les soixante secondes les plus longues de ma vie. Hier soir, j'ai cru que tout se passait bien, et voilà que tu m'envoies balader par mail. Et sans le moindre égard, avec ça.

— C'est faux. Mon mail était courtois.

— Si par « courtois » tu entends « sec au point d'être grossier ».

Il se passe une main dans les cheveux, et je prends conscience qu'il est aussi frustré et troublé que moi par l'attirance magnétique qui nous lie. J'en suis stupéfaite… Au lieu de me sentir en position de force, je suis encore plus déboussolée. Effrayée.

— J'ai changé d'avis. Ce n'est pas un crime.

— En effet. Mais je veux savoir pourquoi. Tu me dois bien ça.

— Je ne te dois rien du tout !

— Vraiment ?

Avec la vitesse d'un serpent qui se détend pour mordre, il me saisit le poignet. Il m'attire vers lui, jusqu'à ce que nous nous touchions, son visage à quelques centimètres du mien.

— Lâche-moi !

— Pas avant que tu m'aies dit ce qui se passe dans ta petite tête. Je t'ai laissé du temps, je t'ai laissé de la liberté, je t'ai laissé autant de contrôle sur la situation que j'en suis capable, mais ça ne te suffit pas, souffle-t-il en se penchant vers moi, ses lèvres presque sur les miennes. Tu préfères vraiment sortir avec ce petit garçon inoffensif que je viens de chasser ?

Il est si proche que je distingue quelques points verts dans le bleu vif de ses yeux. Je sens son haleine mentholée.

Et la chaleur qui irradie de son corps vers le mien.

Je reprends mon souffle. Aussitôt, le désir m'envahit. C'est Ethan que je respire, comme si son essence même entrait en moi. Et malgré tout ce que j'ai appris sur lui, toute mon indignation, c'est délicieux, parfait, juste.

Il me caresse la lèvre inférieure du bout du doigt. Une fois, deux fois, et encore, jusqu'à ce que je cède. Haletante, j'ouvre la bouche et le laisse y glisser son index, qui vient me chatouiller le bout de la langue.

Le souffle court, j'appuie la tête sur le cuir frais du dossier. Je me sens faible, comme si mes os avaient fondu.

Je n'ai plus aucune colère, aucune rage, rien d'autre que de pures sensations. Sans aucun effort, Ethan me fait cet effet-là, me transforme en un tourbillon de pulsions et de désirs.

— Chloe.

L'entendre murmurer mon prénom suffit à faire tomber toutes mes résolutions déjà chancelantes. Je referme les lèvres autour de son doigt et l'aspire au plus profond de ma bouche. Je le caresse de la langue par-dessous avant de me mettre à tourner autour. De plus en plus vite, sans cesser de l'aspirer plus profondément.

Il pousse un gémissement rauque, comme torturé, et quelque chose se produit devant mes yeux : Ethan perd soudain le contrôle qu'il gardait difficilement sur lui-même. Il arrache son doigt de ma bouche, enfouit les mains dans mes cheveux et m'attire vers lui, sa bouche sur la mienne.

Je ne peux m'empêcher d'être consciente de l'endroit où nous nous trouvons. Certes, c'est un box à l'écart, au fond du patio. Et oui, nous sommes seuls. Cachés tout au fond de la banquette, si bien qu'il faudrait vraiment être tout près pour distinguer ce que nous faisons.

Et en même temps, je m'en fous. Je n'essaie pas de le repousser. L'idée ne m'effleure même pas. Je suis trop subjuguée par son goût, sa senteur, son contact pour songer à autre chose. Trop plongée dans le plaisir pour ne pas m'agripper à ses épaules et toucher sa langue avec la mienne.

J'ai cru ses précédents baisers intenses, puissants, enivrants, mais ce n'était rien. Rien comparé à celui-ci.

Ethan me transmet un sentiment d'urgence, un besoin désespéré que je n'avais pas encore perçus. Je devrais avoir peur – ce serait le cas si j'avais l'esprit moins embrumé – mais pour le moment, je ne peux qu'en redemander. En prendre davantage. En offrir davantage. Je lui donne tout.

Je serre la soie fraîche de sa chemise, la tire contre moi. Ethan me mord la lèvre inférieure en réponse et je pousse un halètement de désir en éprouvant cette séduisante pointe de douleur mêlée au plaisir. Il en profite pour me lécher la langue. D'abord le dessus, puis le dessous, si sensible. On ne m'avait jamais fait ça avant, et je suis surprise par les délices que j'éprouve. Je m'ouvre encore davantage à lui.

Il gémit de plus belle, un son rauque et puissant qui me déchire. À mon corps défendant, j'enfouis les mains dans ses cheveux pour l'attirer encore plus près de moi alors que je m'offre à lui. Je suis en train de faire ce que je redoute depuis le début, en me donnant entièrement à lui.

Ethan ne recule pas. Il prend ce que je lui propose, sans hésitation. Et je me délecte de cette possession, de la façon dont ses bras m'enlacent et me serrent contre son torse musclé.

J'aime sa saveur, mélange de menthe, de myrtilles et de citronnade, à la fois douce et acidulée. Un goût d'été, de soleil et de paresse, de plage, de nuits chaudes au lit. Comme si mes peurs et mes fantasmes se rencontraient. Ethan respire le sexe et la séduction, le danger et le désir, le tout réuni dans un mélange explosif. Je devrais être plus méfiante. Je devrais carrément être terrorisée.

Mais en ces instants volés et précieux, je suis seulement enchantée. Et excitée. Très excitée.

Je lui mordille la lèvre inférieure et glisse la langue dans sa bouche, pour l'explorer comme il a exploré la mienne. Il bouge, poussant la table contre la banquette opposée. Puis il me fait monter sur lui, à califourchon, mon sexe appuyé contre son érection.

Il pose les mains sur mes hanches pour me faire onduler alors qu'il se frotte contre moi de façon à me rendre folle. Je suis torturée de désir, brûlante d'envie de le sentir en moi. Je gémis à mon tour et me serre contre lui dans un effort désespéré pour l'attirer en moi.

Il m'apaise avec ses mains, son corps, sa bouche. Calme le désir douloureux en même temps qu'il l'attise, comme deux forces contraires qui déferlent en moi. Sa bouche est toujours sur la mienne, ses lèvres et sa langue occupées à m'explorer, m'attirer, me taquiner et me torturer jusqu'à ce que je redoute de perdre la raison.

— Ethan ! Oh, Ethan !

— Je suis là, Chloe, souffle-t-il en me serrant les hanches, me frottant contre lui jusqu'à ce que mon corps s'embrase. Je suis là, ma chérie.

Il referme ses dents sur ma lèvre en une lente morsure qui se mêle aux autres sensations déjà déchaînées en moi et me fait basculer. Au comble du plaisir, je crie contre sa bouche, mais il est là. Ses lèvres étouffent mes gémissements alors que son corps se presse contre le mien pour accentuer mon extase.

Quand les vagues de volupté s'espacent et que je peux à nouveau respirer, bouger et peut-être même penser, je lève vers Ethan des yeux égarés.

— Ça fait deux fois que je jouis et pas toi.

Il me sourit en me caressant la joue avec tendresse.

— Je peux attendre.

Les portes du patio s'ouvrent automatiquement avec un son caractéristique. Nous ne sommes plus seuls. Ethan se hâte de me déposer sur la banquette à côté de lui avant de tenter dans un effort désespéré de remettre mes boucles en ordre.

— Je m'en occupe, dis-je en fouillant dans mon sac pour en sortir quatre baguettes à cheveux.

Sous le regard étonnamment tendre d'Ethan – qui est pourtant de toute évidence encore très excité –, j'entortille mes cheveux sur ma nuque. Une fois que j'ai réussi de mon mieux à les discipliner, je tends la main vers les baguettes, mais il me prend de vitesse. Il les attrape toutes les quatre puis les enfonce l'une après l'autre dans mon chignon, en prenant soin de ne pas me faire mal.

Je secoue un peu la tête pour vérifier que ça tient. Tout reste en place, et même si ce n'est pas parfait, du moins on ne voit plus à un kilomètre qu'il vient de passer un quart d'heure à les emmêler. C'est déjà ça.

— Laisse-moi t'inviter à dîner.

Je me raidis en entendant ces mots, les mêmes qu'il a prononcés hier. Les derniers vestiges de mon plaisir s'évaporent alors que toutes les pensées que j'ai repoussées ces dernières minutes resurgissent dans mon esprit. Je ne suis plus en colère, et je n'ai plus l'intention de lui mettre les points sur les i. Je suis seulement triste. Triste que la seule personne qui m'ait réellement attirée depuis des années – depuis toujours, peut-être – ait une vision du monde si différente de la mienne. Triste que malgré tout le plaisir qu'il me donne et que j'aimerais lui rendre, il ne puisse rien y avoir d'autre entre nous. Ce qui signifie, en vérité, qu'il ne peut rien y avoir du tout.

Certes, je le désire et c'est réciproque, mais je ne peux pas vivre avec un homme qui se comporte comme l'a fait Ethan dans cette salle de réunion aujourd'hui. Pas alors que je sais d'expérience quelles conséquences peut avoir une telle conduite.

— Je ne peux pas, dis-je.

— Dis plutôt que tu ne veux pas ! Tu n'avais aucun problème pour donner rendez-vous à ce gamin de la recherche, tout à l'heure.

Il me faut une minute pour me souvenir de qui il parle. Puis une image de Zayn en train de me proposer d'aller boire un verre me traverse l'esprit, suivie par la certitude qu'il sera content d'apprendre qu'Ethan sait qui il est.

— On est juste amis.

— C'est ça, proteste Ethan avec un reniflement de mépris. Il avait l'air très « amical » quand il te mettait de la nourriture dans la bouche.

— Oh, tu étais là ?

Je rougis, gênée qu'il m'ait vue avec du fromage sur le menton.

— C'était difficile d'y échapper. Il promenait ses mains partout sur toi.

— N'importe quoi ! C'est ridicule !

Mais je comprends soudain ce qui se joue.

— Tu es jaloux…

— Bien sûr que je suis jaloux. Je n'aime pas qu'un autre homme pose les mains sur toi. Tu m'appartiens, même si tu n'es pas encore au courant.

— Je t'appartiens ? On n'a même pas encore eu de rendez-vous !

L'alarme se déclenche dans ma tête à puissance maximale, et je m'écarte de lui avant de remettre la table en place.

— Je fais de mon mieux pour y remédier ; tu l'as peut-être remarqué.

Je me lève pour partir, mais il m'imite aussitôt.

— Hier soir, tu as accepté un rendez-vous, reprend-il. Ce matin, dans le hall d'entrée de Trifecta, tu étais toujours d'accord. Je l'ai vu dans ton sourire. Qu'est-ce qui s'est passé entre-temps, pour que tu changes d'avis comme ça ? Je ne comprends pas…

J'ai envie de lui dire d'aller se faire foutre, et de me barrer. Mais à présent que la colère a cédé le pas à la tristesse, j'admets qu'il a droit à une explication. Si un homme me traitait comme je viens de traiter Ethan – et me laissait le faire jouir, lui offrir un dîner avec sa coloc, et lui envoyer des cadeaux –, je serais folle de rage qu'il se permette ensuite de me jeter sans un mot d'excuse.

— Écoute, je suis désolée. On n'a pas la même philosophie de la vie et…

— Tu te fous de moi ? On n'a pas la même philosophie ?!

— Non, je suis sérieuse. C'est important…

— Mais qu'est-ce que tu en sais ?

— Que c'est important d'avoir la même philosophie ?

— Non, que nos valeurs et nos philosophies sont si différentes…

— Je t'ai vu, aujourd'hui.

— Moi aussi, je t'ai vue, répond-il, décontenancé.

— Non, je veux dire avec les gens de Trifecta. Tu as été brutal avec eux. Ils avaient des demandes légitimes, et tu les as envoyés balader comme des moins que rien. Tu leur as volé leurs brevets, alors même que le fils du P.-D.G. en avait créé un lui-même.

— Tu ne penses pas ce que tu dis ? Tu me laisses tomber sans autre forme de procès à cause d'une réunion d'affaires ?

— Tu vois ? Tu n'es même pas conscient de ce que tu as fait. Ce sont des personnes, avec des rêves, des espoirs, des idées. De bonnes idées. C'est déjà triste que tu aies racheté toutes ces parts et que tu les absorbes dans Frost Industries. Mais leur arracher leur seule chance de gagner de l'argent par la suite… Je n'arrive pas à y croire.

Je m'attends à ce qu'il proteste, à ce qu'il cherche à me faire changer d'avis. Mais au lieu de ça, il me regarde comme s'il ne me connaissait pas. Ou pire, comme s'il n'avait pas envie de me connaître.

J'attends qu'il dise quelque chose, mais il n'en fait rien. Le silence s'étire entre nous, tendu, lourd de colère. Ça me tape sur les nerfs, et je me sens encore plus en rage, triste et seule que je ne l'étais déjà. Comme si j'avais besoin de ça.

Juste quand je vais partir, il m'adresse enfin la parole.

— Tu crois vraiment ça ? Tu crois vraiment que c'est comme ça que je procède ?

— Ce n'est pas comme si je l'avais lu dans un magazine people. Je t'ai vu de mes yeux les faire tomber. Les détruire. Pire, mes recherches préliminaires t'ont aidé à le faire. J'ai du mal à le supporter, figure-toi.

— Ça doit être bien agréable, d'être installée dans ta tour d'ivoire, à porter des jugements sur des choses auxquelles tu ne comprends rien.

Ses paroles, si semblables à celles de Brandon ou de mon père, me font voir rouge comme rien d'autre ne le pourrait.

— Tu peux remballer ta bonne conscience ! Je suis tout sauf une petite princesse gâtée, et je ne suis pas non plus une idiote. Je suis très capable de comprendre. Je ne serais pas là, autrement.

— Je trouve ça fort que tu oses me parler de bonne conscience alors que je n'ai jamais entendu un tel flot de crétineries béni-oui-oui de toute ma vie. Et de la part d'une future avocate, pour ne rien arranger.

— Ah, parfait. Une blague sur les avocats. C'est tellement original. Surtout de ta part. C'est moi qui te parle de chercher à faire le bien de tous, et toi, tu te permets de me condamner. Alors ne viens pas me bassiner avec l'immoralité des avocats.

— C'est ce que tu penses ? Que laisser Trifecta péricliter dans sa propre incompétence serait la meilleure chose pour « tous » ?

Il éclate d'un rire si douloureux, si plein de détresse, que ça me glace le sang.

— Tu sais quoi ? Tu as raison, Chloe. On ne va pas ensemble. Tu détestes les gens pragmatiques, et moi… Eh bien disons que j'ai mieux à faire que de perdre mon temps avec des petites filles hautaines qui passent leur vie à regarder le monde à travers des lunettes roses de cul-bénit.

Chapitre 14

Quelques heures plus tard, alors que je rentre dans l'appartement, les remarques d'Ethan me font encore mal. Ça fait une semaine qu'il me connaît… comment peut-il se permettre de me dire que je suis cul-bénit et béni-oui-oui ? Et ne connaît-il aucune insulte qui ne contienne pas le mot « béni » ? Même si je dois admettre que ça va droit au but…

Peut-être que j'ai tort de croire le connaître après seulement deux heures de réunion. Mais je l'ai entendu tordre le bras à ces gens comme si c'était normal. Je l'ai vu les menacer de leur prendre tout ce qu'ils avaient, juste pour faire pression. Je regarde peut-être le monde à travers des lunettes roses, mais n'importe qui aurait estimé comme moi qu'il se comportait mal.

Tori n'est pas à sa place habituelle sur le canapé, mais j'ai vu sa voiture dans le garage, donc elle ne doit pas être bien loin. Après avoir déposé ma sacoche près de la porte d'entrée, je pars à sa recherche. Je la trouve dans le patio, en train de prendre un bain de soleil seins nus, tandis que le gars d'en face fait de son mieux pour ne pas avoir l'air de la mater.

En m'apercevant, elle se jette sur son haut de bikini, pas par pudeur – elle en est totalement dépourvue –, mais parce qu'elle est surexcitée.

— Alors, j'ai fouillé dans ta penderie pendant que tu étais au boulot, et j'ai sélectionné trois tenues qui doivent pouvoir le faire pour ton rencard de ce soir. Quatre, si tu acceptes de m'emprunter ma robe violette.

— Pourquoi est-ce que je t'emprunterais ta robe ? Tu fais du 34 et moi du 38. Si je la porte, je vais ressembler à une aubergine sur le point d'éclater.

— Elle est un peu trop grande pour moi…

— Ce qui veut dire qu'elle va me boudiner.

— Exactement ! Mais au bon sens du terme. Ça mettra en valeur tes courbes sublimes. Ethan va se mettre à baver…

— Oui, justement, ce point fait problème. On ne sort pas.

— Quoi ? Mais j'ai attendu ça toute la journée ! proteste-t-elle.

Elle ressemble à une petite fille à qui on vient de chiper son nounours préféré.

À vrai dire, elle n'est pas la seule. Moi aussi, j'étais impatiente – anxieuse, mais tout de même impatiente – jusqu'à ce que tout dégénère lors de cette maudite réunion.

Je m'assieds sur la chaise longue à côté de Tori et attrape son verre de vin. Après l'avoir sifflé d'un trait, je lui raconte toute l'histoire.

Quand j'ai terminé, je m'attends à ce qu'elle me resserve. Ou au moins, à ce qu'elle entame une grande séance de médisance anti-mecs avant de lancer un raid sur le congélo pour dénicher un pot de Ben & Jerry's à manger devant une comédie romantique bien débile. Mais elle se contente de me regarder comme si j'avais soudain trois têtes. Ou plus. Elle semble tellement écœurée que c'est difficile de deviner ce qu'elle pense de moi exactement. Mais pas du bien. Du tout.

— Tu te fous de ma gueule ? hurle-t-elle lorsqu'elle retrouve enfin l'usage de la parole. Est-ce-que-tu-te-fous-de-ma-gueule ?

— Quoi ?

Je sais que j'ai l'air sur la défensive, mais c'est difficile de faire autrement alors qu'elle me crie dessus.

— On n'a pas les mêmes points de vue. Ce n'est pas un problème. Je veux dire, il a le droit de penser ce qu'il veut, et de faire les choses à sa façon. Mais rien ne m'oblige à être d'accord ni à sortir avec lui alors que je ne cautionne pas son comportement. J'ai l'impression qu'il vaut mieux arrêter cette affaire avant même qu'elle ait commencé, histoire de ne pas avoir à me préoccuper de ces divergences plus tard.

Tori est si stupéfaite que ça lui prend plusieurs secondes de songer à fermer la bouche. Et encore quelques instants avant de secouer la tête en disant :

— Tu es vraiment idiote.

— Pourquoi ? Parce que je ne lui obéis pas au doigt et à l'œil ? Parce que je ne crève pas d'envie de me jeter dans son lit ?

— Non. Parce que tu crèves d'envie de te jeter dans son lit, et que tu viens de tout gâcher !

— C'est faux !

— Ah bon ? Je t'ai vue avec lui hier soir. Tu t'illumines quand il te prend la main ou te passe un bras autour de la taille. Je ne t'ai jamais vue comme ça avec personne. Tu veux cet homme, et bien sûr tu sautes sur la première occasion de prendre tes jambes à ton cou.

— Je ne prends pas mes jambes à mon cou. Je choisis de ne pas sortir avec lui à cause de…

— À cause d'un incident que tu ne comprends même pas.

— Tu n'y étais pas.

— Non, et toi non plus. Pas vraiment. Tu n'as pas assisté à l'ensemble du processus qui a mené à ce point, soupire-t-elle en me tapotant le genou. Écoute, je comprends. Tu as vu Ethan engagé dans un bras de fer avec ces gens et ça t'a fait flipper. Ça t'a fait penser à ce qui s'est passé pour Miles, et pour ton père. Ou les deux ensemble. Mais Ethan n'est ni Miles ni ton père. Ethan, c'est Ethan. L'homme dont j'ai entendu parler pendant des mois quand tu préparais ton stage. Tu l'idolâtrais avant de le rencontrer, tu étais fascinée par toutes ses œuvres caritatives et écolo. Par sa façon de traiter ses employés, aussi.

» Et maintenant, à t'entendre, c'est Satan en personne, tout ça à cause d'une réunion d'affaires. Comme si tout le reste – les bonnes œuvres, la politique sociale, son business model – n'avait jamais existé.

— Tu veux dire que je lui cherche des poux, c'est ça ?

— Je veux dire que tu es humaine, c'est tout. Tu as peur. Ça me semble bien normal que tu veuilles trouver quelque chose qui ne va pas avant de t'engager là-dedans. Mais j'ai quand même l'impression que tu t'es ruée sur la première occasion, sans lui laisser la chance de s'expliquer, parce que ça te permettait de t'en sortir.

Je reste silencieuse, et Tori n'insiste pas. Elle est assez maline pour savoir que j'ai besoin de réfléchir. Je ne crois pas qu'elle ait raison, mais je sais que dès l'instant où j'ai renvoyé ce blender – avec l'enveloppe pleine de colifichets –, j'ai eu les nerfs à vif. J'étais terrifiée par la portée de mon geste. Assister à la mise à mort de Trifecta a aussitôt mis un terme à mes inquiétudes en me permettant de me focaliser sur autre chose. Une chose que je souhaite ne jamais revoir…

Mais est-ce que cette unique réunion était une raison suffisante – une preuve – pour le rejeter comme je l'ai fait ? Surtout quand on connaît toutes les choses fantastiques qu'il finance depuis des années ? Et si Tori avait raison ? Si j'avais simplement pris ce prétexte pour me sortir d'une situation qui me dépasse ? Je ne sais pas. Je n'en suis pas convaincue, mais j'ai peut-être agi ainsi inconsciemment…

Tori me laisse ruminer un moment pendant qu'elle commande à dîner chez le traiteur grec au bout de la rue. Lorsque le livreur sonne à l'interphone, elle décrète que l'heure du ressassement est officiellement passée. Elle m'oblige à rentrer dans l'appartement pour regarder *Crazy, Stupid, Love*, et à un moment, après l'orgie de salade grecque, de houmous et de feuilles de vigne, et les discussions sur le plaisir qu'on doit éprouver à lécher de la crème glacée sur les abdos de Ryan Gosling, je me retrouve embarquée dans la coloration des cheveux de Tori.

D'habitude, elle se fait teindre chez un coiffeur, sur Prospect Street, mais je crois que ce qu'elle veut cette fois-ci est trop atroce, parce que son coiffeur, Geoff, a refusé de le réaliser. Il ne lui a encore jamais dit non, quelle que soit la couleur farfelue qu'elle ait choisie, et je suis un peu effarée qu'il ait tenu bon ce coup-ci.

Jusqu'au moment où je vois la myriade de boîtes de couleurs qu'elle dispose sur la table basse devant moi, et où je comprends qu'elle a opté pour une chevelure multicolore. Soudain, je me mets à douter, moi aussi. Je ne sais pas pourquoi ça me semble plus normal qu'elle ait les cheveux uniformément verts ou violets. Le fait de porter plusieurs teintes en même temps me paraît trahir une incapacité à s'engager.

Entendant ma théorie, elle éclate de rire.

— Pourquoi je devrais m'engager ? J'ai vingt et un ans. Si je ne peux pas être volage maintenant, quand est-ce que j'en aurai le droit ?

Elle n'a pas tort, mais quand même.

— Tu es sûre que le gardien te laissera entrer au bureau, demain ?

Elle agite la main. Elle n'a pas besoin de parler pour que je sache ce qu'elle veut dire. Si ça ne plaît pas à son patron, elle en trouvera un autre. Ce n'est pas comme si elle avait besoin de ça pour payer ses factures. Je ne m'en plains d'ailleurs pas, car si elle était moins riche, je n'aurais pas pu faire mon stage à Frost Industries.

Je finis par accepter de transformer la tête de ma meilleure amie en œuf de Pâques – non qu'il y ait eu le moindre doute, d'ailleurs. C'est un procédé long et fastidieux. Il faut d'abord décolorer le jaune sombre qu'elle portait ces jours-ci. Ensuite, ça nous prend encore des heures de teindre chaque mèche d'une couleur différente, du rouge passion au bleu Ethan Frost.

Une fois que nous avons terminé, qu'elle s'est lavé les cheveux et les a coiffés, je dois bien reconnaître que c'est aussi beau qu'étonnant. Comme si des milliers d'arcs-en-ciel étaient venus se poser sur elle. Ou qu'elle était tombée la tête la première dans un saladier de Smarties. Quoi qu'il en soit, elle est magnifique.

Nous finissons la nuit avec un pot de glace cerise-choco à 3 heures du matin. En avalant la dernière cuillerée, je commence à me féliciter d'avoir passé plusieurs heures sans penser à Ethan, mais évidemment, j'ai aussitôt perdu le pari. Soudain, je ne peux plus repousser le souvenir de son expression écœurée pendant les dernières minutes que nous avons passées ensemble. Sa déception. Comme si c'était moi qui avais tout fait foirer, et pas lui.

Peut-être qu'à ses yeux, c'est le cas. Raison de plus pour penser que ça ne pourrait pas marcher entre nous. Nous n'avons pas la même vision du monde. Et donc, Tori a tort. Ce n'était pas de la lâcheté, je ne me suis pas enfuie parce que j'éprouvais quelque chose pour lui. J'ai seulement fait ce que je fais le mieux : être pragmatique. Concevoir un plan.

Cette idée devrait me rasséréner, mais au contraire, je suis encore plus déprimée. Et décidée à ne plus y penser. Je m'enfonce confortablement dans le canapé, pose la tête sur l'épaule de Tori, et regarde Cary Elwes prendre d'assaut le château dans *Princess Bride*. Pour la première fois de ma vie, ça ne me fait pas rire.

Samedi matin, je suis réveillée à l'aube par un bruit sourd. Je suis toujours sur le canapé, à moitié emmêlée dans les bras et les jambes de Tori. Manifestement, nous nous sommes endormies côte à côte.

— C'est quoi ce bordel ? demande-t-elle en s'asseyant.

Je repousse l'épais rideau de cheveux qui me tombe sur le front, et regrette aussitôt mon geste lorsque le soleil vient me frapper les yeux.

— Aucune idée, dis-je en me mettant les mains sur la figure pour arrêter la lumière.

Le vacarme redouble d'intensité, et Tori finit par comprendre.

— On frappe à la porte.

— Ah, d'accord.

C'était donc ça.

Elle me pousse du pied.

— Tu ne vas pas ouvrir ?

— C'est toi qui es sociable. Si quelqu'un passe nous voir de bonne heure un samedi matin, c'est forcément pour toi.

— Pas faux.

Elle se lève avec un petit grognement – quelle heure peut-il bien être ? – et s'approche de la porte d'un pas lourd. J'en profite pour m'affaler de son côté du canapé et poser un coussin sur ma figure. Avec un peu de chance, elle va rester bavarder dans l'entrée, et je vais pouvoir me rendormir.

J'entends un bruit de conversation, et remarque que ma coloc parle d'un ton plus animé que d'habitude. C'est bon signe. Je ferme les yeux et commence à flotter dans un demi-sommeil. Avant de gémir lorsqu'à peine quelques secondes plus tard, elle vient me secouer l'épaule.

— Quoi ? dis-je sans sortir de sous mon coussin.

— C'est pour toi.

Ben voyons. Fallait que ça me tombe dessus. Pour une fois que j'ai envie de faire la grasse matinée et de me regarder le nombril en pleurant, quelqu'un débarque à la porte.

Je soulève un coin du coussin et regarde d'un œil trouble une paire de jambes, en jean déchiré, juste à côté de ma figure.

— Quelle heure il est ?

— Neuf heures, répond Tori.

— Allez-vous-en, dis-je à la paire de jambes inconnues.

Il est trop tôt pour être polie. Mais au moment où je prononce cette phrase, je suis parcourue d'un frisson qui me secoue jusqu'au cœur. Mon pouls s'accélère de façon alarmante.

— On a la gueule de bois ? demande avec amusement une voix chaude et masculine.

Je reconnais ce timbre. Je jette le coussin par terre et me force à m'asseoir. Et même à ouvrir un peu plus les yeux. Mais ça me fait mal.

— Non. C'est un coma post-orgie de crème glacée, dis-je d'un ton grincheux en lui montrant les pots vides sur la table basse.

— Cool, commente Ethan. Ma préférée, c'est chocolat-guimauve.

— À ta place, je ne m'en vanterais pas. Tu perds encore des points.

— Je ne savais pas que les parfums de glace avaient une telle importance.

— Et dire que tu semblais si prometteur…, réponds-je en secouant la tête d'un air faussement accablé.

Du coin de l'œil – toujours douloureux, d'ailleurs –, je vois Tori se faufiler vers sa chambre. Quelle lâcheté ! Voilà ce qu'elle fait de la solidarité qu'elle m'a promise à la moitié de son pot de Ben & Jerry's. Elle ne pensait pas ce qu'elle disait ; elle était ivre de sucre.

— Habille-toi, m'ordonne Ethan. On a des choses à faire.

Incrédule, je le fusille du regard. Comme si j'étais prête à sortir avec lui.

— Qu'est-ce que tu fais là, pour commencer ? Je pensais qu'on s'était dit tout ce qu'on avait à se dire…

— Il fallait bien que je te rapporte le blender, explique-t-il avec un geste vers la table basse où se trouve en effet le carton. J'ai reçu ton colis.

— Humpf.

Je me cache à nouveau sous le coussin. La seule chose qui pourrait être pire qu'Ethan me voie dans cet état, c'est qu'il me voie dans cet état après avoir reçu un colis qui proclame mon intérêt pour lui. Expédié avant la dispute.

Il se penche pour m'arracher le coussin des mains. Puis il s'assied sur le canapé et écarte les mèches de cheveux de mon visage.

— Ça m'a vraiment plu, ce que tu m'as envoyé.

Je ne réponds pas. Je préfère concentrer ma colère sur le malheureux blender.

— Pourquoi est-ce que tu me renvoies toujours ce truc, alors que je t'ai bien fait comprendre que je n'en voulais pas ?

— C'est important de manger équilibré.

— On peut manger équilibré sans blender.

— Mais quand on en a un, c'est meilleur !

Il me tire pour me faire lever.

— Va t'habiller, reprend-il. Je t'invite pour le petit-déj.

— Qui te dit que j'ai faim ?

Je sais bien que je parle comme une gamine capricieuse, mais ça m'est égal. Je suis fatiguée, triste, gênée et agacée, tout ça en même temps.

— La journée va être longue si tu n'as rien dans le ventre.

— Qu'est-ce qui te fait penser que je vais sortir avec toi ?

— Mon charme ? Mon esprit ? Mon âme généreuse ? réplique-t-il avec un sourire.

— Moi qui croyais que ta principale qualité était la modestie…

Il éclate de rire, et malgré ma résolution de rester en colère, je ne peux m'empêcher de craquer. C'est vrai qu'il a du charme et de l'esprit, et c'est vraiment difficile de rester de marbre alors qu'il fait tant d'efforts pour rentrer dans mes bonnes grâces. Pas étonnant qu'il soit si redoutable dans le monde des affaires : impossible de lui résister bien longtemps.

— On va où ? dis-je en m'éloignant dans le couloir pour m'habiller – quelle surprise…

Je commence à songer que donner à cet homme tout ce qu'il veut est mon destin. C'est une idée déconcertante, et je sais qu'elle va revenir me hanter plus tard. Mais pour le moment, ce qui m'intéresse, c'est le petit déjeuner. Surtout s'il y a du pain perdu.

— Je ne voulais pas que tu restes avec une mauvaise opinion de moi. Je veux te montrer quelque chose, explique Ethan, qui m'a suivie jusqu'à ma chambre et me regarde, appuyé contre le chambranle de la porte.

Je suis en train de fouiller dans ma commode à la recherche d'une culotte et d'un soutien-gorge quand je me retourne vers lui. Il gagne des points en me regardant dans les yeux sans accorder d'attention aux sous-vêtements en dentelle bleue que je tiens dans les mains. En même temps, il a déjà dû voir plus de lingerie féminine que moi – et sûrement des choses bien plus sexy que ce que je porte.

Je repousse cette pensée déprimante, de même que tous les autres doutes et inquiétudes que je nourris au sujet de cette relation naissante avec Ethan. Pour quelqu'un de fonceur comme moi, qui a toujours un plan A et un plan B, je commence à devenir maîtresse dans l'art de l'évitement. Ça ne me fait pas plaisir.

— Tu crois vraiment pouvoir me montrer quelque chose qui me fera changer d'avis au sujet d'hier ?

Son regard bleu s'assombrit pour montrer une douleur insupportable, que je connais bien mais que je n'aurais pas cru voir reflétée en lui.

D'instinct, je m'approche pour lui poser une main sur le bras, l'autre sur la joue.

— Quoi ? Qu'est-ce qui ne va pas, Ethan ?

Il reste silencieux un long moment. J'ai l'impression de voir mille démons dans ses prunelles… Puis il secoue la tête et tout redevient comme avant. Il me sourit, et me conseille une tenue décontractée. Puis me pousse vers la salle de bains pour une douche rapide.

Il est doué pour ce qu'il fait, tellement que ce n'est qu'une fois sous le jet d'eau chaude que je me rends compte qu'il n'a pas répondu à ma question.

Chapitre 15

S'il y a bien un endroit où je ne pensais pas qu'Ethan m'amène, c'est l'hôpital militaire, près de Balboa Park. Et pourtant, nous y sommes, en train de chercher une place pour sa voiture électrique bleue.

— Qu'est-ce qu'on fait là ? dis-je alors qu'il choisit un emplacement non loin de l'entrée.

— Tu vas voir.

Il s'approche et m'ouvre la porte avant même que j'aie songé à toucher la poignée. Puis il me guide, la main dans le bas de mon dos, vers le grand bâtiment de style espagnol entouré de palmiers qui semblent le protéger comme autant de sentinelles.

Je sens la chaleur de sa main à travers le coton fin de mon tee-shirt, et je ne peux m'empêcher d'avoir envie de courber le dos sous sa caresse comme un chat. Je sais qu'il ne me correspond pas, que cette relation ne va nulle part, mais j'aime la sensation de ses mains sur mon corps. De ce courant électrique qui crépite entre nous chaque fois que nos peaux se touchent. De ses doigts un peu calleux qui glissent sur ma peau trop sensible. De sa façon douce et ferme de s'occuper de moi.

Avant d'avoir pu réfléchir – et changer d'avis –, je m'appuie sur lui, dans le creux de son bras. Avec un gémissement de plaisir, Ethan pose la main sur ma hanche, et nous marchons enlacés.

C'est délicieux. De toute façon, en cet instant, tout me semble délicieux. Le soleil estival qui nous caresse la peau, la brise marine qui nous ébouriffe les cheveux… Le bras d'Ethan, si tendre et si possessif autour de ma taille – comme si rien au monde n'était plus précieux que moi à ses yeux.

Ce n'est pas vrai, mais c'est sans importance. Il est si facile de croire que je compte pour lui et que nous pouvons surmonter nos divergences… Pour une fois, j'ai envie de profiter simplement du moment présent, sans penser à l'avenir.

Les portes automatiques s'ouvrent devant nous. Lorsque nous passons au guichet des visiteurs, les employés saluent Ethan en l'appelant par son prénom. De toute évidence, il s'agit de deux soldats en convalescence après d'importantes blessures. Et ils le regardent comme s'il était l'une des meilleures personnes du monde.

Le sentiment est partagé. Ethan me les présente avant de leur demander avec intérêt où ils en sont de leur rééducation et comment ils tolèrent le nouveau traitement qu'ils reçoivent – financé par l'État et Frost Industries.

La conversation se termine et nous prenons l'ascenseur vers l'unité de soins aux grands brûlés. On y trouve aussi bien des chambres individuelles qu'une grande salle collective. Les chambres à un lit sont réservées aux patients qui viennent d'arriver et qui sont vulnérables aux infections. Ensuite, ils peuvent rejoindre la salle commune, et sortir de leur isolement.

Ethan s'abstient d'entrer dans les chambres individuelles – le risque de contaminer les patients est trop important – et m'emmène dans la grande salle. Ici aussi, il connaît la plupart des patients. Nous parcourons la pièce et nous arrêtons devant chaque lit pour parler aux soldats – même à ceux qu'Ethan ne connaît pas. Ils discutent de leurs blessures, de l'hôpital, de leur guérison. Mais aussi de bien d'autres choses, comme des chances de l'équipe de baseball de San Diego d'accéder aux World Series, ou de la reprise de l'entraînement de l'équipe de football américain.

Ethan me présente à chacun, et je me surprends à être aussi fascinée que lui par leurs histoires. Pour être honnête, je n'ai jamais tellement fréquenté de soldats jusqu'à maintenant, et je n'ai guère réfléchi à leur condition. Mais en arpentant cette salle d'hôpital, les sacrifices que ces hommes ont faits pour notre pays m'emplissent de respect et d'admiration.

Pour la première fois, je songe à ce que je connais du passé d'Ethan, à l'influence que ça a dû avoir sur lui. Tout le monde a lu l'histoire du petit Ethan Frost, fils d'un vrai héros américain. Les photos de lui à onze ans, beau et digne, à côté de ses grands-parents alors qu'on leur remettait la Médaille d'Honneur du Congrès de son père à titre posthume, se sont étalées sur les unes de bien des journaux du pays. Et même au-delà de nos frontières.

J'étais trop jeune pour y accorder beaucoup d'attention quand ça s'est produit, mais ça ne m'empêche pas de savoir comment son père, membre d'un corps d'élite, a sauvé le vice-président des États-Unis et de nombreux dignitaires lors d'une prise d'otages explosive au Moyen-Orient. Aujourd'hui encore, c'est l'une des premières infos qui remontent quand on tape « Frost Industries » dans Google. Les médias continuent d'évoquer ce passé lors des journées patriotiques, ou quand Ethan fait la une pour une nouvelle invention ou une action caritative.

La mort de son père à la suite de graves blessures qui ne pouvaient à l'époque être soignées sur le théâtre des opérations est ce qui a insufflé à Ethan sa motivation. C'est ce qui lui donne envie d'améliorer les technologies, la médecine, la science pour les soldats et les civils. C'est ainsi qu'il se trouve à la pointe de la recherche dans ce pays.

Je devine que c'est également la raison de sa présence ici, dans cet hôpital militaire, où il passe du temps avec les vétérans qui ont tant perdu au service de la patrie.

Nous sommes à la moitié de la deuxième rangée de lits lorsqu'un haut gradé vient nous serrer la main. Ethan me le présente comme le docteur Andrew Mitchell, capitaine de l'US Navy en charge de l'hôpital.

— Navré de t'interrompre, Ethan. Aurais-tu dix minutes à m'accorder ? Il y a quelque chose dont je voudrais t'entretenir, dans le service de chirurgie.

Ethan semble sur le point de refuser, mais je sens bien qu'il aimerait savoir ce que le docteur Mitchell veut lui communiquer. C'est agréable de voir que je suis sa priorité, mais ce n'est pas nécessaire. Pas ici, en tout cas.

— Vas-y, lui dis-je. Je serai très bien ici avec Viktor et Alejandro.

Je souris aux deux soldats entre les lits desquels je me tiens. Ils ont tous deux été victimes d'une embuscade en Afghanistan. Alejandro a été brûlé au troisième degré sur soixante pour cent de la surface de son corps, alors que Viktor a eu « de la chance » et n'est brûlé que sur trente pour cent. Mais ses brûlures se situent principalement sur le haut du corps – bras, torse, visage. Tous deux sont originaires de la base de Marines au nord de San Diego ; c'est pour cela qu'on les a rapatriés vers cet hôpital une fois que leur état a été stable.

Je reste avec eux une vingtaine de minutes – la conversation entre Ethan et le docteur Mitchell est de toute évidence plus longue que prévu. Nous parlons de leurs familles, de l'océan, de musique et d'Ethan. Ils ne tarissent pas d'éloges à son sujet.

— Tu es au courant que c'est grâce à lui que cet établissement est le meilleur hôpital militaire du monde ? demande Alejandro. Il vient toutes les semaines s'assurer que les chefs de service ne manquent de rien pour le faire fonctionner.

— Et il nous parle chaque fois. Il s'intéresse à notre expérience sur le champ de bataille, à nos blessures. À ce qu'on pense de notre traitement, ce qui marche ou pas. Il n'écoute pas seulement les médecins. Il nous consulte, il veut savoir ce qu'on ressent, même si on n'est que des gars tout simples, de retour du front.

Ça ne m'étonne pas. Ça correspond exactement à ce que j'ai vu lors de ses conversations avec les vétérans.

Il a une façon de les écouter, avec beaucoup d'attention, quel que soit le sujet. On a trop souvent tendance à sous-estimer les malades, à les croire diminués. Le fait qu'Ethan ne se comporte pas ainsi est l'une de ses plus belles qualités, à mes yeux.

Mais je ne peux m'empêcher de taquiner un peu Viktor et Alejandro.

— Vous savez, je sors déjà avec lui. Vous n'avez pas besoin d'en rajouter.

— Solidarité masculine, répond Viktor en riant.

— Je vois ça. Quand vous sortirez d'ici, vous devriez vous faire embaucher à Frost Industries, aux relations publiques. Je suis sûre que vous feriez des merveilles pour sa réputation.

Alejandro se met à rire à son tour.

— Je n'en doute pas ! Mais après mon traitement, je veux rentrer chez moi, à Chicago. Mon père a un garage là-bas. Je crois que je vais me poser, passer mon diplôme de mécanicien…

— Tu aimes les voitures ? dis-je, tout excitée.

C'est l'une de mes passions secrètes. Miles m'avait déjà tout appris des moteurs avant mon entrée au lycée, et m'avait même aidée à réparer sa guimbarde de l'époque, une Shelby Mustang de 1967. Je ne me suis jamais autant amusée que dans cette aventure. Il adorait cette voiture – jusqu'au jour où mon père l'a perdue au poker.

— Oui, je crois que j'aime bien. Quand j'étais jeune, je voulais voir le monde, et les Marines m'ont permis de le faire. Mais depuis ma blessure, je me dis que ce serait bien de rentrer un peu à la maison. De construire, au lieu de toujours tout foutre en l'air.

— Ça paraît une super idée.

— Tu crois ? demande-t-il avec un sourire.

— Oui. Rien de tel que de mettre les mains dans le cambouis pour voir la vie en rose.

Il regarde mes mains, parfaitement manucurées, avec un vernis couleur coquillage sur les ongles.

— Tu mets souvent les mains dans le cambouis, toi, peut-être ?

— Plus souvent que tu ne l'imagines.

Ravis, nous discutons moteurs avec passion, tous les trois. Viktor ne s'y connaît pas trop en mécanique, mais il est subjugué par mon savoir. Avec Alejandro, il s'amuse à me poser des questions : que ferais-je si une voiture avait tel ou tel problème ? Je réponds juste à toutes leurs colles, sauf deux.

Alejandro est en train de m'expliquer ma deuxième erreur quand Ethan revient me chercher. Je tourne le dos à la porte, mais je le sens approcher derrière moi. Il y a de l'électricité dans l'air, comme un courant qui me transperce dès qu'il est près de moi. Je sais que ça paraît dingue, mais je ne vois pas comment je peux décrire cette sensation autrement. Je sens mon corps prendre vie en sa présence, tous mes nerfs crépitant dans l'attente de son contact.

Je me tourne vers lui, sourire aux lèvres, et prends sans réfléchir la main qu'il me tend.

— Vous vous êtes bien occupés de ma chérie, les mecs ? demande-t-il à Viktor et Alejandro.

— Non, c'est elle qui s'est occupée de nous, corrige Viktor. Elle me plaît. Tu devrais la garder un moment.

— C'est ce que j'essaie de faire, confie Ethan. Vous auriez des idées à me donner ?

— Laisse-la faire des choses un peu sales, répond Alejandro avec un clin d'œil.

— Pardon ? s'étrangle Ethan.

J'ai l'impression que tout blessé qu'il soit, Alejandro risque de se faire botter les fesses. Je ne suis pas offensée, car je sais exactement ce qu'il veut dire, aussi je pose une main sur l'épaule d'Ethan pour le calmer.

— Ta chérie aime mettre les mains dans le cambouis. Elle adore la mécanique. Tu devrais lui offrir une vieille caisse à retaper. Je suis sûr que ça lui plairait.

— J'adorerais ça, dis-je en l'embrassant sur la joue, doucement pour ne pas lui faire mal. Mais je peux m'acheter une voiture toute seule, merci beaucoup.

— Oh, oh…, souffle Viktor d'un ton taquin. Tu es tombé sur une féministe, Ethan. Tu as intérêt à la traiter comme il faut si tu ne veux pas qu'elle te lâche.

— C'est bien mon intention, déclare Ethan avant de leur serrer la main.

J'embrasse Viktor à son tour et nous partons.

— Eh, *chica* ! me hèle Alejandro. Reviens nous voir !

— Avec plaisir. Prenez soin de vous, en attendant.

— Je n'y manquerai pas, réplique-t-il avec un clin d'œil.

— Désolé, j'ai été long, s'excuse Ethan après avoir salué les derniers vétérans de la pièce. Andrew a des vues fascinantes à propos d'une nouvelle technologie de greffe osseuse que nous sommes en train d'élaborer. Je voulais être certain de comprendre de quoi il parlait avant de me rendre au service de recherche et développement lundi pour leur transmettre ses idées.

— Pas de problème. J'étais en très bonne compagnie.

— J'ai vu ça. Tu avais l'air de bien t'amuser.

— C'était le cas. Alejandro et Viktor sont super. Vraiment cool.

— Et plus proches de ton âge que du mien, sûrement.

— Je ne vois pas ce que tu veux dire par là…

Je me tourne vers lui, perplexe.

Il me regarde pendant de longues secondes, comme s'il s'apprêtait à s'expliquer. Mais pour finir, il se contente de secouer la tête et de me guider vers l'ascenseur.

Il n'ajoute rien avant que nous soyons sortis du bâtiment.

— Tu as compris pourquoi je t'ai amenée ici ? demande-t-il alors que nous traversons le parking vers sa voiture.

— Frost Industries a fait beaucoup pour cet hôpital. Pas besoin d'être expert pour voir qu'ils sont à la pointe de la médecine…

— Je ne t'ai pas conduite ici pour t'éblouir par ma générosité, déclare-t-il avec un geste désinvolte. C'est le cadet de mes soucis.

Je ne sais pas comment le prendre. Est-ce qu'il veut dire qu'il ne se soucie pas de m'éblouir ? Ou simplement que la générosité ne lui semble pas le meilleur moyen de le faire ? Dans un cas comme dans l'autre, je suis certaine que je devrais me vexer. Mais il paraît tellement contrarié, tellement frustré, que je ne peux m'empêcher d'être intriguée.

— Dans ce cas, dis-moi… qu'est-ce que tu voulais me montrer ?

— Les brevets de Trifecta, qui t'ont mise dans un tel état… Tu sais de quoi il s'agit ?

Je n'en ai aucune idée. De toute évidence, c'est du domaine médical, mais lors de la réunion, ils n'ont été mentionnés que par leur numéro. Et mes recherches ne portaient pas sur leur contenu : j'ai travaillé sur des cas antérieurs, des jurisprudences qui dataient d'avant leur enregistrement.

Devant mon ignorance, Ethan se passe la main dans les cheveux avec agacement. Puis il dépasse sa voiture, et se rend au bout du parking. Nous sommes aux portes de Balboa Park, la Mecque culturelle de San Diego. Devant nous s'étalent de nombreux musées, théâtres, jardins botaniques, et même le fameux Zoo de San Diego, à la réputation mondiale. Ethan contemple un moment le paysage luxuriant avant de se tourner vers moi.

— Ce sont des techniques de régénération de la peau. Tu saisis ?

Fascinée par la passion qui brûle dans ses yeux, je secoue la tête.

— Ces brevets sont la clé pour soulager les souffrances de tous ces hommes que tu as rencontrés aujourd'hui – sauf que Trifecta n'a ni l'envergure ni le savoir-faire pour les développer. Ces inventions permettront de faciliter et d'accélérer la guérison des grands brûlés. Couplées aux avancées sur lesquelles travaillent mes chercheurs, elles diminueront aussi la taille des cicatrices que ces soldats vont devoir porter jusqu'à la fin de leurs jours. Ça signifie qu'on aura moins de tissu cicatriciel, une moins grande défiguration, moins de risques d'infections dans les premières étapes du traitement…

» Tu as le droit de penser que je ne suis qu'un salaud sans cœur parce que je leur ai forcé la main pour la fusion et que j'ai exigé ces brevets. Mais tout ce que tu vois, c'est cette famille et ce qu'ils risquent de perdre. C'est-à-dire pas grand-chose. J'ai acheté leurs produits à un très bon prix, et je leur ai repris leurs parts bien plus cher que ce qu'elles valent. Parce que je sais ce que c'est de perdre ce à quoi on tient le plus.

» Mais je ne peux pas me permettre de ne penser qu'à eux, de m'inquiéter de ce que deux mecs en costard-cravate vont faire de leur vie s'ils n'obtiennent que vingt millions de dollars au lieu des cinquante qu'ils auraient pu toucher en se remuant le cul. Pas quand je sais que des centaines de milliers, voire des millions de gens dépendent des produits que fabrique mon entreprise.

» Quand tu regardes Trifecta, tu ne vois que des victimes. Moi, je vois de l'égoïsme et de l'incompétence. Des gens tellement préoccupés par leurs profits qu'ils vont laisser des milliers d'autres souffrir inutilement. Et je ne peux pas supporter ça.

Il soutient mon regard pendant un moment, puis enfonce les mains dans ses poches et se détourne.

Ses paroles se répercutent en moi, jetant un tout autre éclairage sur ce qui s'est passé – c'était d'ailleurs son but. Ça ne m'empêche pas de continuer à souhaiter me spécialiser dans la propriété intellectuelle et défendre les petites entreprises contre les multinationales. Mais ça me fait envisager les événements d'hier autrement. À présent, je comprends que toute médaille a son revers… même si je n'ai qu'une version de l'histoire.

Ethan s'est peut-être montré sans pitié, mais pas sans cœur. Loin de là. Et ça change tout. Surtout après avoir rencontré tous ces hommes qui souffrent dans leur chair… J'ai vu de mes yeux Alejandro grimacer à chaque mouvement, et Viktor perdre le fil de la conversation à cause de la torpeur des antalgiques. Si j'avais le moyen de les soulager, je le ferais. Sans hésitation.

Je voudrais présenter des excuses à Ethan, mais je ne sais pas comment. Je ne vois pas comment rattraper mes paroles d'hier. « Je suis désolée » ne me semble pas suffisant.

Mais de toute évidence, il attend que je dise quelque chose. Il ne me regarde pas, mais je le devine à la raideur de ses épaules, à ses poings serrés, sa mâchoire tendue. Je tente de concevoir dans ma tête des excuses bien tournées, mais pour finir, je préfère tabler sur la vérité, en espérant qu'elle le satisfasse.

— Mon frère est un génie. Je ne veux pas juste dire qu'il est très intelligent. En fait, il est tellement brillant qu'on n'a jamais pu mesurer son QI. Du moins, c'est ce qu'ont dit ses différents psys.

» D'aussi loin que je me souvienne, il a toujours créé des inventions. Quand on était petits, c'étaient des trucs débiles destinés à me faire rire. Ou à rendre nos corvées plus faciles. Rien d'important. Mais en grandissant, il s'est intéressé aux télécommunications et à l'efficacité énergétique. Il était fasciné par les changements que ça apportait dans différents domaines tout en menaçant la planète entière. Chaque téléphone a un impact sur l'environnement…

» Du coup, il a décidé de chercher une solution à la pollution générée par les télécommunications. Il n'est pas le seul, évidemment. Tous les grands opérateurs se penchent sur la question, aujourd'hui. Mais ça ne l'empêche pas d'avoir des idées incroyables. Il a conçu des trucs, les a montrés à mon père, qui lui a promis d'en parler à des gens qu'il connaissait. C'était avant qu'il monte son entreprise avec les idées de mon frère. Miles n'avait pas envie d'entrer dans une grosse boîte. Tout ce qu'il souhaitait, c'était s'amuser et gagner de quoi faire tourner un petit labo dans un garage, où il pourrait aussi bricoler des voitures.

— C'est de là que ça te vient…

— Oui…

Je décide de tâter un peu l'eau du bain en m'approchant de lui. Il ne me tend pas la main, mais ne s'éloigne pas non plus. C'est déjà bien.

— Bref, au début, mon père ne pensait pas pouvoir monnayer les inventions de Miles très cher. Il vendait ses idées pour quelques milliers de dollars ici ou là. « C'est toujours ça de pris », c'est ce qu'il disait. Mais les entreprises qui avaient acheté les brevets pour une bouchée de pain – en sachant très bien ce qu'ils valaient – se sont fait beaucoup d'argent sur le dos de mon frère. Vraiment beaucoup d'argent…

» Et mon père, ça l'a rendu fou. Il a reproché à Miles de ne pas connaître sa valeur, aux entreprises de l'avoir baisé… En gros, tout le monde était responsable de ce qui était arrivé à mon frère, sauf lui. C'est là qu'il a décidé de monter une boîte avec Miles, une fois qu'ils auraient suffisamment d'argent de côté.

» Inutile de le dire, ça me chiffonne. C'est pour ça que je veux devenir avocate en propriété intellectuelle, et que je t'ai sauté à la gorge hier, sans comprendre les tenants et les aboutissants. Je n'aurais pas dû… je suis désolée.

Je me tais. En dire plus serait dangereux. Je risquerais d'aborder des questions dont je n'ai pas envie de discuter, et surtout pas avec Ethan.

— Tu penses toujours que j'ai eu tort…, affirme-t-il sans me regarder.

— Je n'ai pas dit ça !

— Non, mais c'est évident.

— Je pense qu'il y a toujours deux versions d'une histoire… Tes arguments m'ont convaincue. Et non, je ne crois pas que tu aies eu tort. C'est juste que je ne suis pas non plus certaine que tu aies eu raison à cent pour cent.

Il reste silencieux un long moment. Quand il reprend la parole, ce qu'il dit me prend par surprise.

— Si ça n'est pas un problème pour toi, ça n'en est pas un pour moi non plus.

Je songe à mon frère, à mon père, au merdier qu'est ma vie depuis toujours. Puis je pense à la tendresse avec laquelle Ethan m'enlace. Me touche. M'embrasse. Et je sais qu'il n'y a qu'une seule bonne réponse.

— Tu parles, bien sûr que ce n'est pas un problème !

Chapitre 16

En un instant, je suis dans ses bras, et il m'embrasse le front, les joues, la mâchoire, les lèvres, le cou. Je penche la tête en arrière pour lui offrir ma gorge. Je gémis lorsqu'il m'effleure le creux de la clavicule du bout des lèvres.

— Tu as le cœur qui bat à cent à l'heure, commente-t-il sans cesser de déposer des baisers sur mon cou, là où bat mon pouls.

— On se demande bien pourquoi.

— Je ne sais pas, répond-il avec un sourire. Peut-être qu'il faut creuser la question.

— Ce n'est pas ce que tu es en train de faire ?

Il continue à m'embrasser quelques instants, avant de me lécher la bouche, la joue, et derrière les oreilles.

— Tu vois, il bat encore plus vite, maintenant, constate-t-il, le doigt sur ma jugulaire.

Je lui pose une main sur la poitrine et sens le battement rapide de son cœur.

— Ton pouls n'est pas franchement lent non plus, tu sais.

— J'imagine que ça ne te surprend pas, alors que tu es collée à moi, toute douce et sexy avec ta senteur délicieuse ?

— Ça fait beaucoup de S dans une seule phrase.

— Et j'oubliais : sensuelle.

Je détourne les yeux et fais semblant de m'intéresser au paysage. Je parviens même à bâiller de façon convaincante.

— Ah, tu le prends comme ça… ?

Il m'attrape les mains et me tourne vers lui.

Je le regarde. Pour de vrai. Et je me rends compte que toute la tristesse que j'ai vue dans ses yeux depuis ce matin a disparu. Il a retrouvé sa légèreté habituelle. Et quelque chose d'autre, quelque chose en plus. Je ne sais pas ce que c'est, et je n'arrive pas à le décrire… Mais ça me fait trembler comme une feuille. Je fonds littéralement devant lui.

Soudain, il m'embrasse sur la bouche, et jamais dans ma vie je n'ai rien ressenti d'aussi délicieux. Je m'offre à lui, enivrée par le contact de ses lèvres qui m'envoûtent. Il prend tout ce que je peux lui donner, et me donne autant en échange.

Je l'enlace et tire sur son tee-shirt blanc tout simple pour le dégager de son jean. J'ai envie de le toucher, de poser les mains sur sa peau tiède et dorée. De le frôler du bout des doigts pour le sentir frissonner.

Ethan halète lorsque je parviens enfin à placer les mains sur son dos musclé. Plus rien ne nous sépare.

Je fais glisser mes doigts sur son échine, avant de ramener les mains vers ses abdos en tablette de chocolat. Une fine ligne de poils s'étend de son nombril vers la ceinture de son jean taille basse.

J'ai envie de la suivre, et de plonger la main sous le tissu pour le sentir. De prendre son membre long et dur dans ma main pour lui procurer autant de plaisir qu'il m'en a donné.

Je ferme les yeux et m'appuie contre lui, pressant ma bouche contre la sienne pour intensifier encore notre baiser. De mes pouces, j'effleure le bas de son ventre, lui arrachant un gémissement de désir. J'ai envie d'aller plus loin. De m'agenouiller devant lui pour le prendre dans ma bouche et sentir la volupté s'emparer de lui.

Mais alors même que j'y pense, que j'imagine ce que je ressentirais en prenant Ethan dans ma bouche et dans ma gorge, je suis envahie par d'autres images. Des souvenirs de Brandon tandis qu'il m'agenouillait de force, les mains dans mes cheveux, tout en me crachant des insultes et des ordres répugnants.

Je me raidis, et mon désir s'éteint en moins de temps qu'il ne m'en faut pour reprendre mon souffle. Ethan me lâche et s'écarte avec un sourire de regret.

Il rentre son tee-shirt dans son pantalon.

— Tu me fais oublier que nous sommes sur un parking, en plein jour…, soupire-t-il.

Je me détends aussitôt. Oui, je vais le laisser croire que c'est pour ça que j'ai reculé. Et non à cause d'un passé que je ne parviens pas à dominer, malgré tous mes efforts.

— Ça va ? demande-t-il en me voyant silencieuse.

Il glisse une main sur mon bras jusqu'à ma main, puis entremêle ses doigts aux miens.

— Oui, dis-je d'une voix encore rauque – de désir ou de peur, je ne sais pas.

Je décide de ne pas creuser cette question : qu'est-ce que ça m'apporterait ?

— Tu veux partir ?

Je réfléchis. Et parviens à une conclusion qui me surprend moi-même.

— Tu sais ce dont j'ai vraiment envie ?

— Dis-moi.

Je pointe le doigt vers le cœur de Balboa Park.

— D'aller au zoo.

Quelques heures plus tard, je me tourne vers Ethan.

— Alors, tu en penses quoi ?

Il regarde le chapeau en forme de manchot que j'ai sur la tête.

— Je crois que je préfère le flamant rose.

— Le flamant ? Vraiment ? dis-je en retirant le manchot. Tu ne le trouves pas trop rose ?

— C'est un flamant. C'est normal qu'il soit rose !

— Mais il ne jure pas avec mes cheveux ? Roux et rose, ça ne va pas ensemble. Surtout aussi près l'un de l'autre.

Pendant un moment, Ethan reste interdit. Puis il éclate de rire sans retenue. Je ne peux pas m'empêcher d'être vexée mais nous ne tardons pas à rire en chœur. Son rire est tellement communicatif.

On a passé une bonne journée au zoo. On a vu les girafes, les zèbres, les hippopotames et les ours blancs. On a même aperçu le bébé panda qui vient de naître. Il était vraiment adorable, tellement minuscule et délicat…

À présent, nous sommes dans la boutique, et Ethan tient à m'acheter un souvenir de notre journée. J'ai d'abord résisté, mais en réalité, j'ai autant envie de garder une trace de cette sortie que lui de me faire un cadeau. J'ai donc accepté, et ça fait une demi-heure que je cherche l'article le plus absurde que je puisse trouver.

— Et la grenouille ?

Je tends la main vers un énorme chapeau haut de forme vert, orné d'une gigantesque grenouille arboricole.

Ethan réfléchit.

— Je préfère quand même le flamant.

— Va pour le flamant, alors.

Je le lui tends avec un grand geste et le regarde s'éloigner vers la caisse la plus proche.

Je traîne dans la boutique en l'attendant, et me retrouve devant une machine à pièces de monnaie. Le genre où on glisse cinquante cents en plus d'une petite pièce d'un cent, et la petite pièce ressort étirée, avec un motif au choix. Je ne sais pas ce qui me prend, mais je me mets à fouiller dans mon sac pour insérer des pièces dans la machine. Je choisis le panda, parce qu'Ethan a complètement craqué pour le petit bout de chou qu'on a vu. Je tire la manette jusqu'à ce que la pièce ressorte, toute déformée.

Ça ne vaut pas un chapeau-flamant, mais il faudra que ça suffise. Au moins pour le moment.

Je la glisse dans ma poche juste au moment où Ethan arrive derrière moi, un sac à la main.

— Tu es prête ?

— Je t'attendais. Mais je veux mettre mon chapeau, dis-je en tendant la main vers le sac.

— Le contraire me vexerait. Et surtout, ne prête pas attention à ceux qui te diraient que ça jure avec tes cheveux.

Je lui tire la langue en essayant de prendre l'air fâché. Il se penche pour m'embrasser et me sucer la langue. C'est tellement délicieux que je me sens fondre, mais il recule avant que j'aie pu aller plus loin. Et il a raison : nous sommes au milieu d'une boutique bondée, et la moitié des clients a moins de douze ans…

Je me contente donc de lui tenir la main jusqu'à la voiture. Je suis tellement heureuse – tellement en paix – après cette journée passée ensemble que c'est un véritable miracle que je ne m'envole pas. Je sais que ce n'était qu'une simple promenade au zoo, mais quelque chose m'émeut lorsque je vois Ethan aussi détendu et plein de joie. Ça m'apaise moi aussi. Toute la merde que je dois supporter au boulot, avec mes parents, avec mon âme torturée, tout ça passe à l'arrière-plan après un tel après-midi au soleil.

Même les paparazzis qui nous guettent à la sortie du zoo ne parviennent pas à entamer ma bonne humeur. Ethan grommelle entre ses dents et m'attire contre lui, mais je vois bien qu'il s'en moque un peu. Il doit être habitué ! Et puis, ce n'est pas comme si j'étais assez intéressante ou célèbre pour que les clichés vaillent cher. Si un journal les achète, je serai sans doute décrite comme la nouvelle petite amie d'Ethan, ou quelque chose d'idiot dans ce goût-là. Et ça me va parfaitement :

je n'ai pas envie d'ajouter la célébrité à ma vie déjà chaotique. Mon euphorie dure pendant presque tout le trajet, mais à mesure que nous approchons de La Jolla, je ne peux m'empêcher de songer à tout ce que je ne peux pas changer. Je repense à l'hôpital militaire et aux hommes que j'y ai rencontrés. Certains – comme Alejandro et Viktor – sont enjoués, mais d'autres ont été détruits par ce qu'ils ont vécu. Ce constat m'a dévastée, et l'idée que je ne puisse rien faire pour eux n'a rien pour me réconforter.

— Comment tu fais pour supporter tout ça ? dis-je alors que nous bifurquons sur La Jolla Shores Drive.

— Tout ça quoi ?

— La pression. Le poids de ces attentes vis-à-vis de toi. Tout le monde sait que Frost Industries fait des miracles, mais il y a toujours de nouvelles maladies à soigner, de nouvelles souffrances à combattre. Comment tu fais pour accepter que malgré tout ton travail, et même si tu parviens à aider des milliers de gens, il en restera toujours pour qui tu n'auras rien fait ?

— Le secret, c'est de garder en tête que je ne peux pas aider tout le monde. Je suis toujours à l'affût du prochain miracle, de la prochaine découverte qui va permettre de sauver quelqu'un qui aurait été condamné un an auparavant. Ou dix ans auparavant, ou quinze, ou vingt.

Je pense à son père, et je suppose que lui aussi. Y a-t-il, parmi les produits de Frost Industries, quelque chose qui aurait pu lui éviter la mort ? J'aimerais lui poser la question, mais c'est encore trop tôt. Trop personnel. Ça ne me regarde vraiment pas.

— Et ça marche ? dis-je.

— Quoi ?

— De visualiser l'avenir que tu désires… Est-ce qu'à force d'y croire, il se change en réalité pour toi ?

— Je n'y ai jamais pensé comme ça, répond-il après réflexion. Mais c'est exactement ce que je ressens !

— Ce n'est pas de moi, j'avoue.

La conseillère que je voyais une fois par semaine en première année de fac me répétait cette phrase à la fin de chaque séance. Elle me suggérait de visualiser l'avenir tel que je le désirais, loin des souffrances du passé, pour finir par l'atteindre. Ça ne serait ni facile ni rapide. Mais un jour, j'y serais.

Je ne sais pas si j'y ai cru, mais j'ai tout de même suivi son conseil. J'ai commencé à construire la vie que je voulais. C'est là que j'en suis, étudiante dans la branche que j'ai choisie. En stage dans la boîte de mes rêves. Coiffée d'un chapeau en forme de flamant rose, assise à côté de l'homme le plus intrigant que j'aie connu. Oui, ça pourrait être pire.

— Tu veux vraiment savoir comment je gère la pression ? demande Ethan après avoir pris deux virages successifs.

— Bien sûr !

Je voudrais tout savoir sur lui. Aussi bien l'important que le banal. Tout ce qui fait de lui ce qu'il est.

Encore un tournant, et nous voilà dans la rue qu'on a remontée ensemble il y a deux nuits. Je reconnais les maisons, en particulier l'énorme baraque en verre et chrome qui avait tapé dans l'œil de Tori.

— Tu m'amènes chez toi ?

Un frisson d'anxiété me parcourt l'échine. Je me domine, décidée à ne pas laisser les ombres du passé ternir ma vie entière.

— Je pensais qu'on irait dîner et que je te ramènerais chez toi, mais comme tu sembles t'intéresser sérieusement à ma méthode pour garder les choses en perspective…

— C'est vrai.

— Du coup, oui, je t'invite chez moi.

Quelques secondes plus tard, il entre dans son allée. Il grommelle en tapant le code de la grille, et je vois bien que le dispositif le contrarie. Ça ne m'étonne pas. Ethan n'est pas du genre à se cacher derrière des murs – il est ouvert à propos de lui-même, de son entreprise. J'imagine sans peine que de hauts murs et une énorme grille ne sont pas à son goût.

Ce qui m'amène à lui demander le pourquoi de cette disposition.

— C'est l'assurance qui m'a forcé la main, répond-il d'un ton tendu en remontant vers son garage à six places – qui contient déjà cinq voitures.

Il ne me laisse pas le temps de les admirer, bien qu'elles soient magnifiques. Il a une Porsche Panamera Hybrid d'un rouge brillant, une BMW ActiveHybrid 750 bleu électrique, et une Lexus LS 600h. Je n'ai jamais vu une telle collection de véhicules écologiques : ce sont sans conteste les quatre voitures les plus vertes – et les plus chères – du marché. Cinq, si je ne me trompe pas en estimant que la Porsche Cayenne noire tout au bout est aussi une hybride. Ce qui fait de la Ferrari 250 GTO jaune la seule voiture non écologique à portée de main. Non que j'oserais, d'ailleurs, y porter la main...

— Est-ce que c'est ce que je crois... ? dis-je dans un murmure en me penchant pour l'examiner de plus près.

J'étouffe un gémissement en reconnaissant l'intérieur caractéristique. Puis je serre les mains dans mon dos pour résister à la tentation de la caresser. Ou de la voler.

— Tu t'y connais vraiment, commente Ethan d'une voix surprise.

Mais je suis trop occupée à réprimer mon désir de lécher la carrosserie pour me vexer.

— Pas besoin de s'y connaître pour repérer celle-ci. Il n'y en a que trente-six dans le monde. Si on ne compte pas les imitations, bien sûr.

— Elle ne mord pas, tu sais. Tu peux la toucher.

J'en ai tellement envie que ça me fait presque mal. Je voudrais soulever le capot, glisser un regard dessous et voir si le moteur est aussi sublime que les magazines et les sites web le prétendent. Mais j'ai peur, si j'y mets la main, de ne pas réussir à m'arrêter. Ça prendrait des heures à Ethan de me décrocher de là.

— Non, ça ira, dis-je en tentant de ne pas sembler trop pleine de regret. Je préfère que tu répondes à mes questions.

— N'aie pas l'air si triste. Tu auras d'autres occasions.

Cette fois, lorsqu'il me pose la main dans le dos pour me conduire vers la maison, je sursaute à peine. Je commence à m'habituer à son contact.

Dommage que je ne sache pas si c'est une bonne chose ou non.

— Tu l'as dénichée où ? dis-je en me tournant pour lancer un dernier regard à la Ferrari, qui luit doucement sous les spots encastrés du garage.

— Je ne sais pas comment je dois prendre le fait que tu t'intéresses plus à ma voiture qu'à moi…

Je ne vais pas nier, ça ne servirait à rien.

— Tu devrais être flatté. La plupart des femmes ne se rendraient même pas compte du trésor que tu as.

Il réfléchit avant de répondre.

— OK, tu m'as convaincu.

Nous entrons dans la maison et empruntons un petit couloir coudé qui débouche dans une immense cuisine ultramoderne. Bon, j'aime cuisiner comme la plupart des filles – peut-être même un peu plus –, mais je crois que le fait que je meure d'envie de retourner dans le garage en dit long sur moi.

— Tu as faim ?

— Pas vraiment. La glace que tu m'as offerte au zoo était tellement calorique que je pourrais rester une semaine sans manger.

Surtout si l'on pense que j'ai descendu un pot entier de Ben & Jerry's cerise-choco hier soir. Quand je vais enfin me remettre à courir, je vais morfler…

— Ne t'en fais pas. Un peu de sport et il n'y paraîtra plus, commente Ethan avec un sourire espiègle en m'entraînant vers une salle à manger d'apparat qui pourrait facilement accueillir une trentaine de convives.

De mon côté, je n'ai pas vingt-cinq personnes que j'aimerais réunir, alors qu'Ethan n'a même pas besoin d'installer une rallonge pour inviter tant de monde. C'est déconcertant, et ça souligne bien nos innombrables différences.

Ethan ne semble pas s'apercevoir de ma gêne devant son mobilier et sa sociabilité. Il est trop occupé à ouvrir l'énorme double porte qui constitue une bonne partie du mur du fond.

— Viens. Tu vas pouvoir te changer, appelle-t-il.

Soulagée que son ton ne sous-entende rien de sexuel – même si je ne redoutais pas qu'il me saute dessus –, c'est tout de même avec méfiance que j'entre sur sa gigantesque terrasse. Juste devant moi s'étend une immense piscine à débordement, encadrée par seize chaises longues du même bleu gris que le toit.

— On va nager ? dis-je d'un ton prudent.

Ça paraît plutôt une bonne idée. Après ces quelques heures au zoo, je suis un peu moite, et la piscine est très tentante.

Mais Ethan se tient devant un placard extérieur fixé au mur du petit chalet de piscine, sur la droite. Et ce ne sont pas des maillots de bain qu'il en sort, mais des combinaisons en néoprène.

— Mieux que ça, annonce-t-il. On va surfer.

Chapitre 17

— Mais je ne sais pas surfer.

— Ne t'inquiète pas. Je vais t'apprendre.

Je regarde l'océan. La terrasse offre une vue parfaite sur les flots, et c'est aussi le cas de toutes les pièces de ce côté de la maison. Les vagues me paraissent énormes, et j'ai l'impression qu'elles se brisent avec fracas, à grand renfort d'écume. Je ne suis pas tout à fait rassurée. Je ne suis déjà pas très athlétique en règle générale... Me mesurer à un océan démonté paraît vraiment une très mauvaise idée.

Mais Ethan est tellement enthousiaste, tellement content, que je ne peux pas refuser. Après tout, c'est moi qui lui ai demandé comment il gérait la pression. Et puis, même si je me méfie de l'eau, j'ai confiance en Ethan pour veiller sur ma sécurité. Il ne va pas me laisser me noyer.

C'est ainsi que je me retrouve dans un dressing quelques minutes plus tard, en train d'essayer de comprendre comment enfiler la combinaison par-dessus le bikini neuf que j'ai trouvé dans l'un des tiroirs. On pourrait croire que c'est tout simple, mais en vérité, c'est bien plus compliqué que ce qu'on imagine. La tenue est très étroite, collante, et j'ai beau faire de mon mieux, elle refuse de se mettre en place. Elle forme des plis aux pires endroits, et je ne tarde pas à avoir envie de hurler de rage.

Ethan vient plusieurs fois toquer à la porte pour me proposer son aide, mais lui ouvrir alors que la combinaison m'écrase les seins tout en formant un bourrelet sur mes fesses est tout simplement hors de question. Il y a des choses qu'un homme n'a pas besoin de voir. Surtout que je ne peux pas m'empêcher de me demander à combien de jeunes femmes il a déjà prêté cette tenue – et si elles étaient beaucoup plus avantagées que moi une fois dedans.

Je finis par arriver à un résultat potable, et croise les doigts pour qu'Ethan n'éclate pas de rire en me voyant. J'ouvre la porte et le trouve installé sur l'une des chaises longues, deux planches de surf posées à ses côtés, ainsi qu'un petit panier de pique-nique. Combien de temps suis-je restée dans ce dressing, pour qu'il ait pu préparer tout ça et enfiler lui aussi sa combinaison ?

Il a bien plus d'entraînement que moi, je me retiens donc de m'excuser de l'avoir fait attendre. Après tout, c'est lui qui a décidé de me faire découvrir le surf. Et c'est moi qui vais risquer la mort simplement pour l'impressionner. Dans une combinaison jaune mal ajustée.

Pas franchement mon heure de gloire…

Ethan ne se plaint pas, cependant. Il se contente de me sourire et de me faire signe d'approcher. Je m'exécute avec prudence. Il a un air qui ne m'inspire pas confiance. Mais il attrape simplement ma combinaison dans le dos et tire un peu. Elle se met aussitôt en place, et je me sens beaucoup mieux – aussi bien derrière que devant.

— Merci, dis-je en rougissant un peu.

J'évite son regard, et il me passe un doigt sous le menton pour me forcer à lever la tête vers lui.

— De rien, répond-il en se penchant pour m'effleurer la bouche du bout des lèvres.

Mais avant que j'aie pu profiter de son contact et de son goût, il s'écarte, me tend une planche, et ouvre la voie vers le bout de sa propriété.

Je m'attendais à ce que nous ressortions par le portail avant de faire le tour jusqu'à la plage, mais Ethan me réservait encore une surprise. Un escalier de pierre creusé à même la falaise descend vers une petite crique, qui forme une plage privée.

Dans sa propriété, l'une des plus onéreuses au monde, Ethan a son propre coin de paradis. Et il est parfait.

Ethan dépose sa planche au bord de l'eau, et je l'imite.

— Tu es prête ? demande-t-il, une lueur enthousiaste dans le regard.

— Pas du tout.

Il éclate de rire, puis tourne mon surf afin que l'avant soit face à la mer.

— Allez, monte dessus, dit-il.

— Et moi qui croyais que ça se faisait dans l'eau !

— Pas avant que tu aies appris la bonne position. Sans ça, tu vas te noyer. Allonge-toi, explique-t-il avec un geste.

Il est très sérieux, et j'obéis, à plat ventre sur la planche. Mais même ça, je le fais mal, et il doit s'agenouiller à côté de moi pour m'indiquer l'endroit exact de la planche où je dois me placer.

Il me fait avancer puis reculer plusieurs fois de suite pour que j'adopte la bonne posture, mais je n'arrive pas à me la représenter. Je finis par lever les mains.

— Je ne suis pas idiote. Dis-moi ce que je dois faire, et je le ferai. Arrête de me donner des indications sans queue ni tête. Si tu ne m'expliques pas, je ne peux pas comprendre.

Ethan m'observe comme pour déterminer mon degré d'agacement – qui crève le plafond, pour être honnête.

— OK, conclut-il en me montrant l'avant de ma planche. Tu vois que le bout de ton surf remonte un peu ?

— Oui.

— C'est parce que tu es trop sur l'arrière de la planche. Avance, mais pas au point que ça penche vers le bas. Le truc, c'est de trouver l'équilibre.

Comme si n'importe quel crétin doté d'yeux ne pouvait comprendre ça. Je ravale ma réponse et me concentre pour trouver l'endroit exact où je dois me placer. « Le point magique », comme l'appelle Ethan sans le moindre sous-entendu. J'essaie de ne pas rougir alors que mes pensées suivent un tout autre cours, bien loin du surf. Je songe à ce que j'ai ressenti alors qu'il était agenouillé devant moi, sa langue me caressant jusqu'au plus profond de mon être.

Une fois que j'ai trouvé ce point magique, Ethan me conseille de me relever, comme si j'allais faire une pompe. Ce qui est plus ou moins le cas. Sauf que c'est bien plus compliqué que de se soulever du sol.

— OK, me dit-il quand je suis dans la bonne position, les coudes fléchis et les orteils rentrés. Redresse-toi jusqu'à avoir les bras tendus.

Il me regarde suivre ses instructions, et reprend :

— Parfait. Recommence plusieurs fois. Tu dois t'habituer à la sensation d'avoir tout ton poids sur les bras et les épaules.

Je m'apprête à lui dire que je sais faire des pompes, mais bien qu'en théorie, ça se ressemble, je constate rapidement que c'est en réalité très différent. La position des mains et des pieds n'est pas la même – et c'est beaucoup plus difficile. Il ne s'agit pas de monter et descendre, comme dans une série de pompes, mais d'acquérir suffisamment d'élan pour se mettre debout.

Lorsqu'Ethan est satisfait de ce premier geste, il s'allonge sur sa planche pour me montrer comment je dois me relever, de façon que mes pieds se trouvent bien au milieu de la planche, le gauche en avant. En le regardant, ça semble facile, mais lors de ma première tentative, je perds l'équilibre, avec de grands moulinets de bras et les jambes qui partent dans tous les sens.

Je m'attends à m'étaler dans le sable, mais Ethan me rattrape.

— C'était pas mal, m'encourage-t-il avec un bisou sur le nez.

Je me sens soudain moins ridicule. Et c'est ce qui me pousse à accepter lorsqu'il ajoute :

— Allez, on recommence.

Il me fait lever plusieurs fois. Et à chaque tentative, je perds l'équilibre et me retrouve à côté de la planche, ou derrière, ou à des kilomètres. Ethan a une patience d'ange, mais à mon troisième atterrissage dans le sable, il a du mal à réprimer un fou rire.

— J'abandonne ! dis-je en m'allongeant dans le sable d'un geste décidé. Il y a des gens qui ne sont pas faits pour le surf, et j'en fais partie, visiblement.

— N'importe quoi. Personne n'y arrive du premier coup, et tu te débrouilles plutôt bien.

— C'est d'ailleurs pour ça que tu as tant de mal à ne pas rire comme une baleine en me regardant.

— Non, non, je n'ai pas tant de mal que ça. Juste un peu.

— Charmant.

Je me tourne vers lui et fais semblant de le rouer de coups. Il m'attrape le poing et ouvre mes doigts, puis me dépose un long baiser sur la paume.

Avec quelqu'un d'autre, ça serait cucul. Mais venant d'Ethan, c'est à la fois doux, sexy, et bouleversant. Je sens mes doigts se resserrer de leur propre gré, comme s'ils voulaient conserver le baiser d'Ethan pour toujours.

— Qu'est-ce qu'on est en train de faire, Ethan ? dis-je dans un murmure chargé d'électricité, de désir… et d'autre chose que je ne saurais pas définir.

— Je ne peux pas parler pour toi, mais de mon côté, je m'efforce de te faire la cour.

La cour. Encore ce mot, celui que Tori a chuchoté l'autre soir avec des étoiles dans les yeux. Celui que je n'ose associer à Ethan Frost.

La drague, je peux gérer. La cour… c'est autre chose. Je ne suis pas certaine d'être prête.

— Eh…, soupire Ethan en me tournant le visage vers lui. Je ne voulais pas te faire peur.

— Je sais.

Il n'est pas responsable de ma peur ; je suis la seule en cause.

— Qu'est-ce qui te met dans cet état ?

Je ne peux pas le lui révéler. J'éprouve des sensations que je croyais derrière moi pour toujours. Mais je ne vais pas le lui dire, alors qu'il a toujours été tellement adorable…

À mon tour, je lui caresse le visage. Je place les mains sur ses joues pour l'attirer vers moi et l'embrasser. Il commence par résister, et je sais qu'il voudrait me poser d'autres questions. Plonger dans mon âme torturée et trouver ce qui m'a amochée à ce point.

Mais je ne veux pas lui en dévoiler autant, je n'ai pas envie qu'il voie que je suis foutue. Pas maintenant, alors que j'ai tellement besoin de sentir ses bras autour de moi, ses lèvres sur les miennes. Alors que je ne suis pas prête à le laisser partir.

— S'il te plaît, dis-je à voix basse tout contre sa bouche.

S'il te plaît, ne me force pas maintenant. Accepte ce que je peux te donner. S'il te plaît, dis-moi que ça te suffit. Que je te suffis…

— S'il te plaît…

Il entrouvre les lèvres lorsque je le supplie la première fois, mais ce n'est qu'au deuxième « s'il te plaît » qu'il accepte mon baiser. Avec un plaisir manifeste.

Lors de nos précédents baisers, c'était lui l'agresseur. Celui qui décidait de ce qui se passait pendant que moi, je mettais des limites. Cette fois, c'est l'inverse, et si nous sommes tous deux un peu déboussolés, il ne nous faut pas longtemps pour trouver le mode d'emploi.

Je lui lèche les lèvres, lentement, attentivement. Son goût et son contact sont si délicieux que je voudrais que ce moment ne s'achève jamais. Je veux savourer le cadeau qu'il me fait, l'explorer autant que possible avant de devoir le lui rendre. De devoir renoncer à lui. Car je sais que ça finira par arriver. Les gens comme Ethan Frost ne sont pas faits pour moi. Cette pensée me déchire les entrailles, et je la repousse. Peut-être que je ne peux pas garder Ethan pour toujours, mais il est là maintenant, et je ne vais pas gaspiller une précieuse seconde avec des regrets, des « peut-être » et des « pourquoi pas ». On a mieux à faire…

Sur ce, je lui suce la lèvre inférieure. La mordille doucement. Et prends plaisir à entendre son gémissement qui semble venir du fond du cœur. Lorsqu'il entrouvre la bouche, je me glisse dedans. Je passe ma langue sur la sienne une fois, deux fois, et plus encore, jusqu'à absorber son goût de menthe douce et de citron.

Il gémit à nouveau en m'enlaçant, ses mains puissantes pressées contre mon dos. Je sens sa chaleur à travers nos combinaisons, et c'est si délicieux que j'ai envie de céder, de lâcher prise, comme je le fais sans cesse avec lui. Mais il s'écarte pour reprendre son souffle, et je sais que je ne vais pas renoncer au pouvoir que j'ai sur lui. Pas tout de suite.

Je me rapproche pour reprendre ses lèvres, et cette fois, j'y vais sans douceur. J'écrase ma bouche sur la sienne dans une tentative pour entrer plus profondément. Pour atteindre son âme.

Il me mordille la lèvre inférieure tout en me serrant encore plus contre lui. Je le mords aussi, pas assez fort pour laisser des marques mais suffisamment pour lui faire comprendre que je suis sérieuse. Il grommelle un juron particulièrement salé, et j'en profite pour prendre le contrôle de la situation.

Je plonge la langue dans sa bouche, la passe sur ses dents, sa langue, l'intérieur de ses joues. Je veux tout goûter de lui, tout connaître de cet homme qui reste un mystère pour moi dans presque tous les domaines importants.

Je m'attends à ce qu'il me fasse sentir qu'il est le chef, qu'il s'allonge sur moi pour me plier à sa volonté. Il pourrait le faire facilement – j'ai tellement envie de le toucher que je suis prête à tout, ou presque. Mais il se contente d'enfouir les doigts dans mes cheveux pour me garder contre lui, et ne semble pas gêné que ce soit moi qui mène la danse.

Cette liberté décuple ma frénésie. Sans décoller ma bouche de la sienne, je le pousse par les épaules, jusqu'à ce que ses coudes touchent le sable. Je m'apprête à m'installer à califourchon sur lui, mais il s'écarte avant que j'aie fini mon geste. Surprise, je reste pétrifiée, craignant d'avoir mal agi. Ça fait des années que je n'ai pas pris l'initiative avec un garçon, et surtout pas de façon aussi ouvertement sexuelle. Je ne sais pas trop ce que je fabrique…

Persuadée de m'être une fois de plus ridiculisée à ses yeux, je m'écarte un peu. J'aimerais m'excuser, mais que dire ? *Désolée de t'avoir sauté dessus* ? C'est encore plus humiliant. Pourtant, il faut bien que je dise quelque chose. Après tout, c'est moi qui viens de l'agresser.

Mais avant d'avoir pu ouvrir la bouche – pour dire quoi ? –, je m'aperçois qu'Ethan sourit. Et pas pour se moquer de moi. Non, c'est un sourire sensuel, charnel, qui lui va terriblement bien. Tellement que j'en oublie ma gêne pour mieux le dévorer des yeux.

Comment résister ? Il est tellement beau ! Trop, même. Ça dépasse les mots, et ça me dépasse moi-même. Je devrais remballer, laisser tomber avant de me ridiculiser encore davantage. Mais j'en suis incapable. Je suis comme hypnotisée, autant par son regard que par son apparence.

Ses yeux ont pris cette nuance sombre et orageuse qu'ils ont lorsqu'il semble lire au plus profond de moi, et il a les cheveux ébouriffés par le vent de la mer. Ou sans doute plutôt par mes mains, que je passe sans relâche dans sa chevelure, plus que par la douce brise qui nous caresse.

Je contemple ses pommettes hautes et saillantes, ses lèvres rouges et gonflées par nos baisers. Envoûtantes. Il sourit encore davantage, et je vois apparaître sa minuscule fossette – tellement décalée sur ce visage d'ange. J'ai bien du mal à résister et à ne pas reprendre où nous nous sommes arrêtés.

Quand j'arrive enfin à détourner les yeux de son visage trop parfait, je comprends qu'il n'était pas en train de s'enfuir. C'est même tout l'inverse. Émerveillée, je l'observe enlever le haut de sa combinaison pour dégager son torse et ses abdominaux ciselés.

C'est la première fois que je le vois torse nu en chair et en os, et je m'aperçois que j'ai mal évalué sa musculature lorsque je l'ai effleuré un peu plus tôt. J'avais bien compris qu'il avait un ventre en tablette de chocolat, mais je ne m'attendais pas à ce qu'il soit aussi parfait. On voit tous ses muscles jusque sous le sternum – je pensais que c'était réservé aux acteurs et aux mannequins.

J'ai les doigts qui me démangent d'envie de le toucher. De le caresser. De le sentir. Je me laisse aller à rêver de lui lécher le ventre, et bien que ce ne soit qu'un fantasme tout bête, ça me fait un effet bœuf. Je dois fermer la bouche pour ne pas baver.

Pendant ce temps, Ethan continue à tirer sur sa combinaison, la faisant glisser sur ses hanches et ses jambes avant de s'en débarrasser d'un coup de pied. En dessous, il porte un short de plage assez moulant qui ne cache rien de son érection.

Il pose les mains sur mes bras, et j'ai un frisson d'appréhension lorsqu'il me tourne, dos à lui. Je n'aime pas qu'un homme se tienne derrière moi, pas même lui – je me sens vulnérable –, mais mon angoisse se dissipe quand il me dépose quelques tendres baisers sur la nuque.

— À ton tour, murmure-t-il dans un souffle qui me caresse l'oreille.

— Mon tour de quoi ?

— Les câlins en combinaison, ce n'est pas la meilleure idée.

Il ouvre ma fermeture éclair et me déshabille lentement – très lentement. C'est beaucoup plus long que d'enlever la sienne, car il embrasse chaque centimètre de ma peau au fur et à mesure qu'il me dégage du vêtement. Les épaules, les omoplates, le haut des bras, le coude, les côtes. J'essaie de ne pas bouger, mais je ne peux réprimer les petits frissons qui s'emparent de moi lorsqu'il me prend dans ses bras, les mains jointes sur mon ventre. Et parcourt ma colonne vertébrale avec ses baisers.

Il donne un coup de langue sous la bretelle de mon haut de bikini et pose les mains sur mes seins. Haletante, je me cambre contre lui alors qu'il m'effleure les tétons avec le pouce. En les sentant durcir aussitôt, il rit d'un air de plaisir qui accentue mes frissons.

— Arrête de me titiller, dis-je, le souffle court tandis qu'il roule mes tétons entre le pouce et l'index.

J'ai l'impression que je vais perdre la tête.

— Je ne te titille pas, ma chérie.

Il s'agenouille derrière moi pour me lécher la colonne vertébrale de haut en bas. Puis il continue à descendre et passe la langue sous mon bikini tout en tirant ma combinaison vers mes jambes.

— Tu fais quoi, alors ?

— Je te donne du plaisir. Un plaisir pur et vrai, répond-il en me mordillant les fesses.

Je glousse lorsque je sens une vague de chaleur irradier mon corps. Je ne peux pas le contredire, alors que je vibre de sensations merveilleuses. Il continue à m'embrasser, me toucher, me caresser, partout, jusqu'à ce que ma gêne ait entièrement disparu, ne laissant que le désir. Comme un manque inextinguible.

Ethan perçoit d'instinct la disparition de mon appréhension. Son toucher se fait plus ferme, plus insistant. Il glisse les doigts plus loin sous l'ourlet de mon bikini pour m'effleurer les fesses et les hanches avant de passer devant.

Haletante, je sens sa main frôler mon sexe, et me raidis malgré moi. Je sais bien qu'il m'a déjà touchée à cet endroit, et que je n'en ai retiré qu'un plaisir inoubliable. Mais c'est plus fort que moi – notre posture me fait flipper. Elle me rappelle horriblement cette nuit il y a bien longtemps, où Brandon m'a agenouillée de force et s'est jeté sur moi par-derrière. J'ai du mal à distinguer le passé du présent…

Assaillie de souvenirs – peur, douleur, impuissance –, je suis incapable de me laisser aller. La panique m'envahit. J'essaie de repousser ces pensées négatives, de me rappeler que je suis avec Ethan, si doux et si attentionné, qui s'est toujours montré tellement gentil avec moi. Qui ne m'a jamais fait de mal. Mais c'est trop tard. Brandon a pris possession de mes pensées et la peur court déjà dans mes veines. Mon désir se transforme en terreur, mon manque en désespoir.

La gorge serrée, j'essaie de parler.

Non. Arrête. Je ne veux pas…

Mais je ne parviens qu'à pousser un son inarticulé.

Je suis submergée de honte. Cinq ans se sont écoulés, cinq années pendant lesquelles j'ai suivi des cours de self-défense et vu des psys pour apprendre à ne pas être une victime… et me voici de retour à la case départ. Incapable d'accepter qu'un homme généreux et gentil me courtise, mais également incapable de trouver les mots pour l'arrêter.

Mais Ethan n'est pas Brandon, et de loin : il n'a pas besoin de mots. Mon cri inarticulé suffit à ce qu'il s'écarte.

— Chérie… tout va bien ?

J'ai les yeux qui piquent, mais je ne veux pas laisser couler mes larmes. Je n'ai plus pleuré sur ces événements depuis cette semaine-là, il y a longtemps, et je ne vais pas m'y remettre maintenant. Ce qui s'est passé avec ce salaud a certes encore le pouvoir de me secouer, de me fermer, mais c'est tout. Je ne laisserai pas Brandon me démolir davantage que je ne le suis déjà. Il m'a cassée, mais il ne cassera pas ce qui est en train de naître entre Ethan et moi.

Incapable de parler, je me contente d'acquiescer. Je prends les mains d'Ethan pour les remettre sur mon ventre et mes hanches.

Tu peux le faire. C'est Ethan. Ethan, pas Brandon.

Et je lui ai déjà offert plus de mon corps et de mon âme qu'à aucun autre homme.

Mais c'est aussi le problème, car Ethan me connaît. Il sait comment je suis quand le plaisir m'assaille. Il connaît mes gémissements, mes expressions, et même ma senteur. Et il sait très bien que je ne suis pas dans cet état en cet instant.

— Chloe ?

Je tente de m'accrocher à lui, de garder ses mains collées à mon corps, parce que dans un coin de ma tête demeure l'idée absurde que si je le laisse faire, tout va s'arranger. Que je vais guérir. Parce que je n'ai pas envie d'être comme ça. Je ne veux pas être démolie. Pas avec lui. Je l'ai été trop longtemps.

— Chloe, arrête.

Je ne l'écoute pas. Je m'agrippe à ses mains comme à une ligne de vie, les écrase sur mes seins, mon sexe. Mais je suis à présent secouée de frissons, mon corps tout entier tremble de peur, de rage et d'une horreur que je ne sais même pas reconnaître.

Une part de mon cerveau, déconnectée du reste, est consciente qu'Ethan enchaîne les pires jurons. Je voudrais m'excuser, lui expliquer, mais les mots ne viennent pas. Rien ne vient, sauf un cri bas et modulé qui m'échappe malgré moi.

Ethan s'écarte à nouveau, et cette fois il se remet sur ses pieds afin de venir se placer face à moi.

— Chloe, ma chérie, parle-moi. Qu'est-ce qu'il y a ? Qu'est-ce que je peux faire pour toi ?

Il ne semble pas en colère, ni dégoûté. Tout ce que j'entends dans sa voix, c'est une inquiétude profonde, douloureuse, qui suffit presque à me mettre à genoux. Je veux qu'il me tienne, qu'il me dise que tout va bien.

Qu'il ne m'en veut pas de paniquer.

Qu'il veut toujours de moi.

Et que tout va bien aller entre nous.

Mais alors même que je me raconte ça, je sais que ce n'est pas vrai. J'ai renoncé aux contes de fées depuis cinq longues années, et rien, personne, ne pourra changer ça aujourd'hui.

En outre, rien ne va. Comment pourrait-il en être autrement alors qu'Ethan se tient devant moi, les mains levées pour m'indiquer qu'il ne va pas m'agresser ? Il me dévisage avec des yeux vides et sombres.

— Je suis désolée, dis-je enfin entre deux halètements.

— Toi, tu es désolée ? s'étrangle-t-il. Chérie, je…

Son incrédulité m'atteint comme un coup de poing. Je n'attends pas qu'il finisse sa phrase. Je le dépasse et m'élance en courant vers les marches inégales qui montent vers sa maison. Vers la liberté.

— Chloe, arrête ! crie-t-il en se lançant à ma poursuite, ce qui me fait courir encore plus vite. Chérie, tu vas tomber. Tu vas te faire mal !

Je ne tiens pas compte de sa mise en garde et continue à fuir à toutes jambes. Ça n'a pas d'importance. Qu'est-ce que la douleur d'une petite chute alors que je me sens déchirée, les entrailles exposées à la vue de tous ?

— Merde, Chloe !

Il est juste derrière moi. Je sens son souffle sur mon cou, et j'entends ses pas sur la pierre. Je m'attendrais presque à ce qu'il m'attrape. Mais il continue à ne pas me toucher. Pour des raisons qui m'échappent, sa réticence me blesse davantage.

J'ai les yeux pleins de larmes que je refuse toujours de laisser couler, la poitrine oppressée par les sanglots que je réprime. Je vois trouble et j'ai du mal à respirer.

Je m'étouffe dans ma douleur. Les inspirations que je prends me labourent les poumons comme si je ne savais plus respirer.

Je suis presque au sommet quand la catastrophe se produit. Je trébuche en essayant d'enjamber une marche plus haute que les autres et m'explose les tibias sur le bord inégal et rugueux. Mes jambes se dérobent sous moi et je bascule, paniquée à l'idée de dévaler l'escalier ouvert et d'aller m'écraser sur le sable, cinq mètres plus bas.

Alors seulement, Ethan me touche, tendant les mains si vite pour me rattraper que je devine qu'il redoutait ma chute depuis le début. Je me retrouve dans ses bras, soulevée du sol, le flanc appuyé contre son torse, les jambes pendant par-dessus son avant-bras. Il me porte pour franchir les dernières marches.

Je m'agrippe à son cou de toutes mes forces, même une fois arrivés sur la terrasse. Je suis sûre qu'il voudrait me poser et me montrer la sortie le plus vite possible. Mais je ne suis pas encore prête à le lâcher, à renoncer au réconfort étrange que me procure le simple fait d'être avec lui.

Ethan ne fait pas mine de me remettre sur mes pieds. Au contraire, il s'approche de l'un des canapés d'extérieur qui forment de petits salons sur la terrasse. Il s'assied, me tenant toujours contre lui. Dans ses bras. Puis il se met à me bercer comme une enfant.

Le barrage que j'ai mis sur mes émotions cède et je suis submergée par un torrent de sentiments tristes, complexes et accablants. Je ne sais pas comment y mettre un frein. Je ne peux plus les retenir, plus maintenant.

Incapable de faire quoi que ce soit d'autre, j'enfouis le visage dans le cou d'Ethan et me laisse aller aux violents sanglots qui menacent de me déchirer en deux.

Chapitre 18

Je ne sais pas combien de temps je passe dans les bras d'Ethan, submergée d'émotions que je ne contrôle plus.

Assez longtemps en tout cas pour que les dernières lueurs du jour se fondent dans le crépuscule puis dans la nuit noire.

Assez longtemps aussi pour que la tiédeur de l'après-midi cède la place à la fraîcheur d'un soir du début de l'été sur la plage.

Plus de temps qu'il n'en faut à la marée pour remonter.

Dans un instant de lucidité, je pense aux surfs d'Ethan, aux combinaisons, aux serviettes et au panier de pique-nique, et je me demande si certains de ces objets sont encore sur la plage. Ou si l'océan a tout emporté dans son inexorable étreinte.

Pendant des années, j'ai espéré que l'Atlantique m'emporte ainsi. Qu'il envahisse la bande de sable désolée que j'arpentais si souvent pendant mes années de lycée, et me recouvre. M'enveloppe. Me tire vers le fond, m'entraîne loin des moqueries, des menaces, de la haine. Qu'il m'emmène loin de *lui*.

Ça fait longtemps que je n'ai plus ressenti ça. Depuis que j'ai quitté le lycée et que je me suis installée à San

Diego. Que je me suis éloignée de mes parents, de cette fichue pension, de Brandon.

Pourtant, en cet instant, je suis à nouveau là-bas. À regarder cette immense étendue d'eau salée en priant pour qu'elle me balaie. Qu'elle me submerge.

Ce n'est pas juste. Pourquoi maintenant, quand tout va bien ? J'ai la fac, de vrais amis, un stage qui me passionne, Ethan. Ça devrait me suffire. Dieu sait que c'est bien plus que ce que j'avais autrefois.

Pourtant, d'une certaine façon, ça ne suffit pas. Parce que sous tout ce beau vernis, sous le brillant, sous les couches que j'ai empilées, je suis aussi démolie que je l'ai toujours été. Je déteste cette idée. D'autant plus qu'elle est vraie.

J'ai passé trois ans ici, à San Diego, à me cacher, à affirmer au monde que ce qui importait, c'était qui j'étais maintenant. Et ça a presque marché. Jusqu'à ce qu'Ethan entre dans ma vie. Pourquoi sa présence fait remonter tout ça à la surface, je l'ignore, car il est absolument merveilleux avec moi.

Mes larmes finissent par se tarir. Ainsi que les reproches que je m'adresse, et même le chagrin. À leur place, il ne reste que de l'hébétude, un vide en moi dont j'ai peur qu'il ne se comble jamais plus.

De longues minutes passent. Je sais que je devrais chercher l'énergie de bouger, de m'excuser, de faire quelque chose. Mais c'est impossible. J'ai déjà besoin de toute mon énergie pour exister. Pour respirer, tout simplement.

Ethan attend, patient. Il ne remue pas, ne parle pas, ne montre aucun signe d'agacement à mon égard ou à celui de la situation. Il me serre contre lui. Me caresse les cheveux. Et je sais que si j'étais capable d'éprouver le moindre sentiment, ce serait de la gratitude.

Cette pensée parvient à me sortir de ma torpeur, juste assez pour que je relève la tête et murmure :

— Merci.

Ça me semble la chose la plus appropriée.

Mais Ethan se raidit contre moi, comme pétrifié de la tête aux pieds.

— Qu'est-ce que tu viens de dire ?

— Mer...

— Ne le répète pas ! déclare-t-il d'une voix qui, pour la première fois, trahit de la colère. Ne me redis jamais ça !

— Je suis désolée.

La dureté de sa voix m'ébranle, me rend nerveuse et me pousse à essayer de me dégager de son étreinte. Pour la première fois, il lutte, refusant de me laisser partir.

— Bordel ! Ça non plus, je ne veux pas l'entendre.

La colère commence à déchirer mon hébétude.

— Qu'est-ce que j'ai le droit de dire, dans ce cas ?

— N'importe quoi d'autre. Tout mais pas « merci ». Ni « désolée ».

Je le repousse, plus fort cette fois, et il comprend le message. Il me dépose à côté de lui sur le canapé. Je ne veux pas le regarder, lire la pitié et le dégoût dans ses yeux, mais il ne me laisse pas le choix. Son visage est juste devant le mien. Son regard, direct et inflexible, exige que je me tourne vers lui.

Je cède. Ça me fait mal, mais je sais depuis longtemps que tout fait mal. Je passe par-dessus la douleur et lève les yeux vers lui.

— Je ne sais pas ce que tu veux entendre…

— J'ai besoin de connaître la vérité.

Mon sang se glace dans mes veines. Ça fait tellement longtemps que je n'ai plus entendu ces mots, tellement longtemps que je ne me suis pas laissée aller à penser à la vérité…

— Non, c'est faux. Personne n'a besoin de la connaître.

— Moi si.

Je secoue la tête. Je suis incapable de tout lui raconter.

— Je ne saurais même pas par où commencer…

— Commence par me faire confiance.

Je secoue la tête, mais Ethan ne me laisse pas le temps d'intervenir.

— Je sais que je t'en demande beaucoup. Je vois bien qu'on t'a fait du mal. Je ne peux même pas imaginer combien c'est dur pour toi de me confier cette part de toi. Mais j'ai besoin que tu le fasses. Il faut que je sache ce qui t'est arrivé. Et je veux que tu comprennes que quels que soient ces événements, ils ne changeront rien entre nous.

— Tu ne peux pas en être sûr !

— Mais si, proteste-t-il d'une voix déterminée. Chloe, je te le promets. Je te le jure. Peu importe ce que tu vas me dire. Je ne m'enfuirai pas.

Je ne veux pas le croire. Parce que si je le fais, si je me mets à nu devant lui et qu'il s'éloigne – ou pire, qu'il refuse de me croire –, je serai détruite. Je tomberai en un si grand nombre de morceaux que cette fois, je ne pourrai plus faire comme si on pouvait les recoller.

Si j'ai tenu le coup depuis cinq ans, c'est parce que j'ai enterré ce souvenir. J'ai enfoui ma douleur, ma rage et ma haine si profond en moi que j'arrive presque à oublier qu'elles sont là. En faisant ce qu'il me demande, en ramenant cette sordide affaire à la surface, j'ai peur de ne plus jamais pouvoir l'oublier.

— Chloe.

À contrecœur, je lève les yeux vers lui. Je ne peux pas résister. Pas quand il prononce mon prénom comme ça. Pas quand il a ce regard.

— Raconte-moi.

Et bien que ce soit le plus difficile – plus dur que d'affronter mes parents après l'incident, ou de signer le maudit papier que la famille de Brandon réclamait –, je respire un grand coup et décide de lui faire confiance.

Chapitre 19

— J'avais quinze ans. J'étais jeune, idiote, et je cherchais désespérément à me faire des amis. À avoir une vie normale. Quand j'étais gamine, on déménageait tout le temps ; on ne restait jamais plus de quelques mois au même endroit. Mon père n'était pas vraiment doué pour garder un emploi.

C'est le plus gros euphémisme de l'univers, mais pas besoin de s'étaler sur cette question-là en plus. C'est déjà bien assez de déverser sur Ethan l'histoire avec Brandon, pour le moment.

— L'année de mes quatorze ans, on s'est installés à Boston. Mon père avait une opportunité pour le boulot qu'il ne pouvait pas laisser passer. Ça n'était pas un super poste, du moins pas au début, et on vivait dans une maison pourrie d'un quartier pourri. À l'école, c'est tout juste s'il y avait assez de tables pour tout le monde, et les livres, n'en parlons pas… C'était grotesque. Et dangereux aussi : les surveillants et les détecteurs de métaux ne pouvaient pas tout empêcher.

» Je ne me sentais pas en sécurité. Les garçons avaient une drôle de manière de me parler ou de me regarder quand je passais près d'eux. Certains n'hésitaient pas à me tripoter, même sans m'avoir adressé la parole. Les filles n'étaient que des objets, et les garçons pensaient avoir le droit de nous traiter comme ils voulaient. L'administration était déjà assez occupée à empêcher les armes à feu d'entrer dans l'établissement, et les bandes rivales de s'entre-tuer. Ils n'avaient pas vraiment le temps de s'occuper d'affaires moins graves que des agressions avec coups et blessures.

» Je ne savais pas quoi faire, ni quoi dire pour les tenir à distance, et je n'avais pas d'amis pour me protéger. Je me suis plainte à mon père, mais il m'a répondu qu'il suffisait de les ignorer. Que je ne resterais pas là longtemps. Il fallait juste attendre que l'argent commence à venir.

» Mais j'avais déjà entendu ce discours des millions de fois au fil des ans, et rien ne se passait jamais comme mes parents l'espéraient. Certes, à présent, ils avaient mon frère et ses idées de génie, mais même les meilleures inventions demandent un investissement de départ. C'était justement là-dessus que travaillait mon père. En tout cas, c'est ce qu'il prétendait. En attendant, je devais faire le dos rond et ne pas causer d'ennuis. Je m'y efforçais, mais il y avait toujours de nouveaux garçons pour me mettre la main aux fesses ou essayer de me toucher les seins, me peloter contre mon gré.

Une brise se lève de l'océan, et je frissonne, sans savoir si c'est à cause du froid ou de mon récit. Sans doute un peu des deux. Je n'ai pas envie de raconter cette histoire. Je sens déjà la colère bouillonner en moi, comme une plaie infectée qui ne demande qu'à empoisonner tout mon être. Ma nouvelle vie, le stage, Ethan. Cette pensée suffit à me donner envie d'abandonner, maintenant, avant même d'avoir vraiment commencé.

Mais Ethan est là, avec son regard calme et patient. Il me tient de ses mains tendres et puissantes. Comment pourrais-je refuser de lui raconter ce qu'il a tellement besoin de savoir ?

Le vent forcit et je frissonne pour de bon. Il ne dit pas un mot – sans doute par crainte que j'en profite pour me défiler – mais ouvre le placard intégré à la table basse et en sort une couverture. Il la drape soigneusement autour de moi avant de me soulever pour m'installer à nouveau sur ses genoux.

— Ça va, lui dis-je.

— Je sais, répond-il avec un sourire rassurant. Mais je ne suis pas sûr que ça aille pour moi. Et j'ai vraiment besoin de te tenir contre moi si tu t'apprêtes à me dire ce que je crois…

— Je ne sais pas à quoi tu penses, mais je ne suis pas assez bête pour refuser un câlin.

— Tant mieux.

Il m'enlace et me serre contre lui. J'appuie la tête un court instant sur sa poitrine. Le battement de son cœur contre mon oreille me rassure et m'encourage.

Je peux le faire.

Il suffit de mettre un mot derrière l'autre jusqu'à ce que toute l'histoire se déroule.

— Déjà à l'époque, je savais que je ne me contenterais pas de la vie qu'avaient mes parents. Je ne voulais pas aller de boulot de merde en boulot de merde, à enchaîner les salaires de misère. Je voulais devenir médecin, mais dans un cas comme dans l'autre – médecin, avocate –, je ne pourrais jamais entrer dans une bonne fac si je restais dans cette école pourrie. En tout cas, c'est ce que je pensais. Si on ajoute à ça le fait que je me sentais en danger dès que j'y mettais les pieds… ça ne m'a pas pris longtemps de vouloir me tirer de là.

» J'ai commencé à me renseigner sur les écoles privées du secteur, pour voir lesquelles offraient des bourses d'études. J'en ai trouvé quelques-unes qui n'étaient pas trop loin : je devrais prendre deux bus le matin, mais ça me semblait un petit sacrifice pour échapper à cette école. Et m'assurer un meilleur avenir.

» J'ai postulé dans sept écoles différentes. J'ai pu passer un entretien dans quatre d'entre elles, et été reçue – avec une bourse – dans trois. Jamais je n'avais été aussi fière. J'avais brillé lors des examens écrits, assuré dans les oraux, et pour la première fois, je voyais se profiler l'espoir d'une vie normale. Peut-être même mieux que normale. Mes parents eux-mêmes étaient enthousiastes : mon père était persuadé que j'allais nouer des contacts qui lui seraient utiles en affaires. Comme s'il faisait des affaires à cette époque…

Je respire un grand coup et me force à desserrer les poings. J'ai les doigts tellement crispés que mes ongles ont laissé des traces sur mes paumes. Pour l'instant, je n'ai fait que poser le décor, mais les choses difficiles vont commencer.

— Je suis entrée en pension pour ma deuxième année de lycée. J'étais anxieuse, j'avais peur que personne ne me parle parce que j'étais boursière. Mais à mon grand soulagement, je me suis bien intégrée. Je me suis fait des amis dès la première semaine, et j'ai rapidement attiré l'attention de l'un des garçons les plus populaires, qui était en dernière année.

Je ris, mais c'est un rire triste. Rien de ce qui s'est passé ensuite n'est amusant. En tout cas, pas pour moi.

— J'aurais dû me méfier. Qu'est-ce qu'un mec comme lui – populaire, intelligent, plein d'humour, riche et beau – pouvait bien faire avec moi ? À l'époque, je ne me suis pas posé de questions… mais maintenant, je le regrette bien.

Je regrette de ne pas avoir dit non.

— Bref, on est sortis ensemble quelques fois. Il semblait gentil. Mes parents l'appréciaient. Il me traitait bien – en tout cas, c'est ce que je croyais. Après coup, je vois bien comme il s'amusait à me contrôler, à me faire du mal juste pour tester son ascendant sur moi. Personne ne lui avait jamais dit qu'il y a des choses qu'on ne doit pas faire.

» Chaque fois qu'on se voyait, il exigeait d'aller un peu plus loin. D'abord des baisers, puis des caresses, des attouchements… même ça, ça ne lui suffisait pas. Il voulait me mettre dans son lit, et il s'en foutait complètement de savoir ce que j'en pensais.

Je sens Ethan se crisper – je sais qu'il croit deviner comment ça va finir, mais il se trompe. La chute est bien plus tordue et diabolique que tout ce qu'il pourrait imaginer. Moi qui l'ai vécue, j'ai parfois du mal à croire que c'est vrai, que les choses se sont réellement passées comme dans mon souvenir. Mais ça vient autant de mes parents que de l'agression elle-même, et je n'ai pas envie d'aller par là... Pas avec Ethan. Ni personne.

— J'aurais sans doute dû le larguer, mais j'étais tellement contente d'être sa petite amie... J'aimais la popularité que ça me donnait – pour la première fois de ma vie, je n'étais pas la nouvelle un peu bizarre – et le fait d'appartenir à quelqu'un. J'étais heureuse qu'il m'aime. Qu'il veuille être avec moi. Alors quand il m'a invitée à une soirée, je n'ai pas pensé une seconde à refuser.

» Quand on est arrivés, j'ai tout de suite compris qu'il se passait quelque chose. Ça ne collait pas. Il n'y avait pas grand-monde, alors que d'habitude les soirées lycéennes sont bondées. Et je ne reconnaissais presque personne.

Je ferme les yeux et laisse les souvenirs de cette soirée – de cette nuit – remonter pour la première fois depuis une éternité. J'ai de plus en plus de mal à former des phrases, à contrôler le tremblement qui s'est emparé de mon être tout entier. J'essaie de me maîtriser, mais Ethan ne va pas tarder à remarquer quelque chose.

Je n'ai pas envie qu'il devine mon état. C'est peut-être égoïste de ma part, mais j'ai déjà suffisamment joué le rôle de la fille cinglée ce soir, avec crise de panique, etc. Si je dois lui raconter cette histoire, j'aimerais que ce soit de façon contrôlée. Je ne demande pas grand-chose. Tout ce que je veux, c'est garder un peu de dignité, conserver ma fierté intacte.

— On n'est pas arrivés depuis bien longtemps que Chad se désintéresse de moi. Il picole, il joue au poker avec d'autres garçons. Il fait l'imbécile – ce qui n'a rien d'inhabituel, pour être honnête. Bref, en résumé, il finit par perdre tout son argent, dans les cinq ou six cents dollars. C'était une grosse somme pour moi, mais pour lui, c'était juste de la menue monnaie. L'argent n'était rien à ses yeux. Rien du tout. C'est pour ça que je ne comprends pas pourquoi il a…

J'ai la gorge nouée par les larmes. Je me tais le temps d'essayer de reprendre le contrôle. Ethan resserre son étreinte sur moi, puis il me caresse le dos dans un geste apaisant. Il me murmure des sons inarticulés, comme pour consoler un bébé.

Ça marche. Je trouve la force de repousser cette nouvelle attaque de larmes. Je respire un grand coup et me concentre sur la suite de l'histoire. Je veux en finir.

— Il est bourré, et furieux d'avoir perdu. C'est plus une histoire de fierté que d'argent. Alors il demande aux autres s'il peut mettre une mise d'un autre genre sur la table. Quelque chose qui a plus de prix que quelques billets verts. C'est vraiment ce qu'il a dit, il croyait lui-même à ses horreurs… comme un pauvre petit garçon riche qui veut jouer les gangsters…

» Le prix, c'était moi. Celui qui remporterait la partie pourrait m'emmener dans une chambre pour…

Ma voix se brise.

— Le fils de pute ! fulmine Ethan d'une voix tremblante de rage.

J'attends qu'il me demande si j'ai accepté, si je l'ai laissé m'utiliser comme si je lui appartenais, mais la question ne vient pas. Je ne comprends pas : mes parents me l'ont posée. Les policiers aussi. Même mes soi-disant amis voulaient savoir si j'avais accepté ce que Chad exigeait. Si je l'avais laissé m'utiliser comme un putain de moyen de paiement.

Mais pas Ethan. Il ne me juge pas, ne me fait aucun reproche. Il m'offre simplement son réconfort, authentique et sans mélange. Je m'en repais, me laisse envahir par cette tendresse avant de terminer mon histoire. De raconter le pire. Je ne peux m'empêcher de me demander si les derniers détails vont finir par déclencher en lui le dégoût et les reproches que je redoute depuis le début.

— J'ai dit à Chad d'aller se faire foutre. Et j'ai quitté la soirée sans me retourner. J'ai peut-être été lente à comprendre qui il était vraiment, mais je n'étais pas complètement débile non plus. Je n'allais pas le laisser me traiter comme ça.

» Le problème, c'est que je suis loin de chez moi, et que mes chaussures bon marché me font déjà mal aux pieds. Du coup, quand l'un des garçons me rattrape dans sa voiture de luxe pour me proposer de me ramener, j'accepte. Je le connais du lycée, et il semble plutôt sympa. Pas agressif pour un sou. C'est un vague copain de Chad, et il s'excuse pour la conduite de ce dernier. Il me dit que c'est un vrai connard. Ce qui est totalement vrai.

» Donc, je lui explique le chemin jusque chez moi. Et je suis embêtée, parce que je ne veux pas que les autres sachent où j'habite. Chad est au courant, mais il n'a jamais rien dit. Il fait comme si ça n'avait pas d'importance. Du moins, jusqu'au soir où il a voulu me vendre pour 200 dollars. Mais je ne connais pas très bien ce gars, et la dernière chose dont j'ai envie, c'est qu'il aille raconter dans toute l'école que je suis dans la misère. Ça va mal se passer pour moi lundi matin s'il répand la rumeur. C'est ce genre d'école – et le genre de bande dans laquelle j'essaie de me faire accepter.

» Mais en même temps, il est déjà minuit passé, et je ne suis pas bête au point de lui demander de me déposer ailleurs, pour ensuite rentrer à pied. C'est un quartier qui craint. Tout peut arriver.

Je laisse entendre un rire torturé.

— J'étais tellement idiote…

— Non. Tu as fait confiance à la mauvaise personne. Ça ne fait pas de toi une idiote, déclare Ethan d'une voix ferme, sans cesser de me caresser doucement.

— Je ne suis pas douée pour juger les gens, en tout cas. Regarde : Chad, ce type, mes parents…

— Tu étais jeune…

— J'étais stupide. Je lui ai fait confiance parce qu'il était bien habillé, qu'il avait un beau sourire et conduisait une jolie voiture. Je n'ai jamais pensé… Je n'ai jamais pensé qu'un garçon populaire et intelligent comme lui irait garer sa voiture sur un parking désert aux abords de mon quartier. Je n'aurais jamais cru qu'il m'allongerait de force. Déchirerait ma robe et ma culotte. Ni qu'il me violerait. Je n'ai jamais pensé…

La voix brisée, entre les bras d'Ethan qui me serre de toutes ses forces, je tremble tellement que j'ai du mal à tenir sur ses genoux. Du moins, c'est ce que je crois jusqu'à ce qu'il pose une main si mal assurée sur ma joue que je comprends que c'est lui qui est parcouru de frissons, et pas moi.

Je lève les yeux, surprise, et manque de reculer devant l'expression de rage sur son visage. Dans ses yeux. J'ai déjà vu Ethan avec bien des expressions différentes – amusement, joie, concentration, dégoût, agacement, colère, bonheur, paix –, mais jamais il n'a arboré un tel air de fureur. Ses traits en sont transformés, le regard brûlant. Son corps tout entier vibre de haine.

Il ne dit rien, mais je crois que c'est parce qu'il est incapable de parler. Sa colère est si forte qu'il en perd la faculté de former des phrases.

Je suis envahie par la culpabilité, qui vient s'ajouter à toutes les émotions qui se bousculent déjà en moi. C'est ma faute. J'ai mis cet homme fort et magnifique dans un état de rage tel qu'il ne peut plus parler. Ce n'est pas rien, si l'on sait qu'il est généralement considéré comme le P.-D.G. qui s'exprime le mieux du monde.

— Je suis désolée. Je suis vraiment désolée…

Il retrouve enfin l'usage de la parole.

— Je t'ai déjà demandé de ne pas dire ça. Tu n'as aucune raison d'être désolée.

— Je suis montée dans sa voiture. Je lui ai fait confiance.

— Il n'y a rien de mal à ça !

— Mais je n'ai pas arrêté de faire confiance aux mauvaises personnes. Depuis le début, chacune de mes décisions m'a conduite vers ce dénouement. J'aurais pu rester dans mon lycée de quartier – au moins, je savais à quoi m'en tenir. J'aurais pu mieux choisir mon petit copain. Au lieu de me laisser aveugler par les qualités qu'avait Chad, j'aurais dû m'arrêter sur celles qui lui manquaient. J'aurais pu aller quelque part avec mon frère au lieu de me rendre à cette soirée de merde – Miles voulait aller au cinéma, ce soir-là. Et j'aurais pu avoir assez de jugeote pour ne pas monter dans la voiture.

» Tout ce qui m'est arrivé cette nuit-là découlait de mauvaises décisions que j'avais prises. C'est ma faute, et celle de personne d'autre. J'ai mis en branle la chaîne d'événements qui m'a conduite là. Si j'avais été plus maline, rien de tout ça ne serait arrivé.

C'est ma honte secrète, ma culpabilité. J'ai fait les choix qui ont déclenché les événements de cette nuit et leurs conséquences. J'ai cru que des gentils garçons qui étaient nés avec une cuillère d'argent dans la bouche ne me feraient jamais de mal. Ne me forceraient pas. Ne me violeraient pas.

Je me suis comportée comme une vraie débile.

Je croyais avoir pensé cela tout bas, mais je m'aperçois que j'ai parlé à voix haute lorsqu'Ethan me répond, d'une voix rauque d'émotions contradictoires.

— Non. La seule personne responsable de ce qui t'est arrivé, c'est le gars qui t'a violée. Et ce trou du cul de Chad, qui a déclenché toute l'histoire. Rien de tout ça n'est ta faute.

J'ai déjà entendu ces mots. De la part de la policière qui a reçu ma plainte et de la conseillère que j'ai vue à la fac, des années après. Mais je ne les ai jamais crues.

Je veux croire Ethan, je veux m'enfouir dans la force de sa conviction. Dans son inébranlable foi en moi. Mais je ne lui ai raconté que la moitié de l'histoire. Le reste… le reste, je n'en ai jamais parlé à personne. S'il savait, il me détesterait autant que je me déteste moi-même.

— Qu'est-il arrivé au garçon ? Tu l'as dénoncé ?

— Oui.

Quand il a terminé, qu'il s'est écarté et qu'il a voulu me déposer chez moi comme si de rien n'était, j'ai paniqué. J'ai sauté de la voiture au premier feu rouge et j'ai refusé d'y remonter. Il me hurlait des insultes par la fenêtre. Je ne voulais plus m'approcher de lui. Quand il s'est garé et m'a menacée de me rattraper, j'ai couru. Je prenais des ruelles les unes après les autres, perdue, affolée, dans une tentative désespérée pour lui échapper.

Je ne sais pas ce qui se serait passé si une voiture de police ne m'avait pas repérée par hasard. Ils se sont arrêtés et m'ont fait monter. Ils étaient gentils, je m'en souviens. J'étais en état de choc, complètement déconnectée, et ils ont fait preuve de douceur. Je leur ai raconté ce qui s'était passé. Ils m'ont emmenée à l'hôpital faire des examens auxquels je préfère ne pas repenser, encore maintenant.

Et c'est là que ça a mal tourné. L'hôpital a appelé mes parents. Mon père est arrivé, furieux. Pas que j'aie été violée, mais que j'en aie parlé à la police avant d'aller le trouver, lui. Il avait un plan. Pour faire payer ce petit salopard bourré de fric.

Sur le moment, je n'ai pas compris ce qu'il voulait dire, mais je n'ai pas tardé à le découvrir. Il m'a vendue, a échangé mon silence contre trois millions de dollars qui allaient lui servir à monter son entreprise. Il m'a menacée, m'a fait signer des papiers pour infirmer la déclaration que j'avais faite à la police ainsi qu'un contrat qui stipulait que je ne parlerais jamais de cette nuit à quiconque. Il m'a raconté que c'était pour mon bien, que ça protégerait ma réputation, et moi avec.

À l'époque, j'avais déjà compris que ce n'était qu'un tissu de mensonges. Mais je l'ai fait quand même. J'ai signé ces papiers, alors même que je savais que ce n'était pas bien. Que je savais que ça détruirait le petit morceau d'âme que j'avais encore intact. Mais j'étais trop secouée – par ce qui s'était passé avec Brandon et par la trahison de mes parents – pour résister. Je n'avais plus la force de me battre. Tout ce que je voulais, c'était mettre un terme aux disputes, aux hurlements et aux menaces qui pleuvaient sur moi des deux côtés.

Je ne raconte rien de tout ça à Ethan. Comment le pourrais-je ? Comment pourrais-je le regarder en face et lui expliquer que mes parents m'ont vendue pour trois millions de dollars ? Et pire encore, que je les ai laissés faire ?

Non, il vaut mieux qu'il ne l'apprenne pas. Ni lui ni personne. Dieu sait que je donnerais n'importe quoi pour l'ignorer moi-même. Pour l'oublier.

— Il est allé en prison ? demande Ethan, mettant un terme au silence qui s'étire entre nous.

— Non. Ses parents… ses parents ont fait en sorte que ça n'arrive pas.

Et les miens aussi.

— Donc tu as dû retourner au lycée avec lui ?

— Oui. C'était… difficile.

Parce que Brandon n'était pas du genre à se cacher, honteux. Il a raconté à toute l'école qu'il m'avait sautée, que je l'avais supplié de le faire. Il a monté Chad et tous ses amis contre moi, et comme c'était la bande la plus populaire de l'établissement, il n'a pas fallu longtemps pour que tout le monde me tourne le dos. Ils se sont mis à me faire des croche-pieds, me tourmenter, me menacer... Je ne saurais dire combien de fois l'un des amis de Brandon m'a coincée dans l'escalier pour essayer de me tripoter, juste parce qu'ils en avaient le pouvoir. Parce que j'étais une proie facile, sans aucune protection.

J'ai passé le reste de l'année dans la terreur, suppliant mes parents de me laisser réintégrer mon lycée d'origine. Mais mon père était en train de faire fructifier les trois millions de dollars, et il voulait se former un réseau grâce à ma présence dans cet établissement. C'est ainsi que j'ai dû rester, terrifiée à l'idée que Brandon, Chad ou un de leurs copains me viole à nouveau, juste parce que c'était facile...

Ethan reste silencieux un très long moment. Mais je vois la rage dans ses yeux, et la sens émaner de chacun de ses pores. Il crispe la mâchoire avec fureur, les poings serrés à en avoir les articulations blanchies. Lorsqu'enfin il prend la parole, pourtant, sa voix est presque normale. Si on excepte la détermination glaciale qui la colore.

— C'est qui ?

— Quoi ?

Je ne comprends pas.

— Le type qui t'a fait ça ? Comment il s'appelle ?

— Ça n'a aucune importance.

— Ça en a pour moi.

— Non. Ça s'est passé il y a longtemps. Plus rien de tout ça n'a d'importance.

— Sachant que tu es toujours traumatisée par ce que ces salauds t'ont fait, je dirais que ça a au contraire une énorme importance.

— Je suis désolée pour ce qui s'est passé sur la plage. En temps normal, je me contrôle mieux que ça. C'est parce que tu étais dans mon dos, comme lui. Enfin, je veux dire, pas comme lui, évidemment. Mais ça s'est passé comme ça. Il m'a enfoncé le visage dans le siège et…

— Bordel de merde !

Il se passe la main dans les cheveux, et j'ai l'impression qu'il voudrait dire des choses bien plus vulgaires.

— Je suis désolé, ma chérie, reprend-il d'un ton plus calme. Vraiment désolé.

— Ce n'est pas ta faute. Tu n'as rien fait de mal.

— Toi non plus…

Il me passe deux doigts sous le menton et me lève la tête pour me forcer à croiser son regard.

— Rien de ce qui t'est arrivé n'est ta faute, ajoute-t-il. Tu en es bien consciente ?

— Absolument.

— J'ai l'impression que tu essaies juste de me dire ce que j'ai envie d'entendre…, souffle-t-il, soupçonneux.

— C'est faux, tu peux me croire. Ce n'est pas comme si je pensais que tu avais envie d'entendre toute la merde que je viens de te déballer.

— Ce n'est pas ce que je voulais dire…

Ses mots résonnent entre nous, bruts, douloureux et honnêtes. Je voudrais répondre de la même façon, ne rien lui cacher, mais je ne dois pas oublier le contrat de non-divulgation que j'ai signé. Sans compter que je ne veux pas qu'il sache que je me suis vendue pour trois millions de dollars. Je pense qu'il ne comprendrait pas.

— Oublie ça, Ethan…

— Je ne peux pas.

— Mais il le faut. Si je te l'ai raconté, c'est parce que j'ai pété les plombs sur la plage, et que je te devais une explication. Mais tout ce que je t'ai révélé, c'est du passé. Pour ma propre santé mentale, j'ai tourné la page depuis longtemps. Il n'y a que comme ça que je peux tourner rond. Que je peux vivre la vie que j'ai aujourd'hui. La vie que je me suis construite.

» J'ai besoin que tu tournes cette page, toi aussi. Je sais que c'est difficile pour toi, je vois bien que tu veux me protéger. Mais te lancer à la poursuite d'un type pour quelque chose qui s'est produit il y a plusieurs années, ça ne va pas m'aider.

— Qu'est-ce qui t'aidera, alors ? Chloe, ma chérie, je vais devenir fou, dit-il en me prenant le visage dans les mains pour poser son front contre le mien. Je ne sais pas quoi faire pour toi. Comment t'aider. Comment t'aimer.

Ses mots me déchirent, mettent à mal mes défenses déjà fissurées.

— Serre-moi fort, dis-je en enfouissant le visage dans son cou. Serre-moi et ne me lâche pas. Je veux rester toute la nuit près de toi.

— Je ne te lâche pas, répond-il dans un souffle qui me caresse la tempe.

Et il s'y tient. Il ne me lâche pas une seule minute. Même une fois plongée dans un sommeil agité, je sens encore ses bras autour de moi. Toute la nuit. Et pour le moment, ça me suffit largement.

Chapitre 20

Je reprends lentement conscience de ce qui m'environne : la lumière de l'aube sur mon visage et l'odeur du café dans mes narines.

Je ne suis pas désorientée en me réveillant dans ce lit inconnu. Je ne me demande pas où je suis ni comment j'y suis arrivée. Dès l'instant où j'ouvre les yeux, je sais que je suis chez Ethan. Dans son lit. Il m'y a amenée la nuit dernière, quand la température a tellement baissé que je me suis mise à claquer des dents.

Je repousse mes mèches emmêlées de ma figure et me redresse sur les coudes pour découvrir le domaine secret d'Ethan. Hier soir, j'étais trop lessivée pour faire autre chose que me blottir contre lui sous la couette, mais ce matin je remarque les murs bleu ardoise. Le couvre-lit gris fumé. L'énorme tableau qui occupe un pan de mur presque entier et représente un voilier.

Certains pourraient trouver le choix de couleur déprimant – tout n'est que bleu sombre et gris, avec seulement quelques touches de couleurs claires ici et là –, mais pour moi, c'est la perfection. J'ai l'impression de me trouver au cœur même de l'océan Pacifique, bercée par les vagues changeantes. C'est une sensation agréable, surtout après ce qui s'est passé hier soir. Et ce n'est pas aussi violent que la noyade que j'ai si souvent imaginée.

Sur la table de chevet se trouvent une tasse de café et une longue boîte blanche et plate. Je tends d'abord la main vers la boisson, que je hume avec délice. La fragrance me pénètre et vient réchauffer les tréfonds de mon corps que je croyais gelés à jamais. Bien sûr, je sais que ce n'est pas le café qui me fait cet effet. En réalité, c'est Ethan et le soin si merveilleux qu'il prend de moi.

Je passe les quelques minutes suivantes à savourer mon café, absolument délicieux, en contemplant la boîte blanche. D'un côté, j'ai envie de l'attraper, d'arracher le ruban rouge, et de me jeter sur son contenu. Mais j'apprécie aussi la surprise. Je veux faire durer le suspense. Je suis le genre de fille qui croit que l'attente décuple le plaisir.

Sauf, apparemment, en ce qui concerne Ethan.

Soudain, je ne peux plus attendre d'avoir fini mon café pour découvrir ce qui se cache dans la boîte. Je repose ma tasse et attrape le paquet, luttant pour ne pas le déchirer dans ma hâte. Comme l'autre fois, la boîte contient une myriade de petits objets qui ne vont pas vraiment ensemble, mais me paraissent parfaits. J'écarte le papier de soie et sors le premier trésor, une paire de boucles d'oreille en filigrane d'or. Je m'aperçois avec euphorie que ce sont des flamants roses, qu'il a achetés hier au zoo. Je les contemple pendant un long moment avant de les sortir de leur écrin pour les fixer à mes oreilles. J'ai hâte de voir comment elles me vont.

Je découvre ensuite un petit flacon de parfum. C'est une fragrance artisanale, sur mesure. Sur l'étiquette, je lis seulement mon nom et la date d'il y a trois jours.

Ethan l'a composé pour moi.

Je dévisse le minuscule bouchon et penche la tête pour inspirer. Et je manque de fondre à nouveau en larmes. Fraise, jasmin, brise marine et champagne. Il a réussi à assembler mes senteurs préférées en un parfum qui me définit à merveille.

Je ne résiste pas au plaisir d'en mettre sur mon cou et mes poignets avant de refermer le flacon. L'odeur est exquise, et rien ne pourrait me faire davantage plaisir.

Du moins c'est ce que je crois avant de découvrir un troisième cadeau. C'est une plume de paon, sublime, exotique et juste un peu coquine. Je la passe sur mon cou… et j'imagine Ethan en train de me caresser tout le corps avec.

Je suis tellement excitée que j'ai presque envie d'abandonner les autres présents pour partir à sa recherche. J'ai hâte qu'il me tienne, qu'il me touche, qu'il m'embrasse. Et de lui faire la même chose, s'il accepte.

Mais la curiosité l'emporte et je finis par prendre le dernier objet. C'est une deuxième boîte, plus petite. Elle est d'un bleu clair reconnaissable entre tous, même sans lire le nom. *Tiffany's…*

Je laisse échapper la boîte et la regarde tomber sur le sol. Au lieu de me pencher pour la ramasser, je la fixe sans bouger. Je ne suis pas sûre de vouloir la toucher ou l'ouvrir. Oh, je sais que la plupart des femmes qui sortent avec Ethan Frost adoreraient recevoir un présent de chez *Tiffany's*... Peut-être même qu'elles s'attendent à en avoir régulièrement.

Mais j'ai des doutes. J'ai adoré les petits cadeaux attentionnés d'Ethan. Les fraises, les sachets d'infusion, la plume. Mais ça, c'est différent. C'est comme le blender, mais encore plus cher, et je n'ai pas envie de m'engager là-dedans avec lui. Pas parce que c'est lui, mais parce que l'argent a des connotations tellement négatives pour moi, dans ce genre de situations... Je ne veux pas que ça vienne se mettre entre nous, ni avoir l'impression qu'il exige quelque chose en retour. Et je n'ai pas non plus envie qu'il croie que je souhaite qu'il dépense beaucoup d'argent pour moi.

C'est un cadeau à double tranchant, que je ne suis pas certaine de savoir gérer.

Je sors du lit, ramasse la boîte avec précaution, et la pose sur la table de chevet. Puis je passe dans la salle de bains pour me rafraîchir. Je porte l'un de ses tee-shirts et c'est à peu près tout... mais c'est Ethan, et il a déjà préparé une tenue pour moi, une petite jupe et un débardeur avec un adorable motif jaune et blanc. L'ensemble est coquet, avec des couleurs qui flattent mon teint et ma couleur de cheveux. Il a aussi prévu un soutien-gorge et une culotte d'un jaune solaire qui doivent coûter plus que la totalité de ma lingerie habituelle.

Comme pour la combinaison de surf, je ne peux m'empêcher de me demander d'où viennent ces habits. A-t-il, quelque part dans son immense maison, un placard plein de vêtements pour que ses coups d'un soir n'aient pas à subir la honte de repartir au petit matin dans leurs habits de la veille ? Cette idée me déprime, bien que rien de ce qui s'est passé cette nuit ne me semble honteux.

Après m'être douchée et habillée, je prends la boîte de *Tiffany's* sur la table de chevet et pars à la recherche d'Ethan. Dans une demeure aussi vaste, ça peut prendre du temps…

Mais j'ai de la chance, et ma troisième tentative est la bonne. Il est sur la terrasse, appuyé à la rambarde, tourné vers les rouleaux du Pacifique.

Il paraît perdu dans ses pensées, et j'hésite à le déranger. Au fond de moi, je sais que c'est seulement un prétexte. Je suis gênée, inquiète… Me confier à lui dans l'obscurité, c'est une chose. Le retrouver à la lumière du jour, c'en est une autre, et mes révélations me semblent peser entre nous.

— L'orage ne va pas tarder, déclare-t-il après une minute d'immobilité.

Il se tourne vers moi et me tend un bras. On dirait qu'il a autant envie de me toucher que je le désire moi-même. J'approche et me blottis contre lui, avant de me tourner vers les vagues déchaînées.

Il serait tout naturel qu'il vienne se placer derrière moi, le menton appuyé sur mes cheveux, mais Ethan préfère rester à côté. Il passe un bras autour de mes épaules et me tient serrée contre lui.

Ça m'embête un peu qu'il prenne autant de précautions avec moi, qu'il soit attentif à ne faire aucun geste qui pourrait déclencher une crise de panique. C'est pour ça que je ne voulais pas lui parler du viol – la dernière chose que je souhaite, c'est qu'il marche sur des œufs.

Mais il ne donne pas cette impression, et au fond de moi, je dois reconnaître que j'aime sa douceur. Il me montre que mes sentiments ont de l'importance, qu'il n'attend pas seulement quelque chose de moi mais qu'il m'estime. C'est une expérience nouvelle, qui ne cessera jamais de m'éblouir.

— Est-ce que ça te va ? demande-t-il entre deux baisers sur mon épaule et mon cou.

— Oui, bien sûr. C'est parfait…

— Tant mieux. J'ai dû deviner les tailles quand j'ai appelé chez Lola ce matin.

Je suis soulagée. Les vêtements ne traînaient pas dans un placard pour une occasion de ce genre. Ethan les a achetés spécialement pour moi. Sauf que…

— Il n'est que 8 heures du matin. Et on est dimanche. Ne me dis pas que Lola est ouvert à cette heure-ci ?

Il se contente de sourire, et je me souviens une fois de plus que j'ai affaire à Ethan Frost. Il est tellement riche que les gens sont toujours prêts à se mettre en quatre pour lui, à n'importe quelle heure du jour et de la nuit.

Il pose les yeux sur la boîte bleue que je serre toujours dans une main.

— Ça ne te plaît pas ?

— Je n'ai pas encore regardé.

— Pourquoi ? s'étonne-t-il.

— Parce que je vais probablement adorer, et que je préfère éviter la tentation.

— Je ne comprends pas un traître mot de ce que tu racontes.

Je soupire et me passe la main dans les cheveux. Je suis sûre que c'est lui qui m'a donné ce tic.

— Je ne veux pas que tu dépenses autant d'argent pour moi. Ce n'est pas pour ça que je suis là.

— Comme pour le blender, s'écrie-t-il. Les fraises, ça allait, mais le blender, c'était trop.

— Exactement.

Il lève une main pour jouer avec l'un des délicats flamants roses qui se balancent à mes oreilles.

— Mais tu as fini par accepter le blender, commente-t-il.

C'est ce qu'il croit. J'ai hâte de voir sa tête quand je vais le lui rapporter au bureau demain matin.

— L'argent ne m'impressionne pas, Ethan.

— Moi non plus. Mais il y a des choses dont je ne veux pas que tu te passes. Des objets dont tu as besoin. Est-ce que c'est tellement terrible que j'aie envie d'être celui qui te les offre ?

— J'ai besoin d'un blender ?

— Sachant combien tu aimes les margaritas ? s'esclaffe-t-il. Absolument. Et puis, c'est pour le principe.

Il ne croit pas si bien dire. C'est pour ça que je vais déposer ce fichu machin auprès de son assistante demain en arrivant.

— Et ça ? dis-je en secouant doucement la boîte. C'est aussi quelque chose dont j'ai besoin ?

— Tu ne veux pas l'ouvrir ? Tu aurais la réponse…

Il me regarde, attentif à ne trahir aucune émotion. Mais je décèle dans ses yeux une pointe de vulnérabilité qu'il tente de dissimuler. Ça me fait flancher. Ses sentiments pour moi sont aussi puissants, aussi inéluctables, aussi difficiles à gérer que les miens. Sachant cela, sachant à quel point il souhaite m'offrir ce cadeau – quel qu'il soit –, je ne peux le refuser.

J'ouvre la boîte avec une certaine appréhension, en prenant mon temps. Et réprime un petit cri en découvrant ce qu'il a choisi pour moi.

— C'est magnifique, dis-je dans un murmure en effleurant l'un des délicats maillons de platine.

— Ça te plaît ?

— Il faudrait être folle pour ne pas aimer…

Je sors la chaîne de taille de son écrin et la lève vers la lumière pour admirer le motif complexe de chaque maillon. Comme si la chaîne elle-même n'était pas assez belle, l'une des extrémités porte une cascade de pierres incolores. J'essaie de me convaincre que c'est du cristal, mais je sais bien que c'est faux. Ethan m'offre des diamants, mais ce n'est pas une bague…

C'est mieux. C'est le meilleur choix. Parce que nous nous comprenons si bien que je sais ce qu'il a voulu exprimer par ce bijou, sans qu'il ait besoin de dire un mot.

La nuit dernière, il a promis de ne jamais me quitter. Il a dit qu'il serait toujours là pour moi, quelque révélation que je puisse lui faire. La chaîne symbolise cette promesse. C'est entre lui et moi. Personne ne la verra. Mais elle signifie malgré tout que je lui appartiens.

Ce n'est pas une laisse, pas un signe de possession, mais ça me rassure quand même. Pourtant, il y a une minute encore, j'ignorais avoir besoin d'être rassurée…

— Tu veux que je t'aide à la mettre ? demande-t-il, ses doigts frôlant les miens alors qu'il tend la main pour prendre le bijou.

— Oui, s'il te plaît.

Il sourit, et l'anxiété que j'ai lue dans son regard disparaît peu à peu, cédant la place à de la tendresse, de la joie et… est-ce de l'amour ?

Je repousse cette pensée. Il n'a pas encore prononcé ces mots et moi non plus. C'est trop tôt : ça ne fait même pas une semaine qu'on se connaît !

Pourtant, lorsqu'il soulève mon haut pour draper la chaîne autour de ma taille, m'emprisonnant entre ses bras, je ne peux nier les sentiments qui m'assaillent. Non que j'en aie envie… Je ne sais pas comment nous en sommes arrivés là, ni ce que j'ai fait pour le mériter, mais Ethan Frost est à moi autant que je suis à lui. Et je ne suis pas près de le laisser filer.

— Alors, qu'est-ce que tu en penses ? demande-t-il après avoir attaché le fermoir.

Les mains toujours posées sur ma taille, il taquine le piercing que je me suis fait faire au nombril en première année de fac dans un effort pour reprendre le contrôle de mon corps. C'est Tori qui me l'a conseillé, et aussi absurde que ça m'ait paru, ça a marché. La douleur de l'incision m'a permis de renouer contact avec mon corps, et à présent, le bijou sert à me rappeler que je suis la seule à décider ce que j'en fais. Personne d'autre n'en a le droit.

Je baisse les yeux vers la chaîne. Ethan l'a très peu serrée, si bien qu'elle repose sur mes hanches, juste sous le nombril. La cascade de diamants descend sur mon ventre juste au-dessus du pubis. Non, ce n'est pas une laisse. Mais c'est bien le bijou le plus possessif qu'il pouvait m'offrir sans acheter une alliance.

— C'est parfait. Comme toi, dis-je en lui passant les bras autour du cou pour l'embrasser.

Chapitre 21

Nous prenons le petit déjeuner sur la terrasse. Pains au chocolat chauds, fraises pour moi et myrtilles pour lui, mimosas avec une bonne dose de champagne, juste comme j'aime.

— Tu sais t'y prendre pour chouchouter une fille, lui dis-je, étendue sur une chaise longue, mon deuxième cocktail à la main.

— C'est ce que j'essaie de te faire comprendre depuis le début. Mais tu n'as fait que résister.

Il prend ma main libre pour m'embrasser les doigts. Loin d'être cucul, son geste est follement sexy.

— Je ne résiste plus. Je suis à toi.

Il ne répond pas, et je panique. Suis-je allée trop loin ? Ai-je surinterprété la chaîne de taille ? Ou sa façon de me toucher, me tenir, me traiter ? Mais il lève le visage vers moi et je comprends qu'il est aussi touché par ce qui se passe entre nous que je le suis. Peut-être même plus.

C'est là que je prends conscience que je ne connais rien de son histoire. Du moins, pas comme il connaît la mienne. Bien sûr, je sais les grandes lignes. Ses parents ont divorcé quand il était petit. Il a perdu son père quand il était enfant, sous les yeux de l'Amérique entière. Il a été élevé non par sa mère, mais par ses grands-parents paternels. Et il subit le fait que la vie et la mort de son père reviennent sous les feux de la rampe chaque fois que l'État veut rappeler au peuple ce qu'est un héros.

Je sais qu'il a passé son existence à tenter de s'assurer que d'autres ne perdent pas leurs proches comme il a perdu son père – à la suite de blessures qui, il y a quinze ans, ne pouvaient être soignées qu'à l'hôpital. Que c'est un self-made-man, bientôt milliardaire. Qu'il est philanthrope, écolo et génial.

Mais il y a autre chose. Quelque chose qui ne colle pas avec son image publique trop lisse. Une touche plus sombre, plus fragile, qu'il ne montre pas. Elle n'apparaît jamais bien longtemps, mais je sais qu'elle est là. Je l'ai vue une ou deux fois, dans le fond de ses yeux. Je ne sais pas ce que c'est, mais je devine que c'est grave. Qu'au fond de lui, il souffre autant – sinon plus – que moi.

Cette pensée me galvanise comme rien d'autre ne pourrait le faire. Je vide mon mimosa d'un trait – l'alcool remplace le courage, c'est bien connu – avant de poser mon verre sur la table la plus proche. Puis je me lève de ma chaise longue pour aller m'installer sur les genoux d'Ethan, à califourchon.

Je n'ai jamais été aussi agressive avec lui, et il écarquille les yeux de surprise. Mais ça ne lui prend pas longtemps de se mettre au diapason. Il pose les mains sur mes joues et, sans me quitter des yeux, approche lentement, très lentement, sa bouche de la mienne.

C'est aussi délicieux que chaque fois. Peut-être même meilleur, maintenant qu'il connaît presque toute la vérité sur moi. Je crois que j'avais peur, inconsciemment, qu'il subsiste une gêne entre nous après la scène d'hier sur la plage, mais alors qu'il glisse la langue entre mes lèvres, je sais que j'ai eu tort de m'inquiéter. La température n'est pas retombée entre nous.

Il frotte sa langue contre la mienne. Aussitôt, je suis envahie par un désir si puissant qu'il m'effraie et me fait mal. Je remonte les mains sur le cou d'Ethan puis vers sa nuque pour l'empoigner par les cheveux et presser sa bouche encore plus fort contre la mienne. Il se montre doux, attentif, et même si ça me touche, ce n'est pas ce que je veux. Tout mon corps est en feu et je ne pense à rien d'autre que lui. Tout ce que je veux, c'est lui.

J'écrase ma bouche sur la sienne, aspire sa lèvre inférieure et la mords un peu plus fort que d'habitude. Pas assez pour lui faire vraiment mal, mais suffisamment pour qu'il comprenne que j'ai envie de lui, que j'ai envie de ça. Ce matin, il a un goût de chocolat. Et aussi de champagne, et de myrtille, et de lui-même. Un goût 100 % Ethan.

Mon enthousiasme lui arrache un grognement de plaisir, et il enfouit à son tour les mains dans mes cheveux. Il tire doucement, provoquant une cascade de sensations qui ne font qu'accroître mon désir, mon besoin de lui.

Mais il va toujours trop lentement. Il continue à savourer l'instant alors que je voudrais qu'il se précipite, à m'entourer de douceur alors que tout ce que je veux, c'est une course brûlante vers ce dont nous avons envie tous les deux.

—Ethan…

Je m'arrache à sa bouche pour lécher et mordiller sa barbe brune naissante. Il gémit encore, la tête en arrière pour m'offrir son cou. J'en profite pour l'embrasser dans le creux de la gorge.

Je trouve l'endroit où bat son pouls, rapide et affolé, et me mets à le lécher. D'abord une fois, puis deux, et encore davantage. Sa peau a un goût différent à cet endroit, plus sauvage, plus sexy même si je n'aurais pas cru cela possible. Une saveur aigre-douce comme l'océan, et terreuse comme le sable. C'est délicieux.

J'avance la main vers les boutons de sa chemise pour les ouvrir, l'un après l'autre. J'ai envie de contempler son torse, en n'étant pas en proie à la panique cette fois-ci. Je veux regarder son tatouage avant de l'embrasser, et le lécher sur ses abdominaux fermes et plats. Et plus bas. Il m'a déjà donné du plaisir deux fois, m'emmenant au bord du précipice avant de me faire basculer dans les étoiles, et je ne lui ai jamais rendu la pareille.

Aujourd'hui, je vais le faire. Je vais le prendre dans mes mains, dans ma bouche, et mon sexe. J'ai la tête pleine d'un tourbillon d'images, de sons et de désirs, de tout ce que je veux faire à cet homme. J'ai une envie désespérée de lui, de son goût sur ma langue, de la sensation de son corps dans le mien.

Je perds le contrôle et arrache les derniers boutons de sa chemise qui doit coûter 500 dollars, dans ma hâte à le voir. Il pose ses mains sur les miennes pour les caresser avec ses pouces, dans un rythme à la fois apaisant et excitant.

— Chloe, ma chérie, ne t'affole pas, souffle-t-il en déposant de petits baisers sur mon front et mes joues. On n'est pas pressés. Prenons notre temps.

Il ne comprend pas. Je ne veux pas prendre mon temps. J'ai peur de prendre mon temps. En cet instant, j'ai envie de lui, besoin de lui, et je suis complètement perdue dans son odeur, son goût et son toucher. Je veux en profiter avant que quelque chose se produise, avant que ces putains de souvenirs se réveillent dans mon cerveau et que je lui fasse à nouveau une crise de panique.

— Je t'en prie, Ethan.

Je retire la chemise de ses épaules, de ses bras avant de l'embrasser avec fureur sur le torse.

— J'ai besoin de toi, dis-je d'une voix rauque.

— Je suis là, chérie. Je ne vais pas…

Il laisse sa phrase en suspens et reprend son souffle quand je lui lèche un téton.

— Oh, Chloe…

Il enfouit une main dans mes cheveux et pendant un moment parfait, me laisse faire ce que je veux. Je fais rouler son mamelon entre mes lèvres, le mordille doucement, savourant le mouvement de ses hanches contre les miennes et le gémissement qu'il ne peut réprimer.

Je recule un peu et me penche pour l'embrasser plus bas. Les abdos, le nombril, le creux en V de ses muscles qui dépasse de son jean taille basse.

— Chloe, ma princesse, ça suffit. Je veux te toucher, moi aussi.

Je secoue la tête et passe ma langue en cercle autour de son nombril, de plus en plus vite, tout en me battant pour ouvrir sa ceinture. Il essaie de dégager mes doigts, mais je lui mordille le ventre pour le distraire, avant de glisser la langue sous la taille de son jean.

— Chloe !

Sa voix a pris un ton péremptoire, comme s'il voulait me prévenir que tout le plaisir qu'il prend à mes caresses ne va pas le détourner de se faire entendre. Je dois accélérer, prendre davantage de lui, le rendre fou pour qu'il me fasse l'amour sans se rendre compte que la panique me guette.

Je la sens en moi, gagnant du terrain sur le désir qui était pourtant débridé il y a seulement quelques minutes. Je tente de la dominer, de la repousser. Je veux vivre ce moment. Je veux Ethan. Je veux une relation normale, dans laquelle on ne passe pas son temps à se demander si on va être submergé par l'angoisse d'une minute à l'autre. Et la seule façon d'y parvenir, c'est de continuer, de le faire une bonne fois pour toutes. Je sais que si on passe le cap, si je le sens en moi en sachant que c'est lui et qu'il tient à moi, tout ira bien. Je serai guérie. Et on n'aura plus à redouter que je pète les plombs.

Mais Ethan ne veut pas entrer dans mon jeu. Au lieu de se laisser aller pour que je lui donne du plaisir, il décide de m'arrêter. Il m'oblige à me redresser pour me regarder dans les yeux.

— J'ai envie de toi, dis-je en posant mon regard sur lui pour la première fois depuis que je me suis lancée dans cette frénésie.

Je ne sais pas ce que je m'attends à lire sur son visage… du plaisir, peut-être ? De l'excitation, certainement. Le même désir qui prend toute la place en moi ?

Mais je ne vois rien de tout ça. Au contraire, il semble réfléchir. Il a les lèvres serrées, les mâchoires crispées, et ses yeux – loin d'être rendus brumeux par le désir – sont d'un bleu brillant. Si transparents que j'ai l'impression de voir les rouages de son cerveau tourner à toute vitesse.

Merde. Il ne veut pas de moi, en tout cas pas comme j'ai envie de lui. J'ai tout fait foirer hier. Je n'aurais pas dû flipper, lui parler de Brandon… Pas étonnant qu'il ne craque pas pour moi. Il a sans doute peur que je fasse encore une crise. Et l'idée que ce soit possible ne fait qu'accroître mon humiliation.

Ce qui me restait de désir s'éteint et je fais mine de me lever. Je ne veux pas rester là, je préfère rentrer…

— Chloe, arrête.

Je m'immobilise. Ethan ne me touche pas, ne fait pas le moindre geste pour me retenir, mais sa voix est si péremptoire que j'obéis sans réfléchir.

Je me rassieds sur ses genoux, tête baissée. Je ne supporterais pas qu'il devine combien je suis blessée, déchirée…

— Regarde-moi…

Je secoue la tête. Je ne peux pas. J'ai les yeux pleins de larmes, et après la scène d'hier, il est hors de question qu'il me voie pleurer une fois de plus.

Il soupire, les poings fermés. Mais il ne me touche toujours pas.

— Allez, ma chérie. J'ai besoin de voir ton visage… de te regarder.

J'ai beau secouer à nouveau la tête, je ne peux m'empêcher de lever les yeux vers lui.

Je tente de ravaler mes larmes, mais c'est trop tard. Il se raidit et marmonne des jurons entre ses dents.

— Ce n'est pas ma faute si tu es frustré, dis-je dans une dernière tentative pour être drôle. Je faisais pourtant de mon mieux.

— Ah, Chloe, je suis fou de toi ! répond-il en riant.

Enfin, il pose une main sur moi, pour me caresser le dos du bout des doigts.

— Dans ce cas, pourquoi tu ne m'as pas laissée continuer ?

— Eh bien, je ne sais pas… peut-être que je souhaitais faire l'amour avec une femme qui en ait réellement envie ?

— Mais j'en avais très envie !

— Non, tu essayais d'en avoir envie. Ce n'est pas pareil…

— Aucune importance !

Frustrée, furieuse et terrifiée à l'idée que cette histoire entre nous ne débouche sur rien, je lui donne une tape sur le torse. J'ai tellement envie que ça marche… mais je ne sais pas comment faire.

— Si, Chloe, ça a de l'importance, objecte-t-il en m'attrapant les mains d'un geste ferme. C'est même la seule chose qui compte.

— Je ne suis pas comme les autres femmes ! Je ne peux pas…

— Si, tu peux.

— Je ne vais pas réussir à…

— Si, tu vas y arriver.

— On ne peut pas juste le faire maintenant ? dis-je avec un gémissement. Se débarrasser de la première fois, et ça ira mieux après. Promis.

— Ma princesse, si tu crois que je vais te faire l'amour alors que tu es en pleine crise de panique, tu as perdu la tête. S'il y a bien une chose qui ne risque pas de se produire, c'est celle-là.

Je baisse la tête et appuie la joue sur son torse en attendant que les larmes – et la cruelle déception – se calment.

— Je ne sais pas quoi faire, dans ce cas.

Ethan me passe un doigt sous le menton pour me forcer à lever la tête. Je prends mon temps avant d'ouvrir les yeux. Il me regarde, et l'indigo de ses iris semble refléter des émotions d'une profondeur inouïe.

— Chloe, tu as confiance en moi ?

J'ai soudain la bouche sèche. S'il m'avait demandé si je l'aime, j'aurais répondu sans hésitation. Pareil s'il avait voulu savoir si je le désire. Si j'ai besoin de lui. Mais la confiance, c'est autre chose. Il y a encore une semaine, je pensais ne plus jamais faire confiance. Mais avec Ethan Frost, une semaine peut faire une énorme différence. Rien n'est plus comme avant…

— Oui, dis-je dans un murmure, incapable de prononcer le mot à haute voix.

— Dans ce cas, laisse-moi faire les choses à ma façon. Je prendrai soin de toi, ma chérie, c'est promis.

J'acquiesce. Pourtant, c'est difficile. Encore plus que de lui raconter mon histoire. Ou que d'entendre mes parents me vendre, il y a cinq ans. J'aime garder le contrôle, et donner ma confiance à quelqu'un me coûte énormément.

Mais une fois que c'est fait, que je me suis remise entièrement entre ses mains, j'ai l'impression d'être libérée d'un poids. Je sais qu'Ethan ne me fera jamais de mal. Et qu'il m'empêchera de m'en faire toute seule. À tout jamais.

Chapitre 22

Le temps s'écoule et nous ne faisons rien d'autre que profiter du soleil, mon corps lové contre celui d'Ethan qui me caresse. Me rassure. Il me masse le cuir chevelu si longtemps que j'ai envie de ronronner comme un chat. Puis il descend vers mon cou, mes épaules, et mon dos. Il pétrit chacun de mes muscles pour m'aider à me détendre. Puis il mêle ses doigts aux miens et fait tourner ma main dans un étrange mouvement qui me fait décoller.

Quand il en a fini avec moi, je suis totalement relaxée, et je me sens toute molle…

— Tu ne t'es pas endormie ? murmure-t-il d'un ton doux.

Je réponds par un son béat.

— Tant mieux, commente-t-il.

Il me passe un bras autour des épaules, un autre sous les genoux, et se lève.

— On va où ?

Je me sens trop paresseuse pour l'enlacer. Je me contente de me blottir contre lui et de me laisser porter.

— Dans ma chambre.

— Il était temps, dis-je avec un sourire.

— Vraiment ? Mademoiselle se plaint ?

— Je ne me plains pas. Je suis juste anxieuse.

Il me soulève un bras et le laisse retomber.

— Très anxieuse, je vois ça, me taquine-t-il.

— Les apparences sont parfois trompeuses.

— Il paraît, réplique-t-il.

Puis il ajoute quelque chose dans un murmure, que je n'entends pas. Je lève les yeux vers lui et surprends une expression que je ne lui avais jamais vue. Mais elle disparaît aussitôt, et je me demande ce qu'elle signifiait. Et pourquoi ça me semble important.

Arrivé dans la chambre, il me dépose sur le lit et passe dans la salle de bains. J'entends l'eau couler dans la baignoire.

Il revient près du lit. Je le dévore des yeux pendant qu'il enlève sa chemise, qu'il n'a pas refermée depuis que je l'ai déboutonnée tout à l'heure, et la pose à un bout du lit. Il défait ensuite la boucle de sa ceinture puis le premier bouton de son jean. Lorsque j'entends la fermeture éclair, je suis trempée, folle de désir, et plus que d'accord pour reprendre là où on s'est arrêtés quand j'ai paniqué, sur la terrasse.

Mais Ethan a d'autres projets. Il enlève son pantalon et son boxer et reste debout devant moi, nu et en érection.

Je dois faire un effort pour ne pas rester bouche bée devant lui. Je ne suis pas une experte, mais j'en sais suffisamment pour avoir la certitude qu'Ethan est un bel étalon. Grand, mince, bien musclé, un vrai surfeur. D'imposants biceps acquis en ramant dans les vagues, des pectoraux à force de se redresser sur la planche, des abdos sculptés pour se maintenir sur les rouleaux, et des jambes toniques. Et puis, il y a sa queue, longue et dure comme le reste de son corps.

Il est sublime, et je meurs d'envie de caresser sa peau dorée. De l'embrasser, le lécher, absolument partout.

Il me sourit comme s'il n'ignorait rien de ce qui se passe dans ma tête.

— Tu veux prendre un bain avec moi ? propose-t-il.

J'en ai très envie, mais je suis un peu anxieuse. Tous les deux, nus, dans un espace confiné. J'aimerais autant éviter de me ridiculiser une nouvelle fois…

Mais Ethan semble une fois de plus lire dans mes pensées. Il me tend la main et ajoute d'une voix douce :

— Viens. Je suis là, Chloe.

Je sais que c'est peut-être une mauvaise idée, que je vais peut-être finir aussi déçue, humiliée et malheureuse que lors de nos deux tentatives précédentes, mais je prends la main qu'il me tend. Je suis incapable de lui résister. Et si Ethan m'assure que ça va bien se passer, je ne peux m'empêcher de le croire.

Il m'aide à me lever. J'attends, un peu nerveuse, qu'il me déshabille, mais il ne semble pas vouloir le faire. Une main dans mon dos, il me guide vers la salle de bains.

Je me laisse entraîner, bien que ce soit un peu étrange de marcher à ses côtés, lui nu et moi habillée. Je ne suis pas vraiment gênée, mais je trouve ça bizarre. Je me demande pourquoi il ne m'a pas dévêtue avec la désinvolture qu'il a montrée en quittant ses vêtements.

Puis il se penche pour vérifier la température de l'eau, et alors que je contemple son cou et ses épaules, nus et vulnérables, je comprends enfin. En me laissant mes habits, il me donne le pouvoir. Bien que ce soit clairement lui qui décide – après tout, j'ai accepté de lui faire confiance –, c'est moi qui porte une armure. Je me sens d'un coup moins exposée…

J'en ai les genoux qui tremblent. Cet homme, fort, puissant et attentionné, fait tout ce qui est en son pouvoir pour que ça se passe bien pour moi. Il me l'a promis, et bien que je lui aie accordé ma confiance tout à l'heure sur la terrasse, c'est seulement maintenant que je commence à penser que ça va marcher. Que ce moment ne va pas se terminer comme hier soir, que je ne vais pas me mettre à hurler, terrifiée par les fantômes du passé.

— Le bain est presque prêt, annonce Ethan.

Il est parfaitement à l'aise avec le fait d'être nu, offert à mes regards. En même temps, il n'aurait aucune raison d'avoir honte… Il est tellement beau que ça me fait mal.

Je saisis le bas de mon débardeur et l'enlève d'un geste fluide. Puis je retire la jupe en me tortillant un peu avant de suspendre les deux vêtements à une patère en chrome près de la cabine de douche. Ethan me regarde avec des yeux assombris de désir, et je me force à rester immobile devant lui, dans mes sous-vêtements jaunes, attendant qu'il prenne l'initiative.

Mais il n'en fait rien. Il se contente de sourire.

— Tu es tellement belle…

— Toi aussi, tu es beau.

Manifestement, il ne s'attendait pas à ce que je dise ça. Je rougis un peu et me demande si j'ai fait une boulette, mais il éclate soudain de rire.

— Je suis content que tu sois de cet avis.

— Moi aussi.

L'eau arrive maintenant aux trois quarts de l'énorme baignoire, et Ethan se penche pour tourner le robinet. Je suppose que c'est le signe que je dois finir de me déshabiller. Je défais l'agrafe de mon soutien-gorge. C'est maintenant ou jamais.

Quelques secondes plus tard, je suis nue devant Ethan, plus vulnérable que je ne l'ai jamais été dans ma vie, mis à part la nuit avec Brandon et les jours qui ont suivi. Je ne peux que me réjouir qu'Ethan se soit déshabillé en premier. Si ce n'était pas le cas, s'il m'avait regardée, tout habillé, enlever mes vêtements, je ne crois pas que j'en aurais été capable.

— Prête ? demande-t-il.

Encore une fois, il me tend la main, et je la prends. Je n'ai pas vraiment besoin d'aide pour enjamber la baignoire, mais ça me fait plaisir. Je ne suis pas seule… Après ces cinq dernières années, c'est un agréable sentiment. Surprenant, inattendu, mais délicieux.

Je m'installe à un bout de la baignoire et le regarde entrer à son tour pour s'asseoir de l'autre côté. Une petite boule de stress, dont je n'étais pas consciente, se dissipe lorsque je constate qu'il ne vient pas plus près de moi. J'avais peur qu'il se mette derrière moi, mon dos contre son torse. Je ne sais pas si j'aurais supporté.

Ethan me regarde, et j'ai à nouveau l'impression que mes pensées s'affichent sur mon front. Il rit doucement.

— Détends-toi, Chloe. On est censés s'amuser…

— Je m'amuse, dis-je en attrapant de la mousse pour la lui lancer, afin d'avoir le dernier mot.

Ethan a des bulles de savon sur le bout du nez, et ça me donne le fou rire.

Il fronce les sourcils, et une seconde après c'est mon tour d'avoir une moustache et une barbe en savon. Puis deux petites cornes sur le haut du crâne. Décidée à ne pas le laisser gagner, je façonne une fleur en mousse – un genre de marguerite – et la lui colle sur les cheveux, au-dessus de l'oreille.

Je m'attends à ce qu'il réplique, mais au lieu de continuer à jouer avec les bulles, il attrape mon pied et appuie doucement le pouce sur le dessous.

Je ne peux réprimer un gémissement, qu'il semble trouver drôle. Mais il ne lâche pas mon pied pour autant. Il me frotte la plante en prenant soin d'appuyer sur les points d'acupuncture. Ensuite il me masse les orteils et les talons avant de remonter vers le mollet. Il me pétrit si bien les muscles que je ne peux rien faire d'autre que de profiter de l'instant, le dos appuyé au bord de la baignoire, les yeux fermés.

Il travaille sans relâche sur ma jambe, s'aidant des jets bouillonnants pour me transporter au paradis.

Puis il s'attaque à la deuxième jambe, jusqu'à ce que je sois presque évanouie de plaisir. Alors il pose mon pied derrière son épaule pour couvrir ma cheville de petits baisers très excitants, avant de remonter le long du mollet jusqu'au creux du genou.

Je ne songe pas à le faire arrêter. Il me reste à peine assez de neurones pour me rappeler mon prénom, de toute façon…

Il change à nouveau de jambe et remonte de la même façon jusqu'au genou. Puis, avec un regard vers mon visage qui parvient à la fois à m'exciter et m'arracher à ma voluptueuse torpeur avec un frisson d'inquiétude, il remonte le long de ma cuisse.

— Chloe, ma chérie, est-ce que ça te va ? demande-t-il en pressant son visage sur l'intérieur de ma cuisse.

J'acquiesce. Pourquoi refuser quelque chose de si délicieux ?

— Tu es certaine ? insiste-t-il en passant une main sous ma hanche pour me soulever vers la surface de l'eau.

— Oui, Ethan. S'il te plaît, s'il te plaît…

Je sais que mes paroles n'ont aucun sens, mais ça m'est égal. Je suis tellement excitée… et sa bouche est juste au bon endroit. Il me suffirait de me cambrer un peu pour qu'il pose les lèvres sur moi et me pénètre avec sa langue.

— Si tu veux arrêter, à n'importe quel moment, dis-le-moi.

Sans plus attendre, il approche la bouche de mon sexe. Il introduit ses doigts en moi tout en me léchant pour me rendre folle, éperdue de plaisir.

C'est délicieux.

Comme la fois dans son bureau, mais encore mieux. Beaucoup mieux. Parce que dans cette position, je suis totalement offerte. Il peut jouer avec moi, me titiller, me torturer jusqu'à occuper toutes mes pensées et mes sensations.

Je m'agrippe à ses épaules, enfouis les doigts dans sa chevelure soyeuse, et l'attire encore plus près de moi. Je me tords de plaisir contre lui.

Il rit, et le son grave et rocailleux fait vibrer mon sexe et pénètre au plus profond de moi. Ça suffit à rendre le désir intolérable. Je n'en peux plus.

— Ethan, s'il te plaît. J'ai envie de…

Mais je gémis, incapable d'en dire plus, quand il fait tourner sa langue autour de mon clitoris en cercles de plus en plus rapides. Ses coups de langue m'amènent au bord de l'orgasme. Et me font basculer.

Des vagues de plaisir déferlent en moi. Je m'accroche à lui comme à une ligne de vie. Son contact me rassure, m'apaise, et accroît ma volupté en même temps. Rien d'autre n'existe que lui et moi, et les sentiments qui nous lient.

Les sensations s'estompent. Je l'attrape par les épaules et tente de l'attirer au-dessus de moi. Mais il refuse. Il préfère me mordiller les doigts, et je le laisse faire ce qu'il veut…

Je ne suis pas déçue. La première fois, il m'a amenée à l'orgasme en quelques minutes. Cette fois il prend son temps, me fait attendre. Il me lèche, me mordille, me goûte, me touche et me torture jusqu'à ce que je sois incapable de bouger, de penser ou même de respirer. Et alors, il recommence.

Sa langue est partout. Autour de mon clitoris, entre mes lèvres, à l'intérieur de moi… mon plaisir semble ne devoir jamais s'arrêter. Je finis par le supplier, par crier. Ce ne sont plus des orgasmes successifs, mais un état de volupté permanent.

Mais il ne s'en tient pas là. Il veut plus.

Je sanglote d'extase, l'esprit dévasté. Je ne suis plus qu'un corps pris dans un tourbillon de plaisir et de douleur. Je suis tellement perdue dans mes sensations qu'il n'y a plus de place pour la peur, pour les souvenirs de Brandon. Il ne reste qu'Ethan et les réactions qu'il suscite sans effort en moi.

— S'il te plaît… s'il te plaît…

Il lève la tête et pose sur moi un regard brillant et fou.

— De quoi tu as envie, ma chérie ?

— De toi. J'ai envie de toi…

— Je suis là, Chloe. Tu devrais le savoir…

Il baisse la tête et me fait tout oublier dans un nouvel orgasme.

Chapitre 23

— Tout va bien ? demande-t-il après quelques minutes pendant lesquelles je n'ai pas bougé.

— Qu'est-ce que tu entends par « bien » ?

Je n'ai même pas l'énergie d'ouvrir les yeux.

— Je ne t'ai pas fait mal ? Ou peur ?

L'idée m'arrache un sourire. Je passe une main alanguie sur son bras pour mêler mes doigts aux siens.

— J'ai l'air d'avoir peur ?

— Non, on dirait plutôt que tu es dans le coma…

— C'est ce que je ressens ! dis-je dans un éclat de rire.

— Parfait.

Il remue, et l'eau vient clapoter contre ma peau encore électrisée par le plaisir. Le souffle court, je sens mes tétons durcir. Ethan rallume l'eau.

— Qu'est-ce que…

— Chut, murmure-t-il en me passant les doigts sur le bras, les épaules et le cou, en direction de mes cheveux.

Il y enfouit la main et se met à me masser le crâne tout en me plaçant sous le jet.

Puis il attrape la bouteille de shampoing, en fait couler dans sa main et le répand doucement sur mes cheveux. Il joue avec mes boucles, me caresse le cuir chevelu… Ensuite, il m'incline la tête en arrière pour rincer.

Il répète l'opération avec l'après-shampoing, prenant tout son temps pour me frotter la tête. Je suis au paradis, totalement détendue, épuisée, et pourtant, je me dis que s'il continue, il se pourrait que je jouisse encore.

Il finit par me rincer les cheveux, puis m'effleure le front avec ses lèvres.

— Tout va bien ? demande-t-il encore une fois.

— Super bien, dis-je, la gorge soudain serrée.

— Tant mieux.

Il se penche pour ouvrir la bonde, puis sort de la baignoire et attrape une serviette qu'il s'enroule autour de la taille. Il me tend la main pour m'aider à sortir à mon tour. Il m'essuie lentement en prenant le temps d'essorer mes cheveux avant de s'occuper de mon corps. J'attends que la gêne m'envahisse – il s'occupe de moi comme d'une invalide, après tout.

Ou comme de la chose la plus précieuse du monde. Cette idée me traverse l'esprit, mais je refuse de l'écouter. De souhaiter qu'elle soit vraie. Pour le moment, c'est déjà bien qu'il soit avec moi, qu'il ait toujours envie de ma compagnie, même après tout ce que je lui ai confié.

Quand je suis bien sèche, Ethan me prend dans ses bras pour me porter jusqu'à la chambre. Il me pose sur le lit, entièrement nue. Une fois de plus, j'attends que l'anxiété me prenne, mais encore une fois, ce n'est pas le cas. Je suis trop occupée à regarder Ethan se déplacer, à observer ses muscles en mouvement.

Enfin, après une interminable attente, il s'allonge près de moi. Il est sur le flanc, face à moi, et malgré la serviette qu'il porte toujours autour de la taille, je distingue son érection. Dieu merci. Car j'ai beau lui avoir donné ma confiance, s'il ne me prend pas bientôt, je vais devenir folle.

Il avance une main. Je crois qu'il va m'attirer vers lui, mais non, il m'effleure du doigt jusqu'au creux de la gorge, puis le long de mon ventre jusqu'à l'anneau d'argent que je porte au nombril.

— J'adore ton piercing, déclare-t-il d'une voix rauque en jouant avec.

— J'y tiens beaucoup.

Je suis contente qu'il lui plaise. Et plus encore, qu'il semble comprendre la sensation de contrôle que ça me donne. Tout comme la petite boussole que je me suis fait tatouer sur la hanche. C'est la même émotion que j'éprouve entre ses bras.

— Tant mieux, sourit-il.

Il finit par descendre le long de la cascade de diamants en direction de mon pubis. Je me raidis malgré moi, et il lève aussitôt les yeux vers mon visage.

— Ça va ?

J'acquiesce, la gorge nouée. Quand je suis avec Ethan, tout va bien, et c'est la seule chose qui compte.

Il me caresse longuement, me laissant le temps de me réhabituer à son contact dans cette région de mon corps, avant de descendre vers mon sexe. Toute appréhension s'est envolée, et je brûle de le recevoir en moi.

Soudain, je n'en peux plus d'attendre. Ethan s'est montré merveilleux. Doux. Sensuel. Plus patient qu'il n'aurait dû l'être. Mais je suis prête à passer à l'étape suivante. Impatiente, même.

Je glisse la main sous sa serviette pour lui toucher la queue. Il reprend son souffle et pose ses yeux bleus sur moi. Il est indécis : mécontent que je ne lui aie pas laissé l'initiative, mais en même temps, c'est un homme. Il ne va pas se plaindre que j'aie pris sa bite dans ma main.

Je me serre contre lui pour l'embrasser.

— C'est mon tour, Ethan…

Je commence à le caresser, remontant vers son gland en un mouvement fluide. Tendu, il pose une main sur la mienne pour m'en empêcher.

— Tu n'es pas obligée, tu sais.

— Tu m'as bien fait comprendre que je n'étais pas obligée. Mais j'ai le droit d'en avoir envie, non ?

Il m'observe longuement, cherchant je ne sais quoi. Une certitude, peut-être ? Ou juste la preuve que je ne vais pas péter les plombs, cette fois-ci ?

Pour être franche, je ne sais pas ce qui va se passer quand il me fera l'amour pour de bon, mais je veux essayer. Jamais dans ma vie d'adulte je ne me suis sentie autant en confiance.

— Je ne veux plus attendre, dis-je en lui embrassant le torse. Je t'en prie, ne me fais plus attendre…

Ma supplication le décide. Ethan ne sait pas me dire non. Cette fois, quand je bouge la main, il n'essaie pas de m'arrêter. Il se laisse aller sur le matelas et me permet de le toucher comme j'en ai envie.

Je me serre contre lui pour imiter son geste, descendant du creux de son cou vers son bas-ventre, mais avec la langue.

Les mains enfouies dans mes cheveux, il gémit déjà avant même que j'atteigne son nombril. Je prends mon temps pour embrasser et lécher son torse, profitant de chaque détail de son corps.

De son goût sucré-salé qui me rappelle celui de l'océan qui se fracasse sur les rochers à quelques mètres de nous.

De son contact ferme et tiède qui me donne envie de le toucher partout.

De sa fragrance musquée qui me pénètre par tous les pores.

Pendant un instant, je songe à ce que serait ma vie si je restais ici avec lui pour toujours. Ce moment est si parfait, si juste, que je veux retenir le moindre détail. Quand la vie sera trop dure avec moi, je pourrai me draper dans ces souvenirs comme dans une armure.

— Chérie ? s'inquiète Ethan d'une voix encore plus rauque. Tout va bien ?

— Très bien.

Je me penche pour le prendre dans ma bouche. Il gémit lorsque ma langue glisse sur son sexe.

— Chloe, ma chérie…

Je sens son corps se raidir, chaque muscle dur comme de la pierre contre moi. C'est la première fois que je fais ça, et ça n'est pas comme je l'ai imaginé. C'est mieux. Plus excitant. Plus sexy. J'ai déjà les tétons durcis, et le désir me submerge.

Totalement dépourvue d'expérience, je laisse l'instinct me guider. Je pose la main sur ses fesses pour l'attirer plus près de moi et le prendre au plus profond de ma bouche.

De la main, il me dirige doucement. J'aime sa façon de me tirer un peu les cheveux, cette douleur qui accroît le plaisir de le découvrir ainsi. Je passe la langue sur le dessous de sa queue tout en épousant le mouvement que m'indique sa main.

Après un moment passé à lécher l'ensemble de son sexe, je me concentre sur le gland. Je le titille du bout de la langue, enivrée par ses grognements autant que par sa saveur salée. C'est délicieux, et alors qu'il commence à onduler du bassin, allant et venant dans ma bouche, je sais que je ne peux pas m'en contenter. Je veux tout ce qu'il peut me donner, sans barrières.

Mais à ma grande déception, il a d'autres projets. Il ne me laisse pas jouer longtemps, refuse que je lui offre un orgasme à mon tour. Il m'attire vers son visage et m'embrasse dans un baiser dévorant, avide, qui me fait voir des étoiles.

Il passe la langue sur mes lèvres, que j'entrouvre pour lui. Je me laisse faire avec passion, impatiente de passer à la suite. Cela fait trop longtemps qu'il se retient. J'ai envie de lui tout entier, maintenant.

Il gémit lorsque je lui mords la lèvre inférieure. Puis il passe les mains sur mes fesses et me serre contre lui, appuyant son sexe brûlant entre mes cuisses.

J'ouvre les yeux. Il me regarde, inquiet. C'est mignon, mais à présent je veux qu'il se déchaîne. Je pose ma jambe sur sa hanche pour venir coller mon sexe sur le sien. Puis j'enfouis les doigts dans ses cheveux et les tire, bien plus fort qu'il n'a tiré les miens, tout en enfonçant la langue au plus profond de sa bouche.

Ethan pousse un grognement sourd qui ne fait qu'attiser les flammes qui me dévorent déjà.

— Ethan, j'ai envie de…

J'ai envie de plus. Mais je ne sais pas comment le dire. Je ne sais même pas exactement ce que je lui demande.

Mais Ethan, lui, le sait.

— Je suis là, ma princesse. Je suis là.

Il m'embrasse le cou, la clavicule, le dessous des seins. Puis il prend un téton dans sa bouche et le mord vivement, avant d'apaiser la douleur par un coup de langue.

Il alterne morsures et caresses de la langue, mêlant plaisir et douleur jusqu'à ce que je ne sache plus où finit l'un et où commence l'autre. Après les seins, il explore l'ensemble de ma poitrine, mon cou, mes épaules, mon dos, inlassablement, jusqu'à ce que j'aie la peau toute rose et ornée de suçons.

J'adore ces marques, comme j'aime mon piercing et mon tatouage. Ou ma chaîne de taille, lovée sur mes hanches. À chaque morsure, Ethan m'aide à réaffirmer le contrôle que j'ai sur mon corps. Mon droit à en disposer librement.

Mais ça finit par être trop. Et pas assez à la fois. J'ai envie de plus que ça. Je veux tout. Ethan devine d'instinct le moment où j'atteins ce point, à moins qu'il n'éprouve la même chose en même temps. Soudain, ses mains calleuses semblent s'affoler sur mon corps, comme si son désir ne pouvait plus attendre.

— Ethan…, dis-je dans un murmure tremblant. Prends-moi, je t'en supplie. Tout de suite…

Frissonnante, je me colle contre lui.

Tremblant lui aussi, il roule sur le dos et m'attire au-dessus de lui.

— Qu'est-ce que…

Il pose un doigt sur mes lèvres pour me faire taire.

— C'est toi qui as le contrôle, Chloe.

C'est la dernière chose que je m'attendais à entendre de sa bouche, mais je sais qu'il est sincère. Je le vois dans ses yeux, et dans la retenue qu'il s'impose en cet instant.

Je voudrais lui dire que je n'en ai pas besoin, que je suis heureuse de le laisser maître de la situation, mais au fond de moi, je sais qu'il a raison. Que pour cette première fois, j'ai besoin d'être celle qui décide.

Celle qui lui fait l'amour, et pas l'inverse.

J'acquiesce et entremêle mes doigts aux siens.

— Aide-moi, dis-je, soudain prise d'incertitude.

Il lève nos mains jointes vers mon visage pour me caresser la joue.

— Je t'aiderai toujours, ma chérie.

À ces mots, le désir m'envahit à nouveau. Toute anxiété balayée, toute peur oubliée, il ne reste que mon envie dévorante de posséder cet homme si magnifique.

Il enfile un préservatif avant de poser les mains sur mes hanches pour me soulever lentement et me placer tout en douceur sur lui. Il ne me quitte pas des yeux. Je descends, d'abord timidement, puis plus brusquement alors que le plaisir – un plaisir étonnant, presque insoutenable – s'empare de moi. Un dernier mouvement, et il est en moi, jusqu'à la garde.

J'ai envie d'accélérer, de me précipiter vers l'orgasme. Mais d'un autre côté, je préfère prendre mon temps, à l'unisson avec Ethan. Savourer chaque seconde.

Il finit par m'aider à choisir, comme il m'a aidée à chaque pas de ce voyage inattendu. Il agrippe mes hanches pour m'imprimer un lent va-et-vient.

C'est si bon que j'en ai le souffle coupé. Ethan est délicieux, comme je m'y attendais. Et même plus. Plus rien d'autre n'existe que ce moment avec lui. Je le chevauche lentement, tendrement, profitant de lui, de nous, de cet instant parfait. Je suis plongée en lui, dans ses regards et la sensation de son corps mêlé au mien. Je me perds dans mes sentiments, qui s'amplifient à chaque mouvement que je fais sur lui.

Il m'emplit, et chacun de nos gestes fait déferler une onde de plaisir en moi. C'est une indescriptible volupté, trop merveilleuse pour être saisie. Je me mords la lèvre afin de ne pas crier alors que je monte et descends sur lui. Je tente de résister à l'orgasme qui approche, mais ce rythme lent ne peut pas durer éternellement, car tout depuis notre rencontre a tendu vers cette union. La tension monte en moi, en lui, et ne tarde pas à devenir insupportable. Ethan, les mains crispées sur mes hanches, n'en peut plus.

Je sais qu'il lutte pour ne pas prendre le contrôle sur moi, et ça ne fait qu'accroître mon désir et mes sensations.

Bientôt, je ne peux plus résister. J'ai l'impression d'être possédée par une force qui change tout. Pour nous deux.

Je me penche pour l'embrasser. Nos sueurs se mélangent. Je voudrais toucher chaque centimètre carré de son corps brûlant et humide. Je baisse la tête pour lui lécher le torse.

Ethan perd le contrôle. Son souffle s'accélère et le mouvement de ses hanches s'accentue.

— Chloe, je te veux. Maintenant… s'il te plaît, supplie-t-il en s'agrippant de toutes ses forces à moi.

Je lui laisse la main. C'est Ethan, l'homme à qui je fais le plus confiance au monde. Je sais qu'il me donnera ce que nous désirons tous deux, et qu'il sera toujours là pour moi ensuite.

Il me passe le pouce sur le clitoris. De l'autre main, il me tire brutalement vers le bas pour me pénétrer encore plus profondément. L'orgasme nous saisit tous les deux en même temps.

Chapitre 24

Je passe toute la journée avec Ethan. Nous faisons l'amour, pique-niquons pour le dîner comme nous aurions dû le faire hier, et parlons d'un million de choses sans importance : les lucioles, la comparaison entre caramel et beurre de cacahuète, nos groupes préférés… Je n'adhère vraiment pas à ses goûts musicaux, mais je veux bien les lui pardonner vu ce qu'il sait faire avec sa langue.

Ethan est insatiable, et maintenant que j'ai dépassé le stress et l'insécurité de la première fois, moi aussi. Nous faisons l'amour partout : dans la piscine, sur la plage, sur la terrasse, dans son lit, et sur la table de la cuisine.

Je crois que c'est la fois qui m'a le plus plu. Nous sommes dans la cuisine, en train de préparer un déjeuner tardif dans un effort pour ne pas être terrassés par nos innombrables séances de galipettes. Ethan, qui fouille dans le frigo à la recherche de charcuterie, se tourne soudain vers moi, l'air malicieux, une bombe de chantilly dans la main. Pas besoin de vous faire un dessin… je vous dirai juste que je ne me suis jamais autant amusée avec un produit laitier.

Sous la menace, il finit par me déposer chez moi tard, le dimanche soir. Il voudrait que je passe la nuit avec lui, et rien ne me plairait davantage, mais j'ai l'impression que je dois quand même poser des limites. Pour moi. En ce moment, je suis tellement absorbée par Ethan que je ne désire rien de plus que de rester dans son lit pour toujours. Me blottir dans cette relation et ne plus jamais en ressortir.

Mais c'est un problème. Nous ne nous connaissons que depuis une semaine. En temps normal, il me faut plus de temps que ça pour décider d'acheter une paire de chaussures. Le fait que j'aie choisi de faire de lui mon amant aussi vite m'effraie autant que ça m'amuse, et j'ai besoin d'un peu de temps pour me retrouver. Décompresser.

C'est la raison pour laquelle je rentre à l'appartement dimanche soir, malgré la bouderie d'Ethan, qui me regarde depuis la voiture. Ou qui essaie de bouder, ce qui n'est pas facile pour un homme aussi puissant, brillant et magnifique. Ce serait drôle, si le regard brûlant qu'il m'adresse ne me donnait pas envie de courir me jeter dans ses bras. D'abandonner la distance et le recul que je m'impose. Ethan Frost est à moi, et je le désire plus que je n'ai jamais désiré quoi que ce soit.

Même la vérité.

Dès l'instant où la porte de l'appartement se referme derrière moi, Tori me saute dessus. Elle s'est montrée patiente pendant deux jours, se contentant de m'envoyer de courts textos pour vérifier qu'Ethan ne m'avait pas découpée en morceaux et cachée dans son frigo. J'ai mis un point d'honneur à lui répondre chaque fois, mais je ne lui ai donné aucun détail.

Ce soir, elle veut tout savoir.

— J'y crois pas ! s'écrie-t-elle alors que je m'écroule sur le canapé.

J'ai les jambes coupées après un dernier câlin particulièrement explosif.

— Je sais, Tori, c'est dingue.

— J'y crois pas, répète-t-elle.

— Je sais, dis-je en me cachant le visage dans les mains.

— J'y crois pas ! Tu as un suçon ? demande-t-elle en se penchant pour examiner mon cou. Non, pas *un* suçon. *Des* suçons ! Tu en as au moins quinze !

Sans se douter qu'il y en a davantage, disséminés sous mes vêtements, elle trace une ligne de l'un à l'autre avec son doigt.

— C'est un vampire, ou quoi ? Je ne vois pas comment on peut expliquer ça autrement, décrète-t-elle en montrant les traces de morsures qui ornent ma clavicule.

En réalité, il y a bien une explication. Ethan s'est aperçu que la légère douleur de ses dents sur ma peau me rassurait, m'évitait de paniquer. Cela me permet de me raccrocher à quelque chose au milieu de ce tourbillon de plaisir. Qui s'en trouve encore accru. J'avoue que ça me laisse perplexe – je ne suis pas du genre à aimer avoir mal –, mais ça ne dérange pas Ethan d'utiliser cette astuce pour me garder dans l'instant présent. Et m'éviter d'être submergée par le passé quand je perds tout contrôle.

Je ne vais pas raconter ça à Tori, bien sûr. Comment pourrait-elle comprendre, alors que moi-même, je ne saisis pas bien ? Du coup, je préfère détourner la conversation en lui lançant un coussin.

— Oui, c'est un vampire. Il m'a gardée prisonnière dans son repaire ces dernières vingt-quatre heures, me faisant subir des actes inqualifiables tout en me suçant le sang.

— Quand je te vois comme ça, j'ai bien envie de te croire, répond-elle sans quitter mes bleus du regard.

— Je ferais mieux d'essayer de trouver une chemise à col montant, je crois, dis-je en levant les yeux.

Je suppose que Maryanne ne sera pas très favorablement impressionnée si je me montre avec une collection de suçons. Et comme je n'ai pas l'intention de lui révéler que c'est son patron qui me les a faits, il va bien falloir que je les cache.

Mais Tori pouffe de rire.

— Il va te falloir un col roulé ! Et du maquillage de qualité professionnelle..., commente-t-elle en désignant une marque sur ma mâchoire.

Je devrais en vouloir à Ethan d'avoir laissé des traces aussi visibles. Mais ce n'est pas le cas. D'abord, parce que ça m'a donné tellement de plaisir... Et puis, parce que je comprends son besoin de me désigner comme sienne. De s'approprier ma personne. Je me suis retenue, mais j'avais envie de faire la même chose...

— Bon, dis-je en lui chipant son verre de vin, je vais me coucher. Je suis épuisée.

— Je te crois. Je suis fatiguée rien qu'à te regarder. Mais demain, réplique-t-elle d'un ton boudeur, tu me raconteras tous les détails, même les plus insignifiants.

— Faut vraiment qu'on te trouve un mec, réponds-je en levant les yeux au ciel.

— Tu prêches une convaincue, ma cocotte. Tu pourrais vérifier si ton homme n'a pas un clone aussi sexy que lui quelque part ?

— Non, désolée. Je ne partage pas.

— Tu aurais au moins pu faire semblant d'y penser ! proteste-t-elle en riant.

— Non. Ethan Frost est à moi seule.

— Il est au courant ?

Je repense à sa façon de me tenir quand j'ai pleuré. À sa manière de prendre possession de mon corps, centimètre par centimètre, avec une infinie patience. Au moment où il m'a dit qu'il serait toujours là pour moi – et où je lui ai assuré la même chose. « J'y compte bien », m'a-t-il chuchoté avant de me procurer un orgasme explosif.

— Oui.

Je l'embrasse sur le front avant de m'éloigner vers ma chambre.

— Beurk, commente-t-elle en faisant semblant de s'essuyer. Qui sait où tu as mis ta bouche avant…

— Moi, je sais, dis-je en riant. Je l'ai mise absolument partout…

Elle pousse un grognement et attrape la bouteille de vin pour se resservir. Je n'ai pas envie de me disputer, et je feins de ne pas remarquer qu'elle est déjà presque vide. Ce qui signifie qu'avant mon arrivée, Tori a déjà sacrément levé le coude, toute seule sur le canapé. Ce qui lui arrive de plus en plus souvent.

Il va falloir que je trouve le moyen de lui en parler, sans qu'elle se braque comme elle sait si bien le faire. Je sais qu'on est étudiantes, que c'est l'été… Mais elle ne peut pas siffler une ou deux bouteilles de vin tous les soirs et croire que tout va bien. Parce que ce n'est pas le cas.

Demain, me dis-je en suivant le couloir vers ma chambre. Ou peut-être mardi, pendant notre soirée télé, quand elle sera détendue et qu'on parlera d'autre chose que de ma nouvelle et fabuleuse vie sexuelle. Je ne veux pas lui donner des munitions.

— Au fait, lance-t-elle de loin. Ta mère a appelé plusieurs fois. Elle a dit que c'était important.

— Merci.

Sur la porte de ma chambre, je trouve trois post-it, chacun indiquant l'heure de l'appel et le contenu exact du message. On peut dire que Tori prend ça au sérieux.

Je les décolle et les jette dans ma corbeille à papier. Quoi que ma mère veuille, ça peut attendre. J'ai mieux à faire de mon temps ce soir que de me prendre la tête à son sujet. Tout ce dont j'ai envie, c'est de me réfugier sous ma couette pour repenser à chacun des gestes d'Ethan sur mon corps…

Il faut que j'assimile tout ce qui s'est passé, me dis-je en me mettant en pyjama. Je caresse du bout des doigts la chaîne de taille qui semble avoir été faite pour moi. C'est ce que je vais faire…

J'arrive en avance au travail le lundi, afin de pouvoir passer voir Ethan. Et lui rendre le blender.

Son assistant m'escorte directement dans son bureau, sans quitter le blender des yeux. Je ne sais pas si c'est en raison de sa fascination pour le Vitamix et ses multiples possibilités, ou si je n'aurais pas plutôt oublié un suçon en appliquant mon fond de teint avec l'énergie du désespoir. Peut-être qu'il essaie à tout prix de regarder ailleurs.

Dans un cas comme dans l'autre, ça ne prendra pas longtemps que notre relation fasse le tour de la boîte. Bizarrement, ça m'inquiète beaucoup moins maintenant qu'il y a deux jours.

Quand on dit que tout peut changer du jour au lendemain, ce n'est pas faux. À moins que ce soit moi qui ai changé de perspective. Mais je ne vais pas laisser l'inquiétude ternir ces quelques instants volés avec Ethan.

Lorsque j'entre dans la pièce, il est au téléphone, mais il me sourit aussitôt. Jusqu'à ce qu'il voie le blender.

— Je dois y aller, déclare-t-il dans le combiné. Une affaire à traiter.

Il contourne le bureau pour s'approcher de moi avec des allures de prédateur qu'il n'avait pas hier.

— Bonjour, mademoiselle Girard, dit-il en fermant la porte.

— Bonjour, monsieur Frost.

Il me prend le lourd carton des mains et le laisse tomber sur un coin de la table.

— Je croyais qu'on s'était mis d'accord sur cette histoire de cadeaux hier.

— Tu t'es mis d'accord tout seul. Je n'ai rien dit.

— Mais je ne vois pas le problème. C'est juste un blender.

— Moi non plus, je ne vois pas le problème, dis-je avec un sourire. C'est juste un blender.

— Si tu continues à répondre comme ça, tu vas finir par avoir des ennuis, déclare-t-il en fronçant les sourcils.

— Ce n'est pas déjà le cas ? réponds-je d'un air coquin en battant des cils.

Il me prend dans ses bras en réprimant un grognement de désir.

— Tu m'as manqué, cette nuit.

— Toi aussi.

— Ce soir, tu dors chez moi, affirme-t-il en enfouissant le visage dans mon cou.

— Il va falloir demander gentiment.

Cette fois, c'est moi qui gémis alors qu'il tire sur le col de ma chemise pour lécher les suçons qu'il m'a faits. J'ai beau m'être promis de garder une attitude professionnelle pendant les heures de travail, je ne peux m'empêcher de pencher la tête pour lui laisser de la place.

— Hier, j'ai demandé gentiment et j'ai fini la nuit tout seul. Je ne vais pas refaire la même erreur.

Il me passe les bras autour de la taille et glisse ses doigts habiles sous ma ceinture pour me caresser le ventre. Du moins, c'est ce que je crois avant de comprendre qu'il joue avec ma chaîne de taille.

— Tu l'as sur toi…, constate-t-il, satisfait.

— Je te l'avais promis.

— Mais tu refuses de garder le blender.

— Ce n'est pas pareil.

Il plonge la main sous ma jupe pour me palper les fesses avant d'approcher les doigts de mon sexe. Je suis déjà mouillée, depuis qu'il a posé les lèvres sur mon cou, et je gémis alors qu'il introduit un doigt en moi, suivi d'un deuxième.

— Pourquoi ? demande-t-il en commençant un lent va-et-vient.

J'écarte les jambes en gémissant.

— Pourquoi… quoi ? dis-je, incapable de suivre la conversation.

Ethan avance le pouce vers mon clitoris et commence à tourner autour lentement. Le souffle court, je ferme les yeux.

— Le blender…, murmure-t-il en se penchant pour me lécher derrière l'oreille.

— Quel blender… ?

J'ai l'impression que mon corps va éclater lorsqu'il courbe le doigt pour appuyer doucement sur mon point G.

— Ne parlons plus de ce fichu blender, conclut-il d'une voix rauque avant de me mordiller l'épaule.

Au même moment, il tourne les doigts à l'intérieur de moi, déclenchant un orgasme fracassant. Je crie son prénom entre deux soupirs. Heureusement que son bureau est insonorisé…

Il prolonge mon plaisir le plus longtemps possible, comme s'il voulait me donner un maximum de sensations. Il attend que je sois hébétée de volupté pour tirer sur ma culotte.

La dentelle se déchire en un clin d'œil. Je réprime un cri alors qu'il gémit de désir et ouvre son pantalon de costume. Il enfile un préservatif que je ne l'ai même pas vu déballer. Puis il me prend par les fesses pour me soulever, les jambes nouées autour de sa taille.

Il me pénètre et me fait aller et venir sur lui en me tenant avec ses mains puissantes. Éperdue de plaisir, je sens le désir monter à nouveau.

— Oh, merde…, soupire-t-il alors que j'enfouis les doigts dans ses cheveux pour attirer sa bouche vers la mienne.

Il ne finit pas sa phrase. Je lui lèche les lèvres, les suce et les mordille, au comble de l'excitation malgré l'orgasme qui vient de me secouer.

Ethan pivote et fait quelques pas pour me plaquer contre un mur.

— Ça va ? demande-t-il, une main toujours sur mes fesses, l'autre sur mes seins.

— Oui, dis-je en me cambrant au-devant de ses coups de hanches. Ethan, s'il te plaît…

— Quoi ? répond-il d'un ton de fauve.

Il va et vient avec une telle ardeur que je vais probablement avoir d'énormes hématomes sur les fesses en plus du reste. Mais ça n'a pas d'importance. La seule chose qui compte, c'est mon désir brûlant.

— Fais-moi jouir encore. S'il te plaît… je n'en peux plus…

Il se penche pour me mordre le téton à travers le fin tissu de mon chemisier et de mon soutien-gorge. Au même moment, il glisse une main entre nous pour me pincer le clitoris. C'est ce dont j'avais besoin, la petite dose de douleur qui me fait basculer dans l'extase.

Quelques secondes plus tard, c'est le tour d'Ethan. Son corps puissant frissonne entre mes bras alors qu'il se donne entièrement à moi. Je m'accroche à lui, décidée à le garder le plus longtemps possible contre moi. Je ne veux plus jamais le lâcher.

— Oh, ma chérie, s'excuse-t-il quand il retrouve l'usage de la parole. Je suis désolé que ça n'ait pas duré plus longtemps.

— Tu trouves que j'ai l'air de me plaindre ? dis-je avec un sourire, une main sur sa nuque.

Je me délecte du feu qui luit encore dans ses yeux.

— Tu as l'air de quelqu'un qui vient de faire l'amour, me murmure-t-il à l'oreille.

— C'est plutôt rassurant, puisque c'est ce qui vient de m'arriver.

Il se penche pour m'embrasser avec passion, et grogne en entendant l'interphone sonner.

— *Ethan, votre rendez-vous de 8 heures est arrivé.*

— Je dois y aller, dis-je en rectifiant sa cravate. J'ai un paquet de recherches à faire.

Ça me fait rire de voir qu'après cette partie de jambes en l'air échevelée, il a à peine la cravate de travers.

— Et moi, j'ai un planning de malade qui m'attend, confie-t-il en se retirant avant de jeter le préservatif.

Il prend tout de même le temps de rajuster ma jupe et d'essayer de lisser mes boucles rebelles.

Alors qu'il commence à se rhabiller, j'en profite pour ramasser mon sac, que j'ai laissé tomber quand il m'a accueillie avec la fougue que l'on sait. J'en tire une enveloppe remplie de petits cadeaux – dont la pièce de monnaie imprimée d'un panda que j'ai faite au zoo – et la dépose sur son bureau sans qu'il me voie.

Puis je l'embrasse sur la joue et file vers la porte. Mon corps tout entier semble illuminé de l'intérieur après ce deuxième orgasme – et mes sentiments pour lui ne font que se renforcer à chacune de nos rencontres.

— Bonne journée, lui dis-je en m'éloignant.

— C'est bien parti, réplique-t-il avec tendresse.

Ça me donne le sourire pour toute la matinée, malgré les manifestations haineuses de Rick.

Je l'ignore comme je l'ai fait toute la semaine dernière, et choisis de me concentrer sur mon travail. Je suis toujours affectée au dossier Trifecta. Bien que ça m'attriste que cette famille perde le fruit de son travail, je ne peux m'empêcher de penser aux hommes que j'ai rencontrés à l'hôpital militaire. Je me demande si les fameux brevets faciliteront la guérison d'Alejandro et des autres.

À 11 heures, un coursier m'apporte un paquet. Surprise : c'est le blender, mais cette fois-ci il contient un smoothie ananas-fraise.

J'ouvre le petit mot qui l'accompagne.

Maintenant qu'il a servi, on ne peut plus le renvoyer. Bon appétit !

C'est plus fort que moi : j'éclate de rire, jusqu'à en pleurer. Ça fait du bien.

Chapitre 25

Le mardi matin, je me réveille dans le lit d'Ethan. Il tente de me convaincre d'y passer la journée entière – avec lui, bien sûr – mais il est hors de question de me faire porter pâle dès ma deuxième semaine de stage.

— Tu as une mauvaise influence sur moi, lui dis-je en sortant de la douche.

Je viens de battre le record des ablutions les plus rapides du monde, et c'est une chance que j'habite tout près, car sinon je serais en retard. Je me suis levée à temps, mais… disons qu'Ethan est capable de me ralentir quand il le décide.

— Seulement parce que tu es une fille bien.

Il s'apprête à m'enlacer par-derrière, mais s'arrête en chemin.

— Ça va, tu sais. Je ne suis pas si fragile que ça.

— Tu n'es pas fragile du tout, proteste-t-il en m'embrassant le bout du nez. Mais je ne veux pas te mettre mal à l'aise.

— Ah bon ? Pourtant, cette passion du suçon est en train de prendre des proportions gênantes… Hier, les copains avec lesquels je déjeune les regardaient… et pour le coup, j'étais super mal à l'aise.

— Tu es à moi.

J'attends qu'il complète sa pensée, mais il se contente de me sourire avant d'entrer dans la douche. Je me demande ce qu'il a voulu dire. Je suis à lui, donc il aime marquer ma peau ? Ou bien, je suis à lui, donc il veut que tous les hommes le sachent ? Je ne suis pas certaine d'apprécier qu'il soit si possessif à mon égard, mais lorsqu'il se retourne sous le jet d'eau, je distingue les griffures que je lui ai infligées sur le dos la nuit dernière. Et je dois bien avouer que ça m'excite un peu. C'est la preuve physique qu'il est à moi, et rien qu'à moi.

Oui, je devrais lui lâcher les baskets avec ça, vu que je ne vaux pas plus cher que lui.

J'enfile mon legging et mon débardeur avant de passer la tête par la porte de la salle de bains. Ethan est toujours sous la douche.

— J'y vais. On est mardi ; c'est le jour de la réunion des stagiaires, et je ne veux surtout pas arriver une nouvelle fois en retard.

— Donne-moi une seconde et je te dépose, propose-t-il en se rinçant les cheveux.

— Non, non. Courir ne me fera pas de mal.

— Sois prudente.

— Il y a à peine plus d'un kilomètre ! dis-je en levant les yeux au ciel. Et on est à La Jolla. Je pense arriver chez moi en un seul morceau.

— Appelle-moi en cas de besoin, répond-il sans rire à ma plaisanterie.

— Ça ne sera pas le cas.

— Chloe…

Il semble plus sérieux qu'il ne l'a été depuis notre réveil, et j'ai du mal à me retenir de me moquer de lui. Mais je me maîtrise et lui envoie un baiser avant de filer. Vers mon appartement et le reste de ma vie, qui me paraît soudain bien loin… loin de là où je suis, et loin de là où je vais.

À 11 h 50, je reçois une note en provenance du bureau d'Ethan Frost.

Je peux t'inviter à déjeuner ?

Je devrais peut-être refuser. Il s'y prend à la dernière minute, et je ne voudrais pas qu'il pense que je suis à sa disposition en permanence. Mais d'un autre côté, je suis libre. Et j'ai envie de le voir. En outre, je déteste ce jeu auquel jouent certains couples, pour se rendre indispensables ou mystérieux. Je n'en veux pas dans ma relation avec Ethan.

J'accepte donc sa proposition par texto et attends qu'il me fixe un rendez-vous précis. Rien ne vient cependant, et je m'apprête à lui envoyer un deuxième message lorsque je m'aperçois que tout l'étage semble soudain vibrer d'excitation.

Je sors la tête de mon box juste au moment où Ethan entre dans l'allée qui mène vers moi. Il porte un magnifique costume noir sur mesure avec une chemise turquoise foncé qui fait ressortir ses yeux couleur d'océan.

L'observer marcher vers moi suffit à ce que mon cœur s'affole. Pas seulement à cause de son apparence, mais aussi à cause de la façon dont il me regarde. Comme si j'étais tout pour lui. J'éprouve la même chose. Il n'a fallu que quelques jours pour qu'il devienne tout mon univers…

Il s'arrête devant mon box.

— Hello, Chloe ! lance-t-il avec un sourire qui fait apparaître ses fossettes.

— Hello, Ethan. Tu n'avais pas besoin de venir jusqu'ici, j'aurais pu te retrouver devant ta voiture, dis-je en me penchant pour prendre mon sac à main dans mon tiroir.

— J'ai l'habitude d'aller chercher les demoiselles que j'invite en tête à tête.

Il ne parle pas très fort, mais ne fait pas non plus l'effort de baisser la voix. Sachant que la moitié de l'étage est en train de tendre l'oreille, je suppose que c'est la fin de mes espoirs de garder cette relation secrète.

Impression qui ne fait que se renforcer lorsqu'il me passe un bras autour des épaules pour m'entraîner vers l'ascenseur.

— Tu n'es pas très discret, tu sais, dis-je alors que nous traversons le parking en direction de sa voiture.

— Je n'avais pas compris que tu voulais que je le sois, répond-il en me dévisageant, sourcils froncés.

— Je me disais que, vu que je travaille pour toi, tu n'aurais peut-être pas envie…

— Techniquement, tu ne travailles pas pour moi. Tu travailles pour Maryanne. En plus, tu n'es pas payée, et la rémunération est ce qui définit l'emploi ; donc là encore on peut dire que tu ne travailles pas pour moi. Et pour finir, ton stage ne doit durer qu'un été. Tu retournes à la fac en septembre, et rien de tout ça n'aura d'importance.

— Je sais, je sais. Je n'ai juste pas envie de t'attirer des ennuis dans la boîte. Je veux dire, je ne voudrais pas que tu te sentes obligé de…

— Chloe, il n'y a rien de honteux entre nous. Je tiens à toi, je suis fier de sortir avec toi, et je ne vais pas me cacher. À Frost Industries, nous n'avons pas de règle sur les relations amoureuses au bureau. La seule chose interdite, c'est le harcèlement. Du moment que tu ne te sens pas harcelée…

— Non, bien sûr que non !

— Parfait. Moi non plus, je ne me sens pas harcelé.

— Je suis heureuse de l'apprendre, dis-je avec un geste agacé.

— Donc il n'y a pas de problème. Tu vois ?

— Oui, je vois.

Sauf que la tête de Rick quand nous sommes passés devant lui ne m'a pas échappée. Il n'était pas content, et les autres stagiaires non plus. Ça ne change rien à l'état de mes relations avec eux, mais quand même. Ça me gêne de savoir qu'ils parlent dans mon dos, et pas pour faire des compliments. Il faudra que je m'y fasse… mais ça va me prendre du temps.

Ethan m'emmène dans un bar à tapas et se montre tellement charmant que j'en oublie tout le reste. En plus d'être drôle et intelligent, il sait écouter, et bien qu'il ait sans doute des choses plus importantes en tête, il prend plaisir à m'entendre raconter les détails de ma matinée.

Il veut également m'inviter à dîner puis à passer la nuit chez lui, mais on est mardi. C'est notre soirée filles, à Tori et moi. Et même si elle a zappé la semaine dernière, je ne trouverais pas ça cool de la laisser tomber pour mon petit ami.

Ça ne semble pas déranger Ethan, bien qu'il me demande un rendez-vous pour le petit déjeuner, avant son départ en voyage d'affaires. Le fait qu'il doive s'absenter cinq jours me pousse presque à annuler ma soirée avec Tori, mais je décide de me tenir à mes bonnes résolutions. Je l'invite tout de même à me rejoindre en fin de soirée pour un petit bisou… ou plus si affinités.

Il accepte avec un sourire coquin qui ne me laisse aucun doute sur la nature de ses projets. Je brûle d'impatience.

Mercredi matin, je regarde Ethan s'éloigner dans la limousine qui doit le conduire à l'aéroport, et l'anxiété me tombe dessus. C'est idiot, je sais. C'est un homme d'affaires international, dirigeant l'une des meilleures boîtes du pays. Rien d'étonnant à ce qu'il doive voyager. Les voyages d'affaires, c'est son quotidien. Je ne devrais pas me mettre dans tous mes états parce qu'il va me manquer.

Pourtant, j'ai l'impression qu'il y a plus que ça. Un mauvais pressentiment me glace jusqu'au sang. Je me répète que c'est ridicule, qu'on n'a pas besoin de rester tout le temps collés l'un à l'autre, que ce serait malsain…

Bien décidée à me débarrasser de cet état d'âme négatif qui s'est emparé de moi, je ramasse ma sacoche pour me diriger vers mon bureau. En marchant, j'envoie un texto à Zayn et aux autres afin de leur demander si on se retrouve pour déjeuner à la cafétéria. Je ne suis pas encore arrivée dans mon box que j'ai déjà trois réponses positives. Ils sont tellement adorables que ça me fait sourire. Rick et les autres peuvent bien me détester, je me suis fait trois amis – tous super cool.

Une fois à mon bureau, je me plonge dans la montagne de travail que Maryanne m'a assignée pour cette semaine. Je pensais qu'avec le succès du dossier Trifecta, je serais moins surchargée, mais c'est tout le contraire. Il y a encore un million de questions qui doivent être traitées, des dizaines de précédents à consulter... Ça suffit largement à me distraire d'Ethan.

Ça fait une heure que je travaille d'arrache-pied lorsqu'une nouvelle livraison arrive pour moi. Cette fois, ce n'est pas un blender – Ethan a réussi à m'empêcher de le lui rendre. Il s'agit d'une boîte noire ornée d'un joli ruban argenté qui maintient le couvercle en place.

Rien n'indique ce qui peut se trouver dans la boîte, mais mon petit doigt me dit que je ferais mieux de l'ouvrir avec discrétion. J'ai raison : le paquet contient une dizaine de culottes de toutes les couleurs. Rouge, rose, bleu, violet, noir... leur seul point commun est d'être belles et chères.

Je trouve également un petit mot, de l'écriture décidée d'Ethan. « Je te dois bien ça. » Je m'empourpre en repensant à hier, quand il a déchiré ma culotte dans son bureau. Et une autre le soir, à l'appartement. À ce rythme-là, il va devoir me faire livrer des sous-vêtements deux fois par mois.

Loin de moi l'idée de me plaindre.

Je le remercie par texto, mais il ne me répond que plusieurs heures après, en se posant à New York.

J'adore la rouge.

À cette heure-là, j'ai eu le temps de les étudier, et je sais que la rouge est la plus sexy de toutes.

Peut-être que tu pourras la porter, dans ce cas. Et c'est moi qui te l'arracherai, pour changer.

On m'a toujours dit que le bleu était la couleur qui m'allait le mieux…

Lol. Tu as fait bon voyage ?

C'était long. Tu me manques.

Toi aussi, tu me manques.

Je dois y aller. Repas d'affaires.

Bisous.

Il est à peu près 23 heures lorsque mon téléphone sonne. J'ai décidé de profiter de l'absence d'Ethan pour rattraper des heures de sommeil ; du coup, c'est d'une voix somnolente que je réponds.

— Allô ?

— Je suis désolé, ma princesse. Je ne pensais pas que tu étais couchée, s'excuse Ethan de sa voix chaude et douce. Je te rappelle demain, d'accord ?

— Non ! Ne t'en fais pas. C'était comment, ton dîner ?

Je me roule en boule autour du téléphone, comme pour combler la distance. Quand on pense que ça fait si peu de temps que je l'ai rencontré, c'est fou qu'il me manque à ce point…

— Chiant comme la mort. Et le tien ?

— Très amusant, pour ne rien te cacher. J'ai commandé indien avec Tori, et on a regardé *Firefly* sur Netflix.

— J'adore cette série. Joss Whedon est un génie.

— Et comment !

Nous discutons encore quelques minutes de choses sans importance qui nous font rire tous les deux. Puis Ethan me souffle de me rendormir. Je proteste, mais je sais qu'il a raison. Je suis si fatiguée que je trébuche sur les mots.

— Tu m'appelles demain ? dis-je avant de raccrocher.

— Non, c'est ton tour. C'est toi qui m'appelles.

— Pas de problème.

Je souris. Chaque jour me montre davantage que nous sommes un couple, et que nous sommes égaux.

— Bonne nuit, Chloe.

— Bonne nuit, Ethan.

Jeudi, un nouveau paquet arrive, à l'appartement cette fois-ci. Tori répond à la porte et revient avec une boîte de chez le pâtissier, rose vif.

— Surprise. C'est pour toi.

— Je suis sûre que ça fait grossir.

— Exactement. On se demande ce que les mecs ont dans la tête. Ils veulent qu'on ait un corps de rêve, mais pour nous garder, ils ne font que nous engraisser.

— Tu crois qu'Ethan essaie de me garder ?

— Évidemment, répond-elle comme si j'étais idiote.

— Je croyais qu'il me faisait la cour. C'est ce que tu as dit, l'autre fois.

— De toute évidence, il t'a fait la cour jusqu'à ce que tu atterrisses dans son lit. Maintenant, il fait de son mieux pour que tu y restes. C'est ça que je veux dire.

— Me garder.

Je répète le mot pour voir si le son me plaît. C'est le cas.

— Oh, non, tu as encore ton sourire niais ! proteste Tori.

— Mon sourire n'est pas niais du tout.

— Si, totalement. Tu as l'air d'une princesse Disney.

Je lui tire la langue et lui prends la boîte des mains. Il n'y a pas de carte, rien qui indique l'expéditeur. Mais je sais que c'est lui, avant même d'avoir soulevé le couvercle et découvert les six fraisiers joliment disposés.

— Est-ce que je t'ai dit que je l'aimais vraiment bien, ce garçon ? demande Tori en trempant son doigt dans la crème pâtissière.

— Moi aussi, je l'aime bien, dis-je en passant la main sur la chaîne de taille que je n'ai pas enlevée depuis qu'il me l'a offerte. Moi aussi…

Merci pour les fraisiers.

De rien.

Tu as passé une bonne journée ?

Non. Tout prend plus de temps que prévu.

☹

Exactement. Et toi, qu'est-ce que tu as fait de beau ?

J'ai regardé des surfs sur Internet. Quand tu rentres, je voudrais que tu me donnes une autre leçon.

Ça me ferait très plaisir.

Alors c'est d'accord ?

C'est d'accord.

Vendredi passe sans nouvelle livraison. Non que j'en espère une, mais j'attends quand même, au cas où. Mais rien ne vient, et c'est très bien comme ça, car c'est mon tour. Ethan est passé à l'échelon supérieur, et il est temps que j'en fasse de même.

Comme je pense à lui, je lui envoie un texto à un feu rouge sur Prospect Street. Il ne répond pas tout de suite, mais je sais qu'il est occupé. Il est sans doute en réunion.

Plus tard le soir, je lui envoie un autre message. Rien d'important, juste le début d'une blague que j'ai entendue au boulot dans la journée. Je lui donnerai la chute quand il sera disponible. Sauf qu'au moment de me coucher, je n'ai toujours pas de nouvelles de lui. Ça me fait bizarre, mais je me dis qu'il doit jongler avec tout un tas de choses. Il appellera dès qu'il aura un moment.

Du coup, je prends soin de laisser mon téléphone sur la table de chevet lorsque j'éteins la lumière. On s'est parlé tous les soirs après ses réunions, quelle que soit l'heure. Je ne veux pas prendre le risque de rater son coup de fil.

Mais le téléphone ne sonne pas cette nuit-là.

Ni le lendemain matin.

Ni l'après-midi.

Et il n'a toujours pas répondu à mes textos.

Je commence à m'inquiéter. Et s'il lui était arrivé quelque chose ? Ce n'est pas comme si on était mariés ou quoi. Personne ne m'appellerait s'il était blessé, malade, ou…

— Tu es ridicule ! assène Tori. S'il arrivait quelque chose à Ethan, ça ferait les gros titres, et de toute évidence, ce n'est pas le cas. En plus, son dernier texto te donnait rendez-vous pour aller surfer. Il est sans doute occupé, c'est tout.

— Je sais, je sais…

Et c'est vrai, que je sais. C'est un homme occupé, toujours en train de traiter plusieurs affaires en même temps. Et puis, je ne suis pas du genre pot de colle. Ça n'a jamais été le cas, et je ne vais pas m'y mettre maintenant. Il m'appellera quand il aura une minute. Il n'y manque jamais.

Mais dimanche se passe sans que j'aie de nouvelles de lui. Avant son départ, il m'a dit qu'il devait rentrer vers 15 heures et qu'il passerait me chercher vers 17 heures pour dîner tôt. Donc même en l'absence d'appel, de texto ou de mail (j'ai vérifié), je m'habille pour sortir. Il aurait sans doute appelé, s'il voulait décommander…

Oui, mais… il ne vient pas. Peut-être que je devrais m'énerver, mais à ce moment-là, je suis bien trop angoissée pour me mettre en colère. Quelque chose ne va pas, j'en suis certaine. Ethan ne se comporterait jamais comme ça. Il ne m'a jamais rejetée sans explication. Il ne s'est jamais montré froid ou distant.

En outre, ça n'a aucun sens. Comme l'a dit Tori, la dernière chose qu'il a faite, c'est de me donner rendez-vous pour une leçon de surf. À moins qu'il n'en ait pas eu envie, et que ce soit moi qui l'aie poussé à le faire… C'est peut-être ça. Peut-être que j'ai été trop insistante…

Non. Je ne vais pas commencer. Hors de question de passer la nuit à me faire des films pour savoir ce qui se trame dans sa tête. Il est 19 h 30 – deux heures et demie plus tard que l'heure à laquelle il était censé venir me chercher. Quatre heures et demie après son atterrissage.

S'il est bien rentré aujourd'hui, il a eu le temps de quitter l'aéroport et de regagner sa maison.

Je vais donc y aller. D'une manière ou d'une autre, je saurai ce qui se passe. Même si ça doit me briser le cœur.

Chapitre 26

En m'approchant de la grille, je vois que la lumière est allumée dans la cuisine d'Ethan. Je connais le code depuis que j'ai dormi ici, et je ne m'embête pas à appuyer sur l'interphone pour le prévenir. Je compose les cinq numéros et attends que la grille s'ouvre.

Arrivée en haut de l'allée, j'ai le cœur qui bat comme un métronome réglé au maximum. J'ai mal au ventre, à la poitrine et je tremble tellement que j'ai du mal à ouvrir ma portière. Ça va être affreux. J'en ai la certitude. J'ai beau me répéter qu'il a juste oublié notre dîner, je sais bien qu'il n'en est rien. Ethan Frost n'est pas du genre à oublier quoi que ce soit.

En me dirigeant à pied vers le bâtiment, je m'aperçois que plusieurs lampes sont allumées au rez-de-chaussée. Pas de doute, il est là. Cette information me fait me sentir encore plus mal. Pas aussi mal que s'il était en charmante compagnie, mais quand même. Je préfère ne pas songer à cette possibilité.

Je sonne à la porte et attends un délai raisonnable pour qu'il vienne ouvrir. Comme il n'en fait rien, j'appuie à nouveau sur le bouton. Puis une troisième fois. Ensuite, je me mets à cogner sur le battant.

— Ethan ! C'est moi. Ouvre la porte. S'il te plaît, Ethan. Ouvre la porte…

J'ai l'impression d'être une psychopathe, debout sur le seuil, une folle incapable de comprendre qu'il ne veut plus d'elle. Mais merde, c'est injuste. C'est lui qui m'a couru après. Lui qui m'a poussée à tomber amoureuse. C'est lui qui est responsable de tout ça. Et s'il veut arrêter maintenant, d'accord. Mais il n'a pas le droit de refuser de me parler. Il va falloir qu'il me dise en face qu'il n'est plus intéressé. Je suis encore couverte de ses suçons, mince ! Je mérite sans doute un peu de considération…

Je continue donc à marteler le battant, bien décidée à ne m'arrêter que lorsqu'il répondra. Je veux au moins avoir la certitude qu'il va bien. Qu'il veut juste rompre avec moi, mais que rien de grave ne lui est arrivé.

Après ce qui me semble une éternité, mais qui ne dure sans doute pas plus de quatre ou cinq minutes, j'entends le verrou tourner, et la porte s'écarte pour révéler un Ethan contusionné et sanglant.

— Seigneur ! Qu'est-ce qui t'est arrivé ?

Toutes mes inquiétudes sentimentales sont balayées par mes craintes pour son état.

— Ethan, est-ce que ça va ?

— Oui.

— Ça n'a pas l'air…

Je le bouscule pour quitter le pas de la porte plongé dans l'obscurité et entrer dans le hall, où le lustre est allumé. Et je manque d'avoir une crise cardiaque. Il est un million de fois plus amoché à la lumière.

Il a un coquard à l'œil gauche, et la pommette entaillée et enflée juste en dessous. Il a un bleu sur la mâchoire, la lèvre fendue et de longues estafilades sur le cou, comme si quelqu'un l'avait griffé de toutes ses forces. Le sang a l'air encore frais.

— Mon amour, il faut que tu ailles aux urgences, te faire examiner. Tu as peut-être des lésions internes…

— Non, ça va.

— Tu as appelé la police ? Tu t'es fait agresser ? Ça s'est passé où ?

— À Las Vegas, répond-il d'une voix totalement neutre qui ne me laisse rien entrevoir.

— Las Vegas ? Je croyais que tu étais à New York !

— J'y étais, mais j'ai pris un vol ce matin pour voir quelqu'un à Las Vegas.

— Et c'est lui qui t'a fait ça ? Tu as appelé la police là-bas, au moins ?

Ethan me regarde avec un air de mâle vexé.

— Ça ne m'a pas semblé une bonne idée. Il est dans un état bien pire que le mien.

Je le dévisage, incrédule, alors que la vérité commence à se faire jour dans mon esprit.

— C'était une bagarre, pas une agression ?

Il ne répond pas. Et comme qui ne dit mot consent…

— Ethan ! Où avais-tu la tête ?

— Tu ferais mieux de partir…

— Partir ? Il faut que quelqu'un reste avec toi, au cas où. Tu as mal quelque part, en dehors de la figure ?

Je tends le bras pour soulever sa chemise et regarder ses côtes, mais il se dégage si vite que ma main se referme dans le vide.

— Tout va bien. Va-t'en, Chloe.

Il se détourne et s'enfonce dans la maison, me laissant le soin de quitter les lieux. Comme si j'allais obéir.

Ne sachant que faire d'autre, je lui emboîte le pas dans le couloir qui va vers la cuisine.

— Écoute, Ethan, si tu veux que je parte, je vais partir. Je veux juste m'assurer que tu vas bien, avant.

— Je vais bien. Et *oui*, je veux que tu partes.

— D'accord.

À l'intérieur, je suis en pleine panique. Mais je parviens à garder mon calme et à ouvrir le congélateur, à la recherche d'un sac de petits pois.

— Tiens. Tu devrais mettre ça sur ton œil et ta joue. Ça fera désenfler. Comme ça, tu pourras peut-être ouvrir ton œil demain matin.

Il ne prend pas le sac que je lui tends, alors je le pose sur le plan de travail, à côté de lui.

— Je passerai te voir demain matin, dis-je.

— Non.

L'angoisse qui ne m'a pas quittée de la journée se change en un étau glacé.

— Quoi ?

— Je ne veux pas que tu reviennes demain matin. Je ne veux plus que tu viennes ici.

Je reste muette de stupeur un long moment avant de retrouver ma voix.

— Sans blague ? C'est comme ça que tu veux me la jouer ?

— On dirait, répond-il avec un haussement d'épaules.

— Ça ne marche pas. Si tu veux que je m'en aille, tu vas devoir me donner une explication. Qu'est-ce qui se passe ?

Il pose sur moi un regard froid, tellement différent de la façon qu'il a habituellement de me regarder que j'ai presque du mal à croire que c'est lui. Que cet inconnu est le même homme qui me serrait si tendrement il y a quelques jours à peine.

— Tu veux vraiment que je te dise, Chloe ?

— Oui, Ethan, vraiment. Parce que de toute évidence, j'ai loupé un épisode.

Je sais qu'il voudrait que je laisse tomber, que je parte. Mais je ne le ferai pas. Je sais comment je me sens entre ses bras. Dans son lit. Un homme ne fait pas tout ce qu'il a fait avec moi, pour moi, pour ensuite s'en aller sans explication. À moins d'être un vrai connard, ce qui n'est pas le cas d'Ethan.

Ethan n'est pas un connard.

Mais le doute m'assaille déjà. Il semble si distant, si inaccessible et si fermé que je me sens vulnérable. Mise à nu. Sur le point d'être totalement humiliée…

Seigneur, je t'en prie. Fais que je ne vienne pas de commettre une nouvelle erreur. Je crois que je ne le supporterais pas…

Mais Dieu ne m'écoute pas, et Ethan non plus. Ou si c'est le cas, il n'aime pas ce que je lui dis. Il se passe une main dans les cheveux et commence à se détourner.

Comme s'il en avait fini avec cette conversation – et avec moi.

Je ne vais pas me laisser faire. Je soutiens son regard, refusant de le laisser s'éloigner. S'il veut me briser le cœur, il devra le faire en face. Il me doit bien ça.

Le silence s'étire, froid, solitaire et vide, mais je dois bien rendre justice à Ethan. Une fois que j'ai réussi à attirer son attention, il ne baisse pas les yeux. Il n'essaie pas de faire comme si je n'étais pas debout devant lui, la poitrine ouverte et le cœur saignant. Ethan a peut-être de nombreux défauts, mais il n'est pas lâche.

—Parfait, dit-il. Cette histoire entre nous ne va pas marcher. C'était marrant. Tu es une fille super, mais je pense qu'on devrait…

—C'était *marrant* ? Que je te donne mon cœur, c'était *marrant* ? Que je te raconte comment j'ai été violée ? Comment je me le reproche encore aujourd'hui ? Tu as trouvé ça *marrant* ? Vraiment ?

—Ce n'est pas ce que je voulais dire.

Il a l'air écœuré, mais je ne me laisse pas avoir. Pas maintenant, et plus jamais.

—Ah bon ? Et qu'est-ce que tu voulais dire, dans ce cas-là ? Parce que moi, j'ai l'impression que tu m'as laissée tomber en miettes juste pour t'amuser.

—Non, c'est faux.

Je sens à nouveau les larmes me monter aux yeux, et ça me met encore plus en colère contre lui. Et contre moi.

—Alors dis-moi pourquoi.

—Ça n'a rien à voir avec toi, Chloe. C'est moi.

—Je t'emmerde. Trouve une meilleure excuse !

Il a les mâchoires serrées, les poings tellement crispés que ses articulations blanchissent, malgré les bleus et les coupures de ses mains. Pendant une seconde, il ressemble à l'homme que je croyais connaître.

— C'est moi, Chloe. Je t'assure. Ça ne te concerne pas.

— Sauf que si, ça me concerne. Tu peux essayer d'apaiser ta culpabilité en te racontant le contraire, mais c'est faux. C'est juste un gros mensonge. Parce que c'est moi qui ai le cœur brisé, là. C'est moi qui ai été assez bête pour me livrer à toi. Pour te faire confiance. Pour tomber amoureuse de toi, alors que je savais très bien qu'il ne le fallait pas. Et maintenant, c'est moi qui vais souffrir.

Je suis en pleurs à présent, et d'autant plus furieuse. Je m'essuie les joues avec la main, en colère de ne pas mieux me maîtriser. Déçue qu'il me voie m'effondrer alors que je voudrais être forte.

— Dis-moi pourquoi tu m'as fait ça. Tu m'as trouvée trop sûre de moi, ce jour-là à la cafétéria ? Ou peut-être que je n'ai pas été polie ? C'est parce que je n'ai pas aimé ton putain de smoothie aux myrtilles ?

— Chloe, ma chérie… Tu dis n'importe quoi.

Il a les yeux humides, et la voix presque aussi triste que la mienne. Mais bon, il doit avoir mal, avec tous ces bleus.

— Ne m'appelle pas « ma chérie » ! Comment oses-tu me dire que je raconte n'importe quoi ? Tout allait bien avant que tu entres dans ma vie. Avant que tu viennes me charmer avec tes putains de fraises et ton foutu blender et tous tes petits cadeaux à la con. J'allais parfaitement bien ! Et maintenant, ce n'est plus le cas. Je suis à nouveau en morceaux. Et je te déteste !

J'éclate en sanglots, et je m'en veux. Ça me fait enrager d'être dans un tel état, d'être là comme une pauvre folle. Surtout devant lui. Je voudrais être calme, posée, mais j'ai trop mal.

Merde ! Je suis complètement démolie. Ce n'est pas une blague cette fois, ce n'est pas une image. C'est vraiment vrai. Il y a trop de pièces manquantes, trop de morceaux cassés, trop de fragments de moi que j'ai bêtement donnés pour pouvoir espérer me reconstruire un jour. Redevenir celle que j'étais. Cette pensée me fait du mal.

— Non, Chloe, non. Tu n'es pas démolie. Tu ne comprends pas ? C'est moi qui suis démoli…

Il s'approche de moi, les mains tendues, mais je recule. Je serre mes bras autour de ma poitrine dans un pitoyable effort pour me protéger. S'il me touche, c'est fini. Le peu de dignité qui me reste s'écroulera.

Je serre les mains sur mes flancs pour me ramener dans l'instant présent. Mes doigts glissent sous mon pull et je la sens. La chaîne qu'il m'a donnée pour nous lier l'un à l'autre. Pour me montrer que notre histoire était vraie. Qu'il ne se moquait pas de moi. Que je lui appartenais.

J'ai l'estomac qui se soulève, et pendant un instant, je crains de vomir sur le sol étincelant de la cuisine d'Ethan.

Je sens la panique monter. Une vraie panique, et tout ce que j'arrive à penser, c'est que je veux enlever ce bijou.

Son contact me fait horreur.

Je ne veux plus le toucher.

Plus maintenant, alors que tout ce qu'il m'a dit – tout ce qu'il m'a fait – n'était que mensonge.

Désespérée, blessée, mais déterminée, je remonte ma chemise sur mon ventre. Me débats contre le fermoir. Mais je suis trop paniquée, trop brisée, et je n'arrive pas à l'ouvrir. Il ne cède pas.

— Chloe, non.

À présent, Ethan aussi a une voix paniquée, mais je n'y prête pas attention. Je ne l'écoute pas, je ne l'écouterai plus jamais.

— Chloe… non !

Au bord de l'hystérie, je tire de toutes mes forces sur la chaîne. Si fort que je la sens m'entrer dans la peau, et que le sang se met à couler dans mon dos. Mais je continue à tirer. De plus en plus fort…

Le fermoir finit par se casser et la chaîne tombe dans ma main. Je la contemple quelques secondes, les diamants étincelant sous les lampes de la cuisine. Les gouttes de sang brillent aussi sur les maillons.

Ethan se tient maintenant tout près de moi, son visage à quelques centimètres du mien. Je panique. Je ne peux pas le laisser me toucher, pas après ce qui s'est passé. Sinon, je n'irai plus jamais bien.

Je tends le bras, ouvre les doigts, et laisse la chaîne tomber par terre entre nous.

Puis je prends mes jambes à mon cou.

Chapitre 27

Il me rattrape avant même que j'arrive à la porte d'entrée. Je me débats et le griffe dans mon envie désespérée de m'enfuir. Il marmonne un juron, me détourne de lui et passe son bras autour de ma taille. Puis il m'attire contre lui, dans mon dos.

— Lâche-moi !

Je hurle à travers mes larmes, incapable de faire une phrase cohérente. Ethan ne m'écoute pas.

— Chloe, laisse-moi t'expliquer.

— J'en ai assez entendu. Tu voulais que je parte, merde ! Alors laisse-moi partir.

— Pas tout de suite. Prends ça, répond-il en tentant de déposer la chaîne dans ma main.

— Je n'en veux pas, dis-je en refusant d'ouvrir les doigts. Je ne veux jamais la revoir… ni toi non plus.

— S'il te plaît, Chloe. Je sais que je ne suis pas en droit de te demander quoi que ce soit, mais s'il te plaît. Prends-la.

Il me desserre les doigts de force et pose le bijou sur ma paume avant de refermer ma main dessus.

— Je suis désolé, ma chérie, souffle-t-il en m'embrassant sur la tempe. Je suis désolé de t'avoir fait ça.

Je ne réponds pas. J'en suis incapable. Le fait qu'il se montre soudain tendre et doux ne fait que rendre les choses un million de fois plus difficiles. Je suis encore plus déroutée et en colère.

Je n'en peux plus. Je lève le bras et lance la chaîne aussi loin que je peux. Elle va s'écraser contre le mur et tombe sur le sol.

— Bordel de merde, gronde Ethan dans mon oreille en m'enfermant dans l'étau de ses bras.

Je prends enfin conscience qu'il est dans le même état que moi, démoli, hors de contrôle. Pour la première fois, une once de peur vient se mêler à ma douleur.

Je sais qu'Ethan ne voudrait jamais me faire du mal physiquement, mais si on m'avait posé la question hier, je n'aurais jamais dit qu'il me traiterait comme ça aujourd'hui. Qu'il me larguerait d'une manière aussi brutale, comme si je n'étais rien.

Et pourtant, nous en sommes là. Notre relation est en miettes à nos pieds, et il ne reste que la douleur, la fureur et la passion. Cette maudite passion… Déjà, je sens mon corps répondre, tellement connecté au sien que je suis excitée alors même que j'ai la tête pleine de souvenirs qui se rebellent contre la position dans laquelle il me tient.

Je ne suis pas la seule à être la proie du désir. Il halète dans mon oreille, et je sens sa queue dure dans le bas de mon dos. Tremblant, il semble brûler de l'intérieur, tellement excité que l'air vibre autour de nous.

— Lâche-moi !

Je me débats. Si je ne pars pas maintenant, je n'aurai sans doute pas la force de le faire plus tard. Et je ne peux pas rester, pas après tout ce qui a été dit…

— Tu ne vois pas que je n'y arrive pas ? s'écrie-t-il d'une voix aussi torturée que la mienne. C'est ce que j'essaie de faire. Maintenant, il est trop tard…

Il me pousse contre la porte d'une main et baisse mon legging de l'autre.

— Qu'est-ce que tu fais ? dis-je alors que mon pantalon et ma culotte atterrissent sur le sol.

Je suis en enfer, à la fois excitée et terrifiée.

— À ton avis ? rétorque-t-il d'une voix grondante qui ne ressemble pas à l'homme que je connais.

Que j'aime, encore maintenant.

Collé contre mon dos, il ouvre sa braguette d'une main affolée. D'abord le bouton, puis la fermeture éclair.

Pendant quelques secondes, je suis aveuglée par la terreur.

Ce n'est pas possible. Seigneur, fais que ça ne m'arrive pas encore une fois. Pas maintenant. Pas avec Ethan. Pas alors que je me croyais enfin en sécurité.

Je me mets à lui griffer les bras.

Il jure et me colle encore plus fort contre la porte.

— Ethan, je t'en prie…

Je ne sais pas moi-même ce que je veux lui demander – d'arrêter, ou de continuer – et je ne pense pas qu'il en ait la moindre idée non plus.

Nous sommes au bord d'un précipice, et le moindre faux mouvement nous fera tomber – avec notre relation brisée – dans un abîme d'oubli.

Je suis pétrifiée de chagrin. Je ne sais ni que faire ni que dire. Je me répète en boucle :

Vas-y, salaud. Vas-y.

C'est enfin le moment de le voir tel qu'il est, de savoir de quoi il est capable. Et ce que je peux supporter.

Peut-être que nous avons avancé vers ce dénouement depuis le début, peut-être que non. C'est maintenant que nous allons le savoir, ce soir. Il me le doit, et je le lui dois.

À ce moment-là, il se presse encore davantage contre moi. Sa queue est si dure que ça me fait mal qu'il la cogne comme ça sur mon dos. Je me prépare au pire, consciente que je risque de perdre à jamais ce qui me reste de santé mentale.

Mais au lieu de ça, c'est Ethan que je reçois.

Parce que, malgré tous ses tourments, malgré sa détresse, il reste mon Ethan. Tendre et doux. Et quand il me touche, c'est la seule chose qui compte. À jamais.

Cette pensée me déchire encore plus, mais je ne recule pas. Je ne peux pas. Je suis sous son emprise, attirée par la passion et la puissance de cette connexion qui refuse de se rompre.

Mais il bouge, et je me raidis en sentant ses mains sur mes épaules.

Je gémis quand il m'embrasse dans le cou, frissonne lorsqu'il me mordille derrière l'oreille.

Je ne peux pas m'en empêcher. C'est une addiction que je ne parviens pas à vaincre. Et je suis terrifiée à l'idée qu'elle me hante toute ma vie.

Il rit doucement avant de me lécher le cou vers l'épaule. Puis il me donne un coup de dent.

Mon corps s'embrase comme le ciel un 4 juillet, ma peur mêlée à sa rage, mon désir au sien. Et je sais – avec une certitude absolue – que je n'ai plus de raison de lutter. Parce que c'est Ethan. Il a beau m'avoir brisé le cœur, il me tient toujours comme si rien au monde n'était plus précieux que moi. Je ne sais pas ce que ça signifie, mais en cet instant ça m'est bien égal.

— Ethan… s'il te plaît…

Cette fois, il sait ce que je lui demande. Et moi aussi.

D'une main, il me cambre le dos, les fesses appuyées contre lui tandis que de l'autre, il me caresse les seins.

Je gémis lorsqu'il me presse un téton entre le pouce et l'index, et plus encore lorsqu'il fait glisser son sexe entre les replis humides du mien.

— J'ai besoin de toi, me murmure-t-il à l'oreille. J'ai essayé de te lâcher. De te faire partir. Mais je ne peux pas. Chloe, ma chérie, je ne peux pas…

Je suis complètement désorientée. Excitée au plus haut point. Et ses paroles ne font qu'empirer la situation.

— Ethan… je ne peux pas…

— Si, tu peux.

Il m'embrasse l'épaule et la nuque avant de me lécher la colonne vertébrale lentement – si lentement…

Et pendant tout ce temps, il ne cesse de parler, de me murmurer des trucs cochons sans queue ni tête qui m'excitent encore plus, me font brûler de désir… Je voudrais me retourner, le prendre dans mes bras et le supplier de me baiser tout de suite, contre la porte, mais c'est Ethan qui a le contrôle, et de toute évidence, il sait ce qu'il veut, ce dont il a besoin.

Tout ce que je veux pour ma part, c'est le sentir en moi une dernière fois. Il m'a à peine touchée et je suis déjà prête à jouir. Mais je ne veux pas que ça vienne si vite. Je ne veux pas jouir avant lui. Pas si c'est notre dernière fois.

— Vas-y, Ethan, dis-je d'une voix si rauque que je la reconnais à peine.

Il se contente de me mordre à nouveau, dans le dos, si fort que je vais avoir un bleu. Je crie d'une voix aiguë, un cri primal venu du plus profond de moi. Ça semble plaire à Ethan, qui recommence aussitôt. À plusieurs reprises. Puis il fait glisser sa main sur mon ventre, mon pubis, et enfin, enfin, vers mon sexe brûlant de désir.

En temps normal, il fait preuve de douceur, de tendresse et d'attention, mais cette fois il ne peut pas plus que moi résister au désir. Je le sens dans sa queue dure comme de la pierre, dans les frissons qui lui parcourent le corps, dans la façon brutale dont il introduit trois doigts en moi.

Sans autre signe avant-coureur, je sens déferler en moi un orgasme si intense, si explosif que je ne sais plus qui je suis. J'oublie tout – la douleur, la peur, la rage, l'anéantissement – pour n'être plus qu'un tourbillon de sensations.

Sans attendre que les spasmes se soient calmés, Ethan s'agenouille derrière moi. Il m'attrape les cuisses pour les écarter. Je suis entièrement offerte, ne tenant debout que grâce au mur qui me soutient d'un côté et Ethan de l'autre.

Les ondes de volupté se répercutent toujours en moi, et je suis complètement déboussolée. Vulnérable. Et blessée – la douleur est toujours là. Mais avant qu'aucun de ces sentiments ait pu s'installer vraiment en moi, Ethan me hisse sur les orteils et plonge sa langue en moi.

Je crie, m'agrippe au mur, tente de me raccrocher aux derniers morceaux de mon âme qui m'appartiennent encore. Mais Ethan ne me laisse pas faire. Pas cette fois.

Il veut tout, jusqu'au plus petit fragment de moi qui me reste, et il n'a aucune pudeur à en prendre possession. À prendre possession de moi.

Sa langue est partout – autour de mon clitoris, le long de mes lèvres, et en moi.

Ses doigts aussi me parcourent sans relâche, passant des tétons au clitoris, glissant sur le creux des genoux ou des coudes, et me pinçant les cuisses pour me maintenir dans le présent par de petites doses de douleur.

Ethan m'enveloppe totalement, il est à la fois derrière moi, à côté de moi et si profondément en moi qu'il ne me quittera plus jamais.

Plus jamais après ce soir.

Le plaisir monte à nouveau en moi, me donnant l'impression de planer de plus en plus haut jusqu'à ce que je sois incapable de penser, de respirer, de faire autre chose que sentir. Je suis submergée. Soumise au charme d'Ethan. Et c'est ce qu'il veut.

D'un dernier mouvement de langue, il me plonge à nouveau dans l'extase. Une fois, deux fois, trois fois, sans s'arrêter.

Le temps n'existe plus, rien n'existe plus sauf Ethan et moi, et la passion qui nous dévore.

Je m'accroche au mur, les doigts cherchant une prise, alors que tout mon corps est secoué de tremblements. J'ai l'impression d'être sur le point de voler en éclats, mais je ne veux pas que ça cesse pour autant. Je ne veux pas que ce soit fini. Pas avant d'avoir senti Ethan en moi une dernière fois.

— Vas-y, dis-je d'une voix étranglée. Ça suffit, maintenant ; fais-le.

Ethan ne tient pas compte de ma demande. Il enfonce la langue plus profondément en moi, et introduit en même temps le pouce dans mon anus d'un geste décidé.

J'ai les jambes qui flageolent alors qu'un nouvel orgasme s'empare de moi. Cette fois, même le mur ne peut m'empêcher de tomber. Je glisse, mais Ethan me rattrape comme il le fait toujours. Il me maintient en place. Et me procure encore un orgasme.

À présent, je pleure, des larmes de plaisir et de douleur ruisselant sur mes joues alors que les sanglots secouent mon corps entier. C'est trop. Je n'en peux plus.

Ethan le sait – il devine toujours. Il se relève aussitôt et me tourne face à lui. À travers mes larmes, je distingue dans ses yeux couleur océan la même extase et la même souffrance que je ressens.

— Je suis désolé, souffle-t-il en m'embrassant le front, les joues, et les lèvres. Je suis désolé…

— Fais-le, dis-je d'une voix étranglée. S'il te plaît. Je n'en peux plus…

Il prend ma bouche dans un baiser si chargé d'émotion – de douleur, de plaisir, et de tous les intermédiaires entre les deux – que je ne peux rien faire d'autre que de m'ouvrir à lui pour recevoir tout ce qu'il veut me donner.

Il me soulève, si puissant qu'il n'a même pas besoin du mur pour me soutenir.

— Enlace-moi avec tes jambes et tes bras, gronde-t-il dans mon oreille.

D'un coup de rein puissant, il entre alors en moi.

— Oh, Seigneur. Ma chérie… Oh…

Il enfouit le visage dans mon cou, et malgré le plaisir qui m'envahit, je remarque que ses joues sont mouillées de larmes.

— Ethan…

Je plonge les doigts dans ses cheveux et essaie de lui relever la tête pour regarder ses yeux. Mais il refuse. Il est secoué de tremblements et de frissons, tellement qu'il finit par être obligé de m'appuyer à nouveau contre le mur pour ne pas tomber.

Il m'embrasse et me lèche le cou, et des étincelles de plaisir me parcourent le dos. Pourtant, il tremble toujours et ses larmes n'ont pas cessé de couler.

C'est plus fort que moi. Détruite comme je le suis pourtant, je ne supporte pas de le voir comme ça. Ça me fait trop mal. Je resserre mon étreinte sur lui.

— Je t'aime, lui dis-je à l'oreille.

Par ces mots, je lui donne le dernier fragment de moi-même qui m'appartenait encore. Je ne peux m'en empêcher, et ne veux d'ailleurs pas le faire, même en sachant qu'il pourrait très bien me les renvoyer à la figure avant le matin.

— Ethan Frost, je t'aime et t'aimerai jusqu'à ma mort.

— Chloe !

Il prend mon visage entre ses mains et pose sa bouche sur la mienne comme si son salut en dépendait. Quelques secondes plus tard, je le sens jouir et je le serre de toutes mes forces alors que son essence même semble jaillir de lui pour se répandre en moi.

Chapitre 28

Je ne sais pas combien de temps nous restons debout ainsi, Ethan toujours en moi. Et ça m'est égal. Tout ce qui compte, c'est qu'il m'appartient. Pendant une poignée de minutes tremblantes, Ethan n'est qu'à moi. Même la certitude que dans quelques instants, il renoncera définitivement à notre relation ne parvient pas à ternir la beauté de ce moment. Car pour la première fois, Ethan est aussi vulnérable et ouvert que je le suis…

Il m'embrasse toujours, de sa bouche brûlante, exigeante, vorace même. Je lui rends ses baisers, à l'infini. Jusqu'à ce que j'en aie les lèvres en feu et que mes larmes se soient enfin taries. Puis je recommence.

— Je ne le pensais pas, avoue-t-il en s'écartant de quelques millimètres pour me voir. Je n'en pensais pas un mot.

Son souffle me brûle le visage, son corps tonique toujours appuyé contre moi. Et enfoui en moi. Mais je ne sais que répondre. Ni que sentir, ou faire. Son indifférence de tout à l'heure est toujours comme une plaie ouverte en moi.

— Chérie, je te jure. Je n'ai jamais voulu te faire de mal.

Je secoue la tête et détourne les yeux. J'essaie de ne pas l'entendre. De ne pas écouter les mots qui sortent de sa bouche. Il dit exactement ce que j'aurais souhaité il y a vingt minutes, ou trente. Mais plus maintenant.

À présent, il est trop tard.

J'ai l'impression d'avoir été ouverte en deux, ma douleur, ma peur et mes désirs offerts, palpitants, à tous les regards.

Je suis déjà démolie.

J'ai dû parler à voix haute sans m'en rendre compte, car il me répond.

— Non, ce n'est pas trop tard. Il est encore temps, Chloe.

Il m'embrasse la joue, la tempe, le côté du cou. Je remarque soudain que sa lèvre blessée est rêche sur ma peau.

— Je suis désolé. Je suis tellement désolé…

Il ne pleure plus à présent, et je ne bouge pas, ne parle pas. C'est tout juste si je respire. J'ai l'impression que mon corps tout entier est pris dans la glace, et pour la première fois, j'accueille le froid avec soulagement. Parce que je ne veux pas ressentir ça. Je ne veux rien éprouver. Mais il est toujours en moi, et alors qu'il tremble contre moi, il m'est impossible de ne rien sentir. Impossible de ne pas l'aimer.

Pourtant, on ne peut pas continuer comme ça.

— Lâche-moi, Ethan.

— J'ai essayé. Crois-moi, j'ai essayé de te lâcher. Mais je ne peux pas. J'ai trop besoin de toi.

Frissonnant, il cache son visage dans mon cou. Égoïstement, j'aimerais le repousser, le rejeter comme il m'a rejetée, mais j'en suis incapable. Je ne peux lui fermer mon cœur, pas plus que je ne peux empêcher mon corps de le désirer. Que ce soit une bonne ou une mauvaise chose, je suis à lui. Et – je le comprends enfin à la façon désespérée qu'il a de me tenir contre lui – il est à moi, aussi.

Le silence s'étire, interminable. Mais je finis par craquer et lui poser la question.

— Dis-moi pourquoi. Si tu veux que je reste, il faut que tu m'expliques pourquoi tu m'as fait ça. Pourquoi tu as essayé de nous arracher l'un à l'autre si brutalement.

Il se raidit contre moi, s'écarte. Me repose doucement par terre. Mes jambes ont du mal à me porter, mais Ethan me tient. Il ne me lâche que lorsque j'ai retrouvé mon équilibre.

En attendant sa réponse, je me penche pour ramasser ma culotte et mon legging. Je m'apprête à les enfiler lorsque je m'aperçois que je suis trempée. Ethan n'a pas mis de préservatif.

Je reste muette de stupeur un long moment. Mais avant même d'avoir pu envisager les conséquences, Ethan me prend par la main et m'entraîne dans la salle de bains la plus proche.

— Je n'ai pas réfléchi, avoue-t-il.

— Moi non plus…

— Est-ce que… ?

— Non, tout va bien, dis-je après un rapide calcul. Ne t'en fais pas.

Il acquiesce en silence et passe un gant sous le robinet pour me nettoyer avec tendresse avant de m'aider à me rhabiller. Quand enfin je suis protégée par mes vêtements comme par une armure, il répond à ma question.

— Je voulais te sauver.

— Me sauver ? Dis plutôt la vérité. C'est toi que tu essayais de sauver.

— C'est trop tard pour ça. Depuis des années.

— Je n'en crois pas un mot. Tout le monde sait que tu es quelqu'un de super. Tout le monde t'adore.

— Parce que personne ne me connaît vraiment, répond-il en secouant la tête.

— Moi, je te connais.

— Non. Si c'était le cas, tu partirais en courant, et tu ne reviendrais jamais.

— J'ai essayé. C'est toi qui m'as empêchée de le faire.

Il ferme les yeux et baisse la tête comme écrasé.

— Tu ne comprends pas ? Je finirai par te détruire, Chloe…

— C'est déjà le cas, dis-je en lui montrant mon visage taché de larmes, et mes mains qui ne s'arrêtent toujours pas de trembler.

— Ne dis pas ça. Ne le pense même pas ! réplique-t-il en se massant la nuque.

Je le regarde longuement, sans savoir quoi faire. J'essaie de retrouver ma colère, afin de réussir à ne pas l'écouter et à claquer la porte. Mais je suis encore faible après avoir fait l'amour et l'avoir vu pleurer. Rien ne vient, rien d'autre que la douloureuse compassion qui renforce la conscience que je l'aime encore. Et que je l'aimerai toujours.

— Il faut que tu prennes les petits pois.

— Quoi ? demande-t-il sans comprendre.

— Ton visage enfle à vue d'œil. Il faut que tu poses le sac de petits pois sur ton œil et ta joue.

— Tu crois que j'en ai quelque chose à foutre, de ma tête, en ce moment ?

— Je n'ai pas la moindre idée de ce que tu penses, Ethan. C'est tout le problème.

Je me lève pour me diriger vers la cuisine.

Cette fois, il me suit – après avoir ramassé la chaîne de taille cassée sur le sol de l'entrée.

Deux minutes plus tard, il est installé à la table de la cuisine, le sac de petits pois surgelés sur la figure. Je suis de l'autre côté de la pièce, les bras serrés autour de la poitrine. Après tout ce qui s'est passé, je n'ai pas assez confiance en moi pour m'approcher de lui. Et j'ai encore moins confiance en lui.

— Les deux derniers jours ont été affreux, confie-t-il. J'ai appris des choses sur ma famille que…

Laissant la phrase en suspens, il secoue la tête.

— À propos de ton père ?

— Non, de ma mère et mon frère.

— Tu as un frère ? Je ne savais pas.

Les journaux ne le mentionnent jamais, et la mère d'Ethan non plus. Elle avait divorcé de son père bien avant qu'il devienne un héros national, ce qui fait que les médias se sont concentrés sur Ethan et ses grands-parents lors de la mort de son père. Ça paraît curieux que personne ne se soit jamais intéressé à l'autre côté de sa famille, mais somme toute, ils ne semblent pas avoir joué de rôle dans son histoire, donc pourquoi écrire des articles sur eux ?

— C'est mon demi-frère. Ma mère s'est remariée.

— Mais quel rapport ça a avec toi ?

Avec nous ?

— Ma mère est un peu cinglée. Depuis toujours. Elle arrive à tromper son monde, mais elle a un grain. Bref, quand elle a quitté mon père, elle ne s'est plus trop intéressée à moi. Elle avait un nouveau mari, un bébé, une autre vie… Elle n'avait pas de place pour moi.

» Et ça ne me gênait pas. J'avais mes grands-parents et mon père. Je n'avais pas besoin d'elle. Mais il y avait mon frère, tu vois. Je m'inquiétais pour lui. Le mari de ma mère semblait plutôt sympa, mais… qui sait ce qui se passe une fois la porte fermée ?

» Du coup, dès que j'ai eu l'âge de le faire, j'ai mis un point d'honneur à veiller sur lui. M'assurer que tout aille bien.

— Et c'est le cas ?

Malgré moi, je suis fascinée par cette découverte de l'esprit d'Ethan. Et inquiète, car les événements de ce soir ne laissent pas présager que l'histoire se termine bien.

— Oui, ça va. Mieux que ça devrait, certainement.

— Je ne comprends pas…

— Il y a quelques années, il s'est mis dans le pétrin. Des conneries, surtout. Je l'ai aidé à s'en sortir. Je me disais qu'avec une mère comme la nôtre, c'était normal qu'il ait des problèmes. Sauf que j'ai merdé. Je l'ai secouru trop souvent. Je lui ai rendu la vie trop facile.

— C'est ton frère, dis-je en lui prenant la main. C'est normal que tu veuilles l'aider à réparer ses erreurs.

— Ne dis pas ça. Ça ne me gênerait pas venant de quelqu'un d'autre, mais pas de toi. Pas maintenant.

Je suis totalement perplexe, mais je ne dis rien. Je le regarde, attendant qu'il crache le morceau.

— Jeudi soir, je me suis aperçu que certains de ses ennuis étaient sa faute. Alors que j'étais persuadé du contraire. Et je l'ai aidé.

Jeudi soir. Le soir où tout a changé. Ma douleur s'adoucit un tout petit peu à cette idée. Elle ne disparaît pas, mais je sais ce que c'est de prendre de mauvaises décisions. Je sais ce que c'est de repousser les gens.

— J'ai merdé, Chloe. Complètement, comme d'habitude.

— Ethan, ne sois pas ridicule. S'il y a bien quelqu'un qui merde rarement, c'est toi, dis-je en lui pressant la main. Tu n'es peut-être pas parfait, mais personne ne l'est.

Il regarde la chaîne brisée qu'il a toujours dans la main.

— Ça, de toute évidence, je suis loin d'être parfait…

Je me mords la lèvre et détourne les yeux.

— Mais pourquoi tu m'as dit ces choses, Ethan ? Pourquoi tu as rompu avec moi à cause de quelqu'un qui n'a rien à voir avec notre histoire ?

Il me regarde en silence un long moment. Il a les yeux si sombres et tristes que j'ai du mal à supporter cette vision. Je ne l'ai jamais vu comme ça, si défait. Si démoli.

Finalement, alors que je n'attends plus de réponse, il reprend la parole.

— Je n'ai pas aimé beaucoup de gens dans ma vie, Chloe, et j'ai merdé avec chacun d'entre eux. Dans un moment horrible et idiot, j'ai tout gâché entre mon père et moi, et il est mort avant que j'aie eu le temps de tout réparer.

— Ce n'est pas ta faute…

— Qu'est-ce que tu en sais ? Mes grands-parents ont tout perdu pour m'aider à réaliser mon rêve et monter Frost Industries. Et je les ai laissés faire. Je ne le savais pas, mais j'aurais dû le deviner. Ils sont morts avant que j'aie pu rattraper les choses avec eux.

» Et mon frère. J'ai aidé ma mère à le démolir sans jamais me douter de ce que je faisais.

» Et maintenant, toi. Je suis terrifié à l'idée de te démolir, toi aussi.

Je ne vois pas quoi répondre après la scène qu'il vient de me faire. Je n'apprécie toujours pas la façon dont il a géré les choses, et je suis toujours très blessée que sa première réaction ait pu être de me jeter de sa vie. Mais s'il a cru me protéger, m'éviter de me porter malheur – même si c'est ridicule –, je peux le lui pardonner. Dieu sait que je ne suis pas toujours logique à propos des gens que j'aime, moi non plus.

Il n'y a qu'à voir comment j'ai pété les plombs ce soir.

— La seule chose qui pourrait me démolir serait que tu coupes les ponts avec moi. Si j'ai paniqué, c'est parce que j'étais déjà dans tous mes états, Ethan. Je me faisais du souci pour toi parce que tu ne me répondais plus.

J'avais peur que tu sois blessé, ou malade. Alors quand tu m'as traitée comme ça… j'ai cru que tu voulais me larguer. Comme si je n'avais pas plus d'importance pour toi que je n'en ai eu pour ces deux garçons, au lycée.

» Je ne dis pas que tu dois rester avec moi jusqu'à la fin de ta vie. Personne ne sait ce qui se passera dans une semaine, un mois ou un an. Mais si tu décides de me quitter à nouveau…

— Ça n'arrivera pas.

Je secoue la tête, refusant de le laisser s'en sortir en réfléchissant si peu.

— Si tu estimes que ça ne marche pas entre nous, tout ce que je te demande, c'est de me le dire de façon raisonnable. Je n'ai pas besoin de grand-chose, mais un peu de compassion ne ferait pas de mal. Que tu me montres que je ne suis pas juste une fille que tu as ramassée pour la mettre dans ton lit, le temps d'un week-end.

Ma voix se brise, et je me détourne. J'essaie de respirer profondément pour retrouver mon calme.

— Chloe, ne dis pas ça ! proteste Ethan avec véhémence. Tu n'es pas « juste une fille ». Tu es la seule fille. La seule qui ait jamais compté pour moi. Et il n'y en aura jamais d'autre.

— Qu'est-ce que tu en sais ?

Je répète inconsciemment sa phrase de tout à l'heure. Mais en vérité, personne ne peut deviner ce qui va se passer demain, dans six mois, ou encore moins dans un an.

— Je le sais. J'en suis certain, assure-t-il en me prenant la main pour l'embrasser. Je me suis senti perdu, et j'ai été noyé par tout ce qui se passait dans ma tête. Ça ne se reproduira pas.

Je veux le croire. Bien sûr. Mais je ne sais pas si je le peux. Il ne me dit pas tout. Je le sens. Et je ne veux plus me laisser surprendre. Je ne veux plus qu'il me repousse la prochaine fois que cette histoire ressort et le met dans tous ses états.

En même temps, je n'ai rien à dire. Il y a aussi des choses vraiment importantes de mon passé que je ne lui ai pas encore révélées. Et même si j'espère pouvoir le faire un jour, je sais que ce n'est pas encore le moment. Ni pour lui, ni pour moi. Pas alors que nos plaies sont si fraîches, à vif. Pas alors que nous sommes tous deux encore si vulnérables et tremblants.

Je suis encore sous le choc de m'être brisée en mille morceaux si facilement. Je pensais aller mieux que ça. C'était ce que je voulais. À présent, je ne sais plus si je dois me faire confiance, et encore moins à Ethan. Et je déteste cette impression.

Mais nous ne nous connaissons que depuis deux semaines, et notre relation est encore plus récente. Il n'y a pas de règle, pas de date fixée pour que chacun puisse montrer à l'autre toutes ses cicatrices. Peut-être que c'est déjà bien qu'on essaie. Qu'on s'en approche, un pas à la fois.

— J'ai peur, dis-je.

— Je sais, ma chérie. Je sais.

— Je t'en prie… ne me fais plus jamais du mal comme ça.

Ses yeux reflètent une douleur que je ne comprends pas, que je ne peux pas partager.

— Je ne veux plus jamais te faire de mal. D'aucune façon.

Ce n'est pas ce que je voulais entendre. Mais, avec le regard tendre et blessé qu'il m'accorde, il faudra que ça suffise.

Il me tend les bras et m'attire contre lui. Je me laisse faire. Évidemment. Parce que c'est Ethan et qu'il est à moi comme je suis à lui. De manière absolue, inconditionnelle, irrévocable.

Ce n'est pas parfait. Pas encore. Et peut-être que ça ne le sera jamais. Mais alors qu'il se penche pour m'embrasser, c'est suffisant. Pour moi, pour lui, pour nous.

Épilogue

— Réveille-toi, marmotte ! s'exclame Ethan en s'installant sur moi pour m'embrasser les joues, les lèvres et le front.

Je souris et m'étire.

— C'est toi qui voulais zapper le boulot ce matin. Je n'ai pas besoin de me réveiller.

— Non. J'ai appelé Maryanne pour lui dire que j'avais besoin de toi dans mon bureau pour un projet très important, me corrige-t-il en se glissant en moi.

Je gémis et me cambre de plaisir.

— Tu appelles ça comme ça ? Un projet important ?

— Le plus important de tous.

Nous faisons l'amour avec autant de tendresse ce matin que nous y avons mis de sauvagerie hier soir. Autant de paresse qu'il y a eu de frénésie. J'aime ça. De toute façon, j'aime tout ce que me fait Ethan. Depuis le premier jour, et pour toujours.

J'ai beau me sentir coupable de ne pas aller travailler, je sais qu'Ethan et moi avons besoin de ce moment. Après tout ce qui s'est passé hier, je ne suis pas prête à le quitter. Je vois dans ses yeux et ses gestes possessifs qu'il ressent la même chose.

Il bouge lentement, allant et venant selon un rythme fluide qui attise pourtant le feu qui brûle entre nous. La tension monte entre nos deux corps en sueur, et il ne faut pas longtemps avant que nous basculions dans l'extase en même temps. Comme si c'était écrit.

Ethan me serre contre lui pendant de longues minutes, dans un geste protecteur. Il joue avec mes boucles qui partent dans tous les sens et m'embrasse l'épaule et le dos. Au début, je suis un peu anxieuse à cause de la position – dos à lui –, mais après tout ce qui s'est passé hier soir dans la même posture, ce serait idiot de m'en faire maintenant.

Je m'efforce de laisser la panique refluer. Oh, je sais bien que je ne serai jamais normale, qu'il y aura toujours une part de moi sur laquelle Brandon aura prise, même si je ne souhaite rien autant que le contraire. Mais pour l'instant, je veux me concentrer sur Ethan et sur tout ce qui va bien se passer dans ma vie – dans nos vies.

Après un moment, son estomac se met à gronder, et il se lève en riant.

— On prend une douche avant le petit-déj ? propose-t-il en me tendant la main pour que je me lève à mon tour.

Mais je me sens paresseuse, détendue, et je n'ai pas envie de bouger. Pas tout de suite. J'ai envie de rester entre les draps, dans notre odeur, plongée dans ce que nous sommes tous les deux ensemble.

— Vas-y d'abord. Je n'ai pas envie de sortir du lit.

— D'accord, répond-il avec un sourire indulgent. Je me douche, et ensuite je t'apporte le petit déjeuner au lit. Qu'est-ce que tu en penses ?

— Tu te remettras sous la couette, toi aussi ?

— Ça peut s'arranger, concède-t-il en levant un sourcil.

Ça me fait toujours craquer.

— Dans ce cas, je suis pour.

Il se penche afin de me donner un baiser rapide qui se transforme en baiser pas si rapide. Mais mon estomac décide de tout gâcher en se mettant à gronder à son tour. Ethan s'écarte aussitôt.

— J'expédie la douche et je reviens te nourrir. Réfléchis à ce qui te ferait envie.

Mais ça ne fait que quelques minutes qu'il est dans la salle de bains lorsque mes plans de grasse matinée sont mis à mal. La sonnette retentit, et même si je commence par ne pas bouger – ce n'est pas chez moi –, la personne est décidée à ce qu'on lui ouvre. Je finis par prendre conscience que le visiteur connaît le code de la grille. Du coup, j'attrape le peignoir d'Ethan et m'enroule dedans. Peut-être que la femme de ménage a oublié sa clé…

Mais lorsque j'ouvre enfin la porte d'entrée, je suis terrassée par la terreur. J'en ai les jambes qui flageolent tellement que je dois me tenir au battant pour ne pas tomber.

— Salut, Cloclo. Ça fait longtemps que je ne t'ai pas vue.

Le monde semble voler en éclats autour de moi. Ce n'est pas Magdalena qui attend sur le seuil qu'on la fasse entrer. C'est mon pire cauchemar, Brandon Jacobs, qui me regarde en chien de faïence... le visage mille fois plus abîmé que celui d'Ethan.

Il s'avance vers moi. L'instinct prend le dessus, et je claque la porte, pousse le verrou, puis m'appuie, dos contre le battant, comme pour être certaine qu'il ne puisse entrer.

Je lève les yeux et rencontre le regard sombre et tourmenté d'Ethan. Les secrets qu'il cache risquent de faire voler mon cœur en éclats.

Remerciements

Je ne saurais vous dire combien je suis heureuse que *Dévastée* parvienne enfin au grand jour. J'aime ce livre de la première à la dernière page, et c'est grâce aux merveilleux collaborateurs de Random House qui m'ont aidée à chaque pas.

Sue Grimshaw, quelle chance de travailler avec toi ! Tu es la meilleure correctrice et même la meilleure tout court. Je te suis reconnaissante de tout ce que tu as fait pour moi. Merci pour ton enthousiasme, tes suggestions et ton aide alors que je peinais à raconter l'histoire d'Ethan et Chloe. Je n'y serais pas arrivée sans toi.

Gina Wachtel, choisir d'écrire pour toi a été la meilleure décision que j'aie jamais prise. Merci pour ton intérêt toujours renouvelé et tes idées tellement brillantes. Je ne te remercierai jamais assez pour tout ce que tu as fait pour moi.

Je remercie également Allison, Matt, Lynn, Penelope, Kim, April et tous les autres à Random House pour leur indéfectible soutien. Merci d'avoir tiré ce livre vers le haut.

Emily Sylvan Kim : les mots me manquent. La liste de ce que tu as fait pour moi est sans fin. Tu es la meilleure agente du monde entier, et je t'adore. Merci, merci, merci.

Shellee Roberts et Emily McKay, je ne pense pas écrire un jour un livre pour lequel je ne vous remercierai pas.

Vous êtes mes meilleures amies, camarades d'écriture et aussi une formidable boîte à idées. Merci du fond du cœur.
Ma mère, dont l'amour et le soutien ont rendu cette année – et toutes les autres – bien plus facile qu'elle aurait pu l'être.
Et pour finir, mes fils, que j'aime plus que je ne saurais le dire. On a vécu une année difficile, et je veux vous remercier de ne pas m'avoir lâchée. Vous êtes les trois garçons les plus cool de tout l'univers. Vous m'émerveillez tous les jours davantage.

Achevé d'imprimer en septembre 2023
Par CPI Brodard & Taupin à La Flèche
N° d'impression : 3054105
Dépôt légal : octobre 2023
Imprimé en France
81123997-1